너울 5

울엄마 치마끈

손거울 수필집

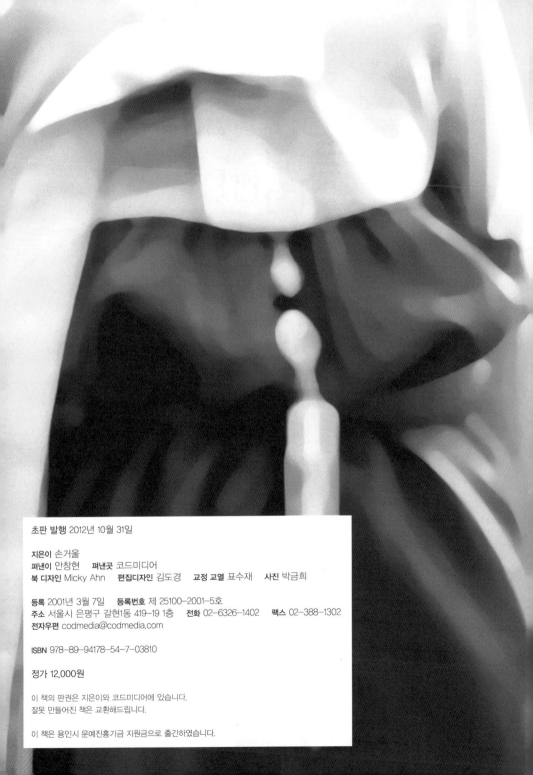

초판 발행 2012년 10월 31일

지은이 손거울
펴낸이 안창현 **펴낸곳** 코드미디어
북 디자인 Micky Ahn **편집디자인** 김도경 **교정 교열** 표수재 **사진** 박금희

등록 2001년 3월 7일 **등록번호** 제 25100-2001-5호
주소 서울시 은평구 갈현1동 419-19 1층 **전화** 02-6326-1402 **팩스** 02-388-1302
전자우편 codmedia@codmedia.com

ISBN 978-89-94178-54-7-03810

정가 12,000원

이 책은 용인시 문예진흥기금 지원금으로 출간하였습니다.

울엄마 치마끈

손거울 수필집

작가의 言

앞만 보고 달려온 길
산 꼭대기 가느막에
허리 펴고 하늘 보니
서산에 해 걸렸네
달 뜨는 밤에와도 그곳 가리
신들메 다시 맨다

2012년 10월
오기욱

철자법이 틀렸다고 호통을 치면서도,
옆에서 땀닦아 주며 카메라 셔터를 눌러주던 아내가 고맙다.
멀리서 바쁜 와중에도 언제 책이 나오느냐고 확인하는 두 아들, 일형이, 근형이.
가까이서 언제나 기쁨을 안겨주는 신형이, 정석이 내외 모두 고맙다.
나를 위해 기도해 주신 모든 분들께 감사드리며
무엇보다 하나님께 깊은 감사를 드리고 싶다.

02

아버지 담뱃대

03

엄마와 호롱불

순거울 수필집

울 엄마 치마끈

01

울 엄마 치마끈

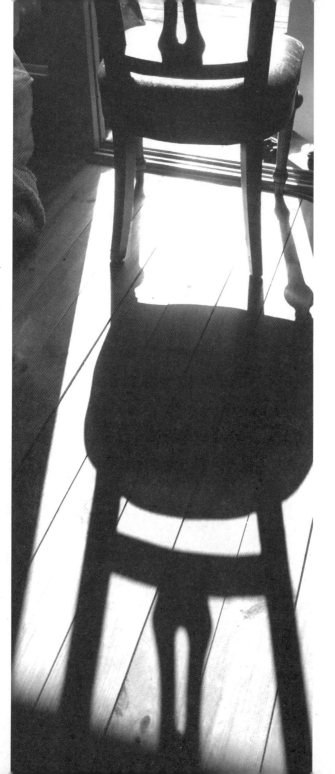

워낭 소리

기다리다 우리 소의 워낭 소리가 들리면 우리는 모두 환호성을 질렀다.

엄마가 저녁밥을 서둘러 차려주신다. 김이 무럭무럭 나는 밥을 한 양푼에 수북이 담아낸다. 우리 4형제는 큰 상에 둘러앉아 숟가락을 서로 부딪쳐가며 경쟁적으로 밥을 퍼먹는다. 엄마는 우리가 신작로에 도착하기도 전에 아버지가 오시면 마중 효과가 떨어지기 때문에 빨리 밥을 먹으라고 우리를 재촉하신다. 밥숟가락을 놓자마자 곧바로 우리 4형제는 함께 집을 나선다. 한참을 걸어 마을을 지나고 큰 개울 돌다리를 건너 신작로에 도착한다. 소 구루마에 나무를 잔뜩 싣고 장으로 팔러 가셨던 아버지 마중 길이다.

내 고향은 산골이다. 삼면이 산으로 둘러싸여 산에서 나는 것 외엔 별 생산물이 없었다. 아버지는 부지런하셔서 봄여름은 소 구루마를 몰고 농사를 짓고, 가을걷이가 끝나면 장날 외에는 매일 산으로 가셔서 나무를 하셨다. 대대로 물려받은 우리 산에는 주로 소나무들이 우거져 있었다. 아버지가 나무를 하시는 동안 소는 마음대로 산에서 꼴을 뜯어 먹고 놀았다. 아버지는 저녁 때가 되면, 워낭 소리를 듣고 소의 위치를 파악하여 구루마에 목재나 혹은 땔감 나무를 싣고 집으로 돌아오셨다. 우리 형제들은 마을 입구에서 들려오는 워낭소리로 아버지가 돌아오신다고 좋아하였다. 부지런한 아버지 덕분에 우리 집 마당에는 언제나 새끼로 네 등분해서 묶은 소나무 단 더미가 산처럼 높이 쌓여 있었고, 쭉 뻗은 통나무는 껍질을 벗겨 집짓는 재목으로 사용하려고 천막 기둥 모양으로 서로 잇대어 높이 세워 말렸다. 장날이면 아버지는 어김없이 소 구루마에 나무를 잔뜩 싣고 집을 나섰다. 좁은 달구지 길을 지나 징검다리가 놓인 강을 건너 신작로로 나아가면 장으로 가는 길이 나온다. 아버지 소 구루마는 고무 타이어가 아닌 쇠바퀴였다. 비포장도로에 구르는 쇠바퀴 소리와 워낭 소리가 어우러져 마치 작은 연주회 같이 화음이 되어 울렸다. 강을 건너 큰길 신작로와 연결되는 지점은 급경사였다. 여기에서는 아버지가 강을 건너자마자 탄력을 받기 위하여 한 손으로 소등을 힘껏 내려치며 "땅겨"하고 큰 소리로 외친다. 다른 한 손으로는 우차에 연결된 소목에 감겨진 쇠고리를 힘껏 당기신다. 이때 아버지의 목소리는 옛날 어느 장수가 적진으로 "돌격"하며 달릴 때의 호령처럼 우람하여 고요한 골짜기에 울려 퍼진다. 이 순간 소의 큰 눈이 툭 불거져 나오고 앞, 뒷다리에 허벅지 근육이 꿈틀거리고 워낭 소리도 숨을 죽인다. 다른 사람들은 채찍으로 소등을 후려치면서 고함질렀지만 아버지는 채찍으로 소를 때리는 것을 싫어하셨다. 소가 아프지 않게 손으로 치셨다. 아버지는 늘 "말 못하는 짐승"이라고 하시며 등을 쓰다듬고 소를 자식처럼 사랑하셨다. 아버지가 당긴 힘은 소의 힘에 미치지 못했지만 소는 미련한 짐승이나 아버지의 심정을 헤아렸는지 한 번도 급한 오르막에서 뒷걸음치지 않고 신작로에 진입했다.

아버지가 집으로 돌아오시는 시간은 대체로 저녁식사 때가 좀 지난 시간이었다. 여름엔 어둡기 전에 도착하시지만, 겨울에는 골짝의 집집마다 등

잔불이 켜진 후에야 도착하셨다. 겨울이면 우리 형제들 모두는 명주목도리를 하고 한 줄로 서서 아버지 마중을 나갔다. 제일 앞에는 언제나 큰 형이 서고 바로 뒤에 막내인 나를 세워 보호하고 둘째 형 그리고 셋째 형이 뒤를 따랐다. 뒷산에서 부엉이 우는 소리가 들릴 때면 나는 늘 무서웠다. 그믐밤이면 등불을 들고 나서지만 등잔을 감싸고 있는 창호지가 찢어져 겨울 칼바람에 꺼져 버리기라도 하면 우리 형제는 일렬횡대로 서서 서로 손을 꼭 잡고 의지하며 어두운 돌밭 밤길을 걸었다.

워낭 소리에 귀를 기울이며 신작로에서부터 우리는 읍내로 향하여 길을 걷는다. 차가 좀처럼 지나가지 않은 휑한 도로, 모두 귀를 쫑긋하게 세우고 우리 소의 워낭 소리가 들릴 때까지 걷는다. 우리 소의 워낭 소리는 특별했다. 작은 원기둥처럼 생긴 황금색 황소 워낭으로 밤에는 멀리까지 들렸다. 떵그렁 떵그렁 하는 소리가 좀 투박하면서도 정감이 가는 완숙한 남성의 매력을 물씬 풍기는 저음을 냈다. 아버지는 한 번도 암소를 기르지 않으셨다. 일이 많아 암소는 힘이 부쳤기 때문이겠지만. 한편으로는 그 워낭 소리를 워낙 좋아 하셨고 그 워낭은 암소에게는 어울리지 않았기 때문이 아니었을까하는 생각도 든다.

멀리서 워낭 소리가 들리면 우리는 모두 환호성을 올렸다. 어쩌다 아버지가 좀 늦게 오시는 날은 우리들은 동네에서 한 오 리 정도 떨어진 길가에 멈추어 서서 기다리곤 했다. 어두운 겨울에는 서로 꼭 껴안고 체온을 유지하며 워낭 소리를 기다렸다. 그러다가 막내인 내가 깜박 잠이 들면 큰 형이 나를 업고 기다렸다. 아버지가 오시는 것은 확실하기 때문에 뒤돌아 가는 일은 한 번도 없었다.

비오는 장날 밤은 삿갓 하나에 둘씩 들어가 삿갓 두 개가 나란히 걷기도 하였다. 드디어 아버지가 나타나시면 한 목소리로 "아부지 인자 오십니꺼" 하고 합창으로 인사한다. 아버지는 좀 흥분한 목소리로 "오냐 너희들 다 왔구나"하시며 막내인 나를 번쩍 들어 안으시고 "내 강아지 안 자고 따라 왔네"하시며 나를 품에 꼭 껴안아 주신다. 이때는 소도 조금 흥분하여 발걸음이 빨라지며 워낭 소리도 한 박자 더 빨라진다. 아버지는 힘드실 때도 구루마를 타고 오시지 않았고 우리를 태워 주시지도 않았다. 종일 일하고 오는 소가 피곤하다고 하시며 소 목덜미 옆에 서서 같이 걸어 오셨다.

장에서 오는 구루마에는 언제나 통이 하나 실려 있었다. 멍석처럼 만든 둥근 소의 보온 밥통이다. 아버지는 그 속에다 우리들에게 줄 먹거리를 담아 오셨다. 이때부터 우리의 관심은 뚜껑이 닫혀 있는 소죽통으로 쏠린다. 오늘은 뭘까 하고. 때로는 영덕대게도 들어 있고, 엿 가락이 한 묶음 들어 있기도 했다. 여름에는 큰 수박 한 통이나 참외가 우리를 기다렸다. 지금 생각해 보면 아들 넷이 마중 나와 기다리다 꾸뻑 절하며 인사할 때 아버지의 기분이 얼마나 좋았을까? 아버지의 마음을 읽으신 엄마는 우리를 무조건 마중 보내신 것 같다. 아마 온종일의 피곤함이 한꺼번에 날아 갔을 것이다. 아버지는 워낭 소리에 장단 맞추어 먼 길 외로이 걸어오시며 우리들이 나타나는 시간을 기다렸으리라.

지금도 눈 감고 그 시절로 돌아가면 나란히 손을 잡고 길을 걷던 우리 형제들의 모습이 아련히 떠오르고, 덩그렁, 덩그렁 하던 워낭 소리도 내 귀에 들린다. 아버지 가신 지 오래고, 숟가락 네 개를 부닥치며 밥 먹던 네 명 중 한 분은 멀리 떠났다. 소 달구지 모습도 내 고향에서 사라진지 옛날이다. 그러나 그때의 그 워낭 소리는 영원히 내 귀에 남아 있을 것이다.

울 엄마 치마끈

왜 한 그릇만 시키느냐고 물으니 엄마는 아침밥을 많이 드셨기에 괜찮다고 하신다.

벽걸이 거울 앞에서 선 채로 쪽머리를 푸시고, 얼레빗으로 긴 머리를 빗은 후 맨손으로 한 번 더 머리를 매만지며 은비녀를 꼭 당겨 여며 꽂으신다. 그리고는 굵은 베 치마끈을 천천히 푸신다. 엄마는 유난히 넓고도 긴 치마끈을 허리에 몇 차례 돌려 감고 힘을 주어 동여맨다. 마치 등산 갈 때 신 끈을 매듯 하신다.

　몇 됫박 되지도 않는 쌀과 잡곡이 든 자루를 장바구니에 담아 머리에 이고, 엄마는 동네 아낙들과 함께 길게 한 줄로 서서 들길따라 읍내 장에 가신다. 5일 장날이다. 십 리가 훨씬 넘는 장에 가신다. 장꾼들의 흰 줄이 들판에 몇 개가 이어져 간다. 오늘은 아들 중 막내인 나의 고무신을 사주기로 한 날이다. 몇 차례 약속을 미루었던 터라, 이제 더 이상 거절할 수 없는 모양이다. 치맛자락을 잡고 따라나서는 나를 귀찮지만 데리고 가 주신다.

　이고 간 곡식을 현금으로 바꾼 후 씨앗 가게, 양잿물 가게, 채소 가게, 양말가게 등 골목 장 몇 군데를 들리신다. 가는 곳마다 좀 더 싸게 사시려고 같은 물건 가게를 몇 번씩 들려 가격을 물어 보신다. 가장 싼 가게에 가서 한 푼이라도 더 깎으려고 가게 주인과 실랑이를 벌이느라 시간이 많이 걸린다. 장바구니는 차곡차곡 채워진다. 점심 때가 지났는지 시장기가 돈다. 엄마는 허수룩한 단골 우동 집에 들러 우동을 한 그릇만 시킨다. 왜 한 그릇만 시키느냐고 물으니 엄마는 아침밥을 많이 드셨기에 괜찮다고 하신다. 그래도 우동집 주인은 젓가락을 두 개 가져다준다. 엄마는 젓가락으로 우동을 저어 주시고는 단 몇 젓가락 맛만 보시고 내 쪽으로 그릇을 밀며 "배고프지 많이 먹어라" 하신다. 나는 참으로 엄마는 배가 고프지 않은 줄 알고 입술로 후루룩 후루룩 소리를 내며 잘도 먹었다. 입가에 잔잔한 미소를 머금고 게걸스럽게 먹는 막내를 신기한 눈으로 들여다 보신다. 마지막 남은 국수 몇 가락과 국물이 남았는데 엄마는 음식은 버리면 안 된다고 하며 말끔히 드신다. 그리고 물이 따뜻해서 좋다고 하시며 몇 잔을 연거푸 드신다. 손가락을 구부려 가며 주머니의 돈을 세어 보시고, 장 볼 물건을 몇 번이나 확인하신다.

우동집을 나와 어물전 등 몇 군데 더 들르신다. 장바구니가 가득하고 무게가 만만치 않아 보인다. 마지막으로 고무신 가게에서 왕자표 검정 고무신을 골라 신어 보라고 하신다. 내게 딱 맞는 신을 골라 신었는데 엄마는 신고 있는 내 신발의 코를 꼭 눌러 본 후, 한 치수 더 큰 신발을 사주신다. 나는 신발을 신지 않고 꼭 껴안은 채 장을 나섰다. 요란한 큰 가위를 찰각거리는 엿장수 앞을 지나던 엄마는 꽈배기처럼 생긴 엿 한 가락을 사서 반을 잘라 내게 주시고 한쪽을 떼어 입에 넣어 우물거리신다.

시장 골목을 돌아 강둑으로 나오니, 제법 찬 공기가 휭하니 몰아친다. 엄마는 짐을 내려놓고 치마끈을 다 풀더니 다시 힘을 주어 동여매어 추스르신다. 큰 사탕 하나를 내게 물려주시고 엄마도 하나 입에 넣으시는 것을 보왔다. 강을 건너고 들판을 지나고 까맣게 이어진 철길을 따라 집으로 오는 길은 멀기도 하다.

한 시간 넘게 걸었다. 우리 동네 뒷산이 멀리 보이고 그 꼭대기에 해가 걸려 있다. 짐이 무거워 집으로 돌아오는 길이 더 멀게만 느껴진다. 길 옆 마을에는 벌써 저녁연기가 피어오르고 있다. 엄마는 철로 옆에 보따리를 내려놓고 큰 숨을 길게 내쉬며 또 한 번 치마끈을 졸라매신다. 이번에 매듭이 더 길어 보인다. 마치 역도 선수가 마지막 시기를 할 때처럼 비장하다. 여덟 식구 저녁식사 생각이 났는지 발걸음이 빨라지신다. 마을 입구에는 기다리던 꼬마 동생들이 왜 이렇게 늦게 오느냐고 투덜대는 모습이 보인다.

집에 온 엄마는 숨 돌릴 틈도 없이 긴 끈이 달린 치마를 조용히 벗어 걸고 행주치마로 갈아입는다. 이번에도 엄마는 힘주어 행주치마끈을 단단히 매고는 부엌으로 가신다. 벗어둔 장 나들이 치마, 빳빳하게 풀 먹인 넓고 긴 끈이 둥근 원을 그리며 달려있다. 자식만 먹이고 종일 주리신 배를 치마끈으로 동이고 졸라매어 참고 견디신 울 엄마, 동네 앞 작은 국수집 앞을 지날 때마다 울 엄마 생각이 간절해진다. 엄마 치마끈이 왜 그렇게 넓고 길어야 했는지 오랜 세월이 지나고 아버지가 되어서야 알게 되었다.

엿장수 아저씨

이 길따라 맨 먼저 우리들이 반기는 손님이
가위소리를 요란하게 내며 찾아온다.
엿장수 아저씨다.

산골 마을에 설부터 시작된 정월 대보름 축제는 농악 소리가 잦아지면서 그 막을 내린다. 오랜만에 찾아온 햇살로 따뜻하게 데워진 골목에는 겨우내 방 아랫목에 갇혀 지내던 개구쟁이들이 모여들어 와글거리기 시작한다. 먼 산에 남아 버티던 흰 눈은 시야에서 점차 사라져가고 있다. 길섶에 잔설도 언제인지 모르는 사이 자취를 감추고 녹색으로 바뀌기 시작한 보리밭 사이로 동네에서 읍내로 향하는 소 구루마(우차) 길이 트이게 된다. 이 길따라 맨 먼저 우리들이 반기는 손님이 가위 소리를 요란하게 내며 찾아온다. 엿장수 아저씨다.

　가끔 찾아오는 엿장수 아저씨는 작은 손수레를 끌고 오는 이도 있었고, 바지게에 엿 반티(상자)를 지고 오는 아저씨도 있었다. 때로는 엿 상자를 멜빵을 하여 지고 오는 아저씨도 있었다. 이들이 동네 입구에 도착하면 모두 하나 같이 목소리가 컸고 커다란 가위 소리에 온 동네가 진동하는 듯했다. "수저 몽디 부러진 것, 댓곱빠리 뿌러진 것 고무신 떨어진 것, 냄비 구멍 난 것, 솥전 떨어진 것, 병 깨어진 것, 몽땅 가지고 오이소 엿을 왕창 드립니다." 찰가장 찰가장 가위 소리에 장단 맞추어 멋지게 외친다. 골목마다 모여 놀던 우리들은 우르르 엿장수 외치는 곳으로 모인다.

　엿 판에는 봄과 가을, 겨울은 가래엿이 들어 있었고 여름에는 엿 가래가

녹기 때문에 밀가루 반죽처럼 한 덩어리로 크게 뭉쳐 놓은 엿이 들어 있었다. 아이들이 들고 온 고물과 바꾸어 주는 엿의 크기는 그야말로 엿장수 맘대로였다. 우리들 생각에 좀 엿을 더 주어야 함에도 그가 잘라 주는 대로 받아먹을 수밖에 없었다. 봄에 아이들의 얼굴은 보릿고개 아픈 그림자가 고스란히 드리워져 있었다. 영양실조로 인하여 대부분 까치집을 지은 머리에는 마른 버즘이 뽀얗게 피어 있었다. 우리들은 엿장수가 마을로 들어오는 순간부터 떠날 때까지 졸졸 따라 다녔다. 읍내에서 온 사람이라 별 다르게 보였고 가위 소리가 재미있었고, 달콤한 엿을 보는 눈요기라도 하고 싶었다. 골목을 몇 바퀴 돌고, 한두 시간 후 다른 동네로 떠날 때까지 우리들은 따라 다녔다. 엿장수가 다른 동네로 떠나면 마을 어귀에 서서 엿장수 아저씨의 가위 소리가 멀어지고 그 모습이 산모퉁이를 돌아 우리 시야에서 사라질 때까지 우리들은 입맛을 다시며 아쉽게 바라보곤 했다.

겨우내 모아 두어 집안을 어지럽히던 고물은 몇 차례 엿장수가 다녀간 후에는 대부분 사라지게 된다. 엿장수 주위에 모여 있는 아이들은 입맛만 다시고 있을 뿐 어느 누구 돈 주고 사먹는 녀석은 없었다. 어려운 시절이라 세배는 많이 했지만 세뱃돈 주는 어른은 없었다. 단 우리 동네에 늦둥이 외아들 둔 집에서는 엿장수가 올 때마다 십 원짜리 지폐를 내고 엿을 한 가락씩 사가기는 하였다. 우리들은 그때마다 모두 부러운 눈으로 바라보기만 했다. 형이 셋이나 되는 나에게는 도저히 그런 호강을 기대할 수 없었다. 침이 단맛을 감지하고는 짜르르 입안을 맴돈다. 그냥 바라보고만 있을 수 없었던 나는 집으로 달려가 형들이 몇 차례 수색하고 간 광 구석과 마루 밑을 둘러보았다. 말끔히 치워진 구석구석에 떨어진 고무신 하나 보이지 않았다. 집안을 한 바퀴 돌아 나오는데 엿장수 목소리가 가위 소리와 함께 더 크게 내 귓전을 두드린다. 대청마루 댓돌 위에는 엄마 하얀 고무신이 단정히 놓여 있어 내 눈길을 끌어당긴다. 엄마 고무신과 엿가락이 순간적으로 나의 뇌리를 스친다. 견물생심이라 했던가? 잠깐 삐뚤어진 생각을 정리하고 하는 수 없이 다시 눈요기라도 할 겸 동무들이 모여 있는 엿장수 쪽으로 향하는 나에게 나를 부르는 엄마의 목소리가 들렸다.

큰방 문을 반쯤 열고 부르는 엄마의 목소리는 범죄를 모의했던 나이지만 변함없이 부드러웠다. 일할 때 신는 엄마 검정 고무신이 너무 낡아서 보리밭 매기가 시작되기 전 다음 장에는 바꾸어야 하니 엿으로 바꿔 먹어도 된다는 말씀이었다. 얼른 고무신을 찾아 들고 보니 양쪽을 바꿔가며 신으셨는지, 두 쪽 다 바닥이 너무 얇아져 하늘하늘하였다. 엄마는 나의 동작을 예사로 보시지 않았나 보다. 아까부터 엿장수 가위 소리와 함께 목소리가 들렸고 연이어 집안을 뒤지고 다니는 막내의 동작을 감지하셨던가 보다. 여섯이나 되는 새끼가 온 동네 흩어져 놀고 있어도 잠시도 잊어버리지 않으시고 계신 것이 엄마의 마음인가 보다. 막내가 집안을 뒤지는 모습과 단맛을 보고 싶어 하는 그 철없는 마음을 방에 앉아 계셔도 다 알고 계셨던 것이다. 엄마 고무신을 들고 바쁜 걸음으로 엿장수 쪽으로 가면서 고무신 코를 만져 보았다. 엄마 발을 만지듯 매끈한 감촉이 살아 있는 것 같았다. 그렇게도 먹고 싶어 하던 엿이었지만 엄마가 신고 다니던 고무신을 주고 바꿔 먹기는 뭔가 좀 꺼림직했다. 모여 있던 동무들은 모두 부러워했지만, 나는 엿장수 앞에서 잠깐을 머뭇거렸다.

내가 제대 후 취직하여 첫 월급을 받아, 그때 한창 유행인 붉은 내의 한 벌과 그때 그날 그 고무신을 생각하여 흰 고무신 한 켤레를 곁들여 사드렸을 때 "너는 총기도 좋구나." "뭐든지 잊어버리지도 않는구나" 하시며 함박웃으시던 엄마 모습이 다시 새롭다. 산골 내 고향에도 한 열흘 있으면 정월 대보름이 오겠고 옛날 같으면 엿장수가 찾아올 계절이 되어 간다. 눈 감으면 진초록으로 하늘거리던 보리밭에 아낙들이 흰 수건을 곱게 접어 쓰고 김매기도 준비하련만. 이제는 보리밭이 변하여 포도밭이 된 지 오래다. 엿장수는 다 어디로 갔는지 가위 소리도 멀리 사라졌고 그 많던 아이들은 보이지 않는다. 그리운 것들, 엿장수 그 목소리, 그 가위 소리.

겨우내 모아 두어
집안을 어지럽히던 고물은
몇 차례 엿장수가 다녀간 후에는
대부분 사라지게 된다.

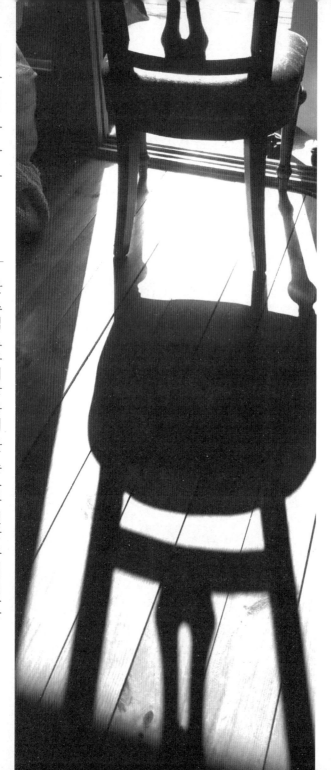

엄마의 밥상과
호박잎

한 주걱 누룽지를 긁어 한 손으로 질끈 뭉치시고는
곁에서 잔심부름으로 수고한 막내에게 보너스로
입에 물려주신다·

채소밭은 폭풍우 곤파스가 휩쓸고 지나간 자국으로 처절하다. 거센 바람에 꺾인 푸른 나뭇잎들은 온 마당을 어지럽혀 놓았다. 창고 지붕 위 호박 넝쿨도 예외는 아니다. 마구잡이로 이리저리 뒤엉켜있다. 그래도 잠깐 나타나는 햇살 사이로 호박잎 새순이 머리를 들고 일어선다. 입술을 굳게 닫았던 호박꽃도 자신을 추스르고 주황색 큰 꽃잎을 다시 벌리며 손님맞이 채비를 한다. 호박 몇 잎을 따서 아침 별미로 입맛을 돋우려 넝쿨 가까이 갔다. 손에 닿는 호박잎의 까칠한 느낌이 약간 거슬린다. 먼 옛날 엄마가 채소들을 소쿠리에 소복이 따오실 때 보았던 나무껍질 같았던 엄마의 손마디가 생각난다.

아버지를 따라 소를 몰고 형들 모두 아침 일찍부터 들로 가버리고 나면 엄마의 손길은 바빠진다. 제때에 식사 준비가 되어야 할 뿐 아니라, 모두가 배불리 먹을 수 있는 푸짐한 밥상 역시 엄마 몫이기 때문이다. 엄마는 미루었던 숙제를 하는 나를 부엌으로 불러내신다. 부엌에 있는 큰 가마솥에 불을 때라고 하신다. 여름에 부엌에서 불 때는 일은 장난이 아니다. 그러나 엄마를 도울 수 있는 손은 나 하나뿐이다. 호랑이 굴처럼 커다란 아궁이가 둘 있었다. 한참 불을 먹은 밥솥 솥전에 눈물이 돌기 시작한다. 계속해서 불을 지펴 나가면 솥뚜껑에 뚫려 있는 작은 구멍으로 김이 나오기 시작하고, 이어서 하얀 밥물이 요란한 소리를 내며 그 무거운 솥뚜껑을 밀쳐내고 솥전으로 흘러내린다. 내 얼굴도 불꽃을 닮아 벌겋게 달아오른다. 엄마는 이때쯤 밭에서 종종 걸음으로 호박잎과 여러 가지 푸성귀를 소쿠리에 가득 따 담아 오신다.

엄마는 행주를 손에 감고 무거운 솥뚜껑을 여신다. 하얀 김이 천정까지 솟아오른다. 밥 위에 삼베 보자기를 펴시고 갖고 오신 푸성귀를 골고루 펴고는 뚜껑을 덮고 다시 불을 때라고 하신다. 푸성귀 종류로는 주로 호박잎, 우엉잎, 들깻잎, 콩잎, 팥잎, 동부잎 그리고 통가지 등 여러 가지였고 큰솥 하나 가득했다. 이 중에서 잎이 가장 큰 것이 호박잎이고 수량도 많아 솥 중앙을 차지했다. 나는 다시 불을 지핀다. 오래지 않아 피피 소리가 나고 구수한 냄새가 온 부엌을 진동한다. 밥 뜸이 다 든 것이다. 엄마는 부지깽이로 불이 남은 재를 아궁이 앞쪽으로 당겨 내고 그 위에 석쇠를 깐다. 소금기가 많은 고등어자반 혹은 대가리가 겨우 붙은 가느다란 갈치를 식구 수에 맞게 토막을 내어 올려둔다. 가운데에서 좀 위쪽 가장 큰 토막은 아버지 상에 갈 것이다.

나는 마당으로 달려가 얼른 커다란 멍석을 깐다. 그리고 중앙에 두레상을 편다. 엄마가 아버지 상은 따로 펴는 사이 나는 두레상 위에 여덟 개의 수저를 나란히 놓는다. 요란한 소리를 내며 솥뚜껑이 열리고 엄마가 둥근 소쿠리에 잘 쪄진 호박잎과 다른 여러 푸성귀를 담아 주면 나는 아버지 상과 우리들의 두레상에 적절히 배치한다. 그리고는 밥솥 안에서 잘 끓여진 커다란 된장 뚝배기를 가져다 놓는다. 바쁜 중에도 아버지 상은 엄마가 직접 손보신다. 아버지는 호박잎을 제일 좋아하셨다.

때를 맞추어 워낭 소리가 들리고 아버지와 형들이 들어오신다. 엄마는 빠르게 밥을 푸신다. 먼저 아버지 밥은 놋쇠 밥그릇에 더 담을 수 없을 정도로 소복이 담아내어 놓으신다. 물론 아버지 밥에는 쌀을 좀 더 많이 섞어 담으신다. 그리고는 큰 검은 무쇠 주걱으로 밥을 고루 섞으시며 얼굴로 몰려오는 뜨거운 김을 후후 부시면서 큰 양푼에다 고봉으로 밥을 담아 주신다. 우리 4형제의 밥이다. 그러니까 아버지 밥상 따로, 우리 4형제 밥상 따로, 어린 여동생과 엄마는 또 다른 밥상이다. 내가 두 손으로 밥 양푼을 번쩍 들어 상 위 가운데 올리면 식사 준비 완료다.

부엌으로 가신 엄마는 솥에 숭늉 물을 붓기 전에 검은 무쇠 주걱으로 한 주걱 누룽지를 긁어 한 손으로 질끈 뭉치시고는 곁에서 잔심부름으로 수고한 막내에게 보너스로 입에 물려주신다. 일선 근무보다는 실권자 측근 근무가 더 잘 먹는다는 것을 이때부터 나는 알게 되었다. 나는 누룽지 한 입을 물고 아작거리며 상을 정리한다. 엄마는 식구들의 식사 중에도 몇 번이나 부엌을 드나드셨다. 우리 온 식구는 호박잎을 하나씩 펴들고 보리가 많이 섞인 밥을 한 술 얹고, 풋고추가 푸짐하게 든 된장찌개를 한 술 퍼서 얹고는 입을 크게 벌리고 먹었다. 밥상은 먹는 작업으로 요란하였고, 소쿠리에 그득하던 호박잎은 곧 동이 났다.

여러 사람 놉을 하여 두레로 일을 하게 되는 날은 논에서 오가는 시간을 줄이기 위하여 밥을 들로 배달하게 된다. 엄마가 밥을 푸시고 갖은 반찬을 장만하여 큰 광주리에 담아 이고, 나는 물주전자를 들고 뒤를 따라 간다. 엄마는 들에 가는 반찬 그릇마다 보온을 위해 호박잎으로 뚜껑처럼 덮어 배달하신다. 내가 들고 갈 물주전자 꼭지도 호박잎으로 꼭 막아 주신다. 논두렁 가 바위에 대충 음식을 진열하고 일하는 분들을 모신다. 엄마가 이고 오신 그 음식은 맑은 공기와 함께 들판에서 먹으면 어찌 그렇게 맛이 있는지! 넓은 호박잎에 김이 무럭무럭 오르는 보리밥을 한 숟갈 싸먹던 그 맛! 무엇으로 비교할 수 있으랴! 한가하게 노래하던 뻐꾸기도 이 맛만은 부러워 했으리라.

헤일 수 없는 수많은 날들이 흘렀다. 가마솥도 아궁이 불도 이제 옛이야기처럼 느껴지는데, 호박꽃에 벌이 들어가면 꽃주둥이를 막고 벌 잡던 그 날은 엊그제 같기도 하다. 호박잎 생김새는 변하지 않았는데 세상은 많이 달라졌다. 태풍이 물러간 하늘 아래 호박잎을 만지며 엄마를 생각해 본다. 호박잎은 반드시 수꽃에 붙은 것만 따고, 꽃이 너무 작아 암수 구분 되지 않은 꽃에 붙은 어린 잎은 따지 말라고 하시던 알뜰한 엄마. 혹시 그 꽃이 암꽃이면 호박이 떨어진다고 걱정하시던 엄마 생각이 난다. 또 북쪽 하늘에서 다가오는 먹구름이 나를 불안하게 만든다. 올여름은 지구 온난화로 변덕스러운 날씨는 종잡을 수 없고, 더욱 독해진 태풍은 온 세상을 할퀴고 지나가버렸다. 옛날 생각이 나서 아침마다 호박잎을 밥상에 올린다. 호박잎은 변하지 않았는데도 내 입맛이 변했는지 엄마가 해주시던 그 맛이 아니다.

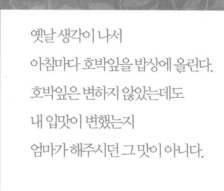

옛날 생각이 나서
아침마다 호박잎을 밥상에 올린다.
호박잎은 변하지 않았는데도
내 입맛이 변했는지
엄마가 해주시던 그 맛이 아니다.

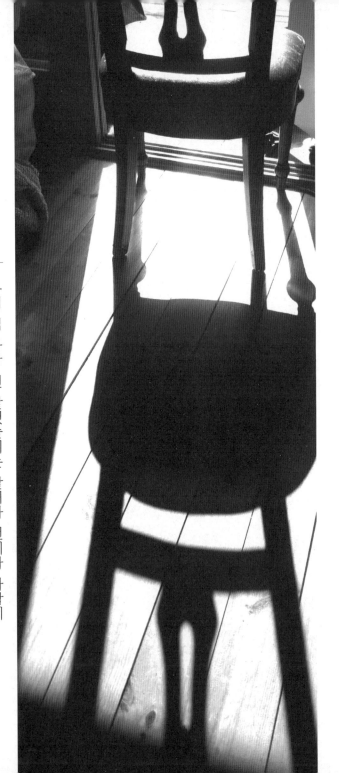

설
빔

우리 집 마당 긴 빨랫줄에는 빨래가 언제나 바람에
펄럭이고, 키 큰 바지랑대는 빨랫줄을 버겁게
버티고서 있었다.

동짓달 긴 밤 찬바람에 문풍지 소리가 덜덜거리고 낙엽이 마당에 휘돌아다니기 시작하면 엄마 손이 더 바빠지신다. 설이 가까워 오기 때문이다. 아버지를 포함해 남자 다섯, 여자 셋의 설빔을 준비하기에 밤을 새우시는 날이 흔하다. 모두 자급해야 하는 그 시절 엄마의 수고는 말로 다 할 수 없었다. 우리 집 마당 긴 빨랫줄에는 빨래가 언제나 바람에 펄럭이고, 키 큰 바지랑대는 빨랫줄을 버겁게 버티고 서 있었다.

우리 집 설빔으로 시장에서 조달할 수 있는 것은 먹거리 외에 양말 몇 켤레와 고무신이 전부였다. 엄마는 섣달이 가까워 오면 밤을 꼬박 새우셨다. 엄마 옆에서 자는 나도 엄마가 언제 주무시는지 모를 정도로 늘 바느질을 하고 계셨다. 자다 일어나 보면 엄마는 내가 잠들기 전에 보던 모습 그대로, 등잔을 향하여 등을 구부린 자세로 바느질을 계속하고 계셨다. 설날이 임박해 오면 엄마 혼자로는 힘이 부쳐 사촌 형수들까지 우리 집에 와서 바느질을 도와주시기도 했다.

설날 아침이 되면 검정색 새 핫바지 저고리가 우리들에게 입혀지는데, 긴 허리띠와 좁고 짧은 대님은 일일이 엄마가 매어주신다. 허리띠보다 매기 어려운 것은 대님이었다. 엄마가 동여 맬 것을 다 매고 나면, 아들 하나씩 앞뒤로 돌아보라고 하시며 잘못된 것이 없는지 옷깃을 당겨가며 패션

쇼를 시키신다. 흐뭇한 표정으로 새끼 네 마리를 일일이 살펴보신다. 쇼를 모두 마친 검정 돼지 새끼 네 마리는 마루 끝으로 우르르 몰려나온다. 나는 며칠 동안 머리맡에 두고 지냈던 엄마가 사주신 알록달록한 양말을 신은 후 새로 산 검정 고무신을 처음으로 댓돌 위에 내려놓는다. 댓돌 위에는 검정 고무신 네 켤레가 나란히 놓여진다.

엄마는 방문을 열고 까맣게 단장한 네 마리 새끼를 미소로 바라보신다. 넷 모두 설맞이 이발을 하여 박박 밀어 깎은 머리 밑이 새파랗게 반질거린다. 아버지의 명주 한복과 두루마기, 버선 등은 엄마가 헌 옷을 빨아 다림질하여 주신 것으로 기억된다. 엄마는 볼 받은 버선을 신으시고, 아버지 옆 방석에 조용히 앉으신다. 참 오랜만에 허리를 펴고 앉으시는 모습이다. 깜장색 핫바지 저고리로 단장한 우리 넷은 마루에 한 줄로 나란히 선다. 방문을 열어 두고 방에 나란히 앉으신 엄마, 아버지께 우리 형제들은 합동 세배를 꾸벅 드린다. 큰 형의 작은 구령에 따라 꾸벅 절을 하지만 어색하다. 나는 옆에 있는 셋째 형의 절하는 순서를 따라 하는데 반 박자 늦은 듯했다. 아마 이때 엄마의 오랫동안 쌓였던 피로가 한꺼번에 날아가지 않았을까? 말 수가 적은 아버지의 긴 수염 뒤에 숨어있는 환한 미소를 나는 보았다. 엄마가 해주신 설빔 옷에다 검정 고무신을 신고 한 줄로 서서 새아침 공기 싸늘한 골목을 지나 가까운 친척집으로 세배를 간다.

어머니가 정성스럽게 만들어 옷을 입혀 주셨지만, 설날 하루를 넘기기도 전에 우리 형제들의 핫바지 엉덩이는 물기에 젖어 들어오기가 다반사였다.

엄마는 목화씨 심는 일부터 시작하여 길쌈 하시고, 손수 베틀에서 짠 베에 까만 물을 들여 가위질하여 손으로 꿰매어 설빔을 완성하셨다. 특히 위로 누나가 없어 형들은 엄마 일에 별로 도움이 되지 않았다. 설빔은 우리들에게는 즐거운 일이었지만 엄마에게는 참으로 어려운 고통이었으리라 생각된다.

반장의
나물 사발

나는 분명 밥사발인 줄 알았는데 쌀은 하나도 없는
검은 나물뿐이었다. 반장은 나물을 젓가락으로
후딱 먹어 치우고 밖으로 나가 버렸다.

길섶에 하얀 냉이 꽃이 피기 시작하는 무렵이면, 우리 동네 초가집 굴뚝에 아침 연기가 나지 않는 집이 생겨나기 시작한다. 학교에 점심 도시락을 갖고 오지 못하는 반 친구들이 점점 늘어난다. 내가 초등학교 다닐 적에 6.25가 발발하였는데, 그 해는 더욱 더 식량난이 심했다. 아침식사는 쌀이 없는 밥으로 겨우 때우지만 점심은 건너뛰기 시작하였다.

　어느 날 학교에 무슨 사정이 생겨 오전에 수업이 일찍이 끝나게 되었다. 집으로 가는 길에 내 친구 하나와 우리 반 반장과 동행하게 되었다. 반장 집은 우리 동네로 들어가는 길목에 있었다. 배가 슬슬 고파져서 같이 가던 친구와 도시락을 반장 집에서 먹고 숙제도 함께하기로 의논이 되었다. 반장은 나보다 여섯 살이나 나이가 더 많았고 늘 어른처럼 행동하였다. 공부도 언제나 일등을 했고, 힘도 세어 우리들 모두 형처럼 따랐다.

　친구와 나는 반장의 초가집 흙방에서 배고픈 참에 도시락을 꺼내 먹었다. 반장도 슬그머니 부엌으로 가더니 사발을 들고 들어 왔다. 나는 분명 밥사발인 줄 알았는데 쌀은 하나도 없는 검은 나물뿐이었다. 반장은 나물을 젓가락으로 후딱 먹어 치우고 밖으로 나가 버렸다. 나와 친구는 어리둥절했지만 들어오지 않는 반장이 밖에서 밥을 먹고 있는 줄 알았다. 친구와 내가 도시락을 다 비울 즈음 반장이 아무 말 없이 방안으로 들어왔다. 우리는 별 생각 없이 계속 그냥 밥을 먹었다. 반장은 다시 부엌으로 가더니 물을 두 사발 들고 들어와 우리 도시락에 물을 한 컵씩 부어 주고는 자기는 한 사발을 벌컹 벌컹 다 마셨다. 철없는 우리는 밥이 없어 나물로 한 끼를 때우는 반장의 어려움을 눈치채지 못한 채, 우리만 밥을 먹었던 것이다. 식후 세 사람 모두 함께 방바닥에 엎드려 같이 셈본 숙제를 풀었다. 친구와 나는 집으로 가는 길에 이야기를 먼저 꺼내는 것이 두려워 침묵하며 길을 걸었다.

그 후 나는 학교 점심시간이면 반장이 점심 도시락을 가지고 오는지 유심히 살펴보았다. 반장이 점심으로 나물 사발을 먹었다고 생각한 것이 나의 착오이기를 바라며…. 하지만 반장이 도시락을 갖고 오는 것을 한 번도 보지 못했다. 그가 점심시간에는 양지바른 교실 벽에 기대어 서 있는 모습이 자주 눈에 띄었다. 그때야 나는 알게 되었다. 반장이 그 날 왜 점심을 나물로 때웠는지, 이후로 친구와 나는 반장과 도시락을 나누어 먹어도 되는데 우리끼리만 도시락을 먹었던 일이 반장을 볼 때마다 미안하고 후회스러웠다. 그의 집 옆을 지나칠 때면 그는 언제나 밭에서 일을 하고 있었다. 심지어 초등학생인데도 소 몰고 쟁기질도 하는 모습도 자주 보았다. 아마 좀 더 농사를 잘하여 나물밥을 면해 보려는 의욕 때문이었을까?

초등학교를 졸업하고 몇 해가 지난 어느 날, 반장이 지나가는 길이라면서 우리 집에 들렀다. 그는 해병대에 지원하여 며칠 후면 군대에 간다는 말을 하였다. 나는 깜짝 놀랐다. 아직 너무 어려 군대문제는 머나먼 후일의 이야기로 알고 있던 나에게 그가 군에 간다는 말은 너무나 이상하게 들렸다. 그런데 왜 하필 군기가 엄하다고 소문난 해병대에 지원했느냐고 내가 물었다. 그는 작은 목소리로 "밥이야 주겠지"라고 말하였다. 나는 그 날 다시금 나물밥이 생각났다. 그리고 한 끼 밥이라도 같이 먹고 싶었다. 우리 집에서 저녁을 같이 먹자고 내가 아무리 붙들어도 말을 듣지 않고 돌아가는 뒷모습이 모든 것을 체념한 듯한 모습이었다. 아무리 열심히 일하고 노력하여도 별반 가벼워지지 않는 삶을 내던져버리는 것 같이 보였다.

휴가 올 때 가끔 반장을 만났지만 그때마다 점차 다른 사람이 되어가는 듯보였다. 멋진 군복과는 달리 마침내 완전히 다른 사람이 된 그를 만났다. 그토록 착하던 반장이 아니었다. 입에는 모진 욕이 튀어 나왔고 행동은 거칠었다. 밥을 굶으면서도 반 친구에게 밥 한 술 얻어먹을 생각하지 않던 그가, 만나는 사람마다 한 푼 달라고 손을 내민다는 말을 동네 사람들로부터 들었다. 그런데도 나에게는 그렇게 한 적이 한 번도 없었다.

요즘 그는 고향에 살고 있다. 너무나 변해 버린 고향땅, 그때 그 반장을 지금도 만난다는 고향 친구는 아무도 없다. 어쩌다 우연히 만나도 모두 피해버린다고 한다. 나물밥 먹던 초등학교 시절의 그 착하디 착한 반장과는 전혀 다른 사람이 되어 이제는 모두에게 기피 인물이 되어버린 것이다. 한 없이 부드럽고 착하던 반장, 주린 창자를 부둥켜안고 찬물로 배를 채우며 체면을 지키려던 반장, 그 나물밥을 면해 보려는 그의 노력을 도와주는 사람이 왜 아무도 없었는가? 마치 내가 도시락을 그와 나누어 먹지 않고 혼자 먹어버린 것처럼 말이다. 지금도 묵은 검은 나물을 보면 그때의 반장 얼굴이 떠오른다. 오늘도 변해버린 고향 거리를 지팡이를 짚고 헤매며 먹을 것을 구하는 반장, 나는 조용히 눈을 감고 후회해 본다. 왜 그렇게 눈치가 없었을까? 한 술이라도 나누어 먹지 못한 철없던 시절이 후회스럽다.

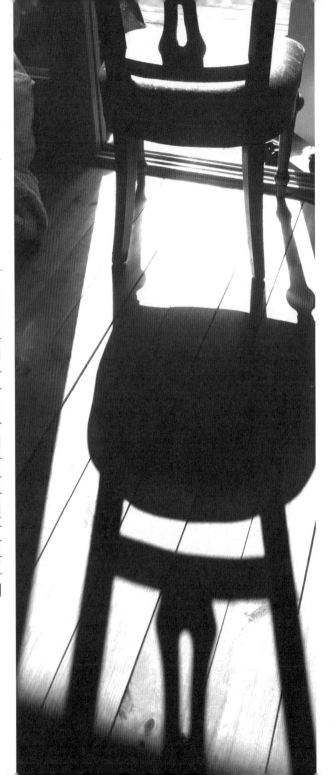

나무 도시락

점심시간에 밥을 먹을 때는 다른 친구들은 함께 모여 도시락을 먹는데, 나는 나무 뚜껑을 도시락 앞에 가리고서 혼자 먹었다.

엄마는 매일 아침 도시락을 5개씩 준비하였다. 산에 가시는 아버지 도시락은 대나무로 만든 전통적인 도시락이었고 우리 집에 3개만 있는 알루미늄 도시락을 형들이 차지하고 나면, 내게 돌아온 것은 나무 도시락이었다. 언제부터 우리 집에 나무 도시락이 하나 있었는지 나는 잘 모른다. 약간 붉은 빛깔을 띠는 나무로 된 도시락인데 알루미늄 도시락보다는 훨씬 먼저 들어 온 것만은 확실하다. 크기도 다른 것보다 좀 더 크고 투박해 보였다. 형들은 아무도 나무 도시락을 가지고 가려 하지 않았기 때문에 결국 내가 가지고 갈 수밖에 없었다. 엄마에게 몇 번 불평을 했지만 못 들은 척하셨다.

초등학교 1~2학년 때는 교실이 모자라 오전 혹은 오후 수업을 하느라고 도시락이 필요치 않았지만 상급반에 올라가면서 나무 도시락을 가지고 다니게 되었다. 나무 도시락이 무겁기도 하지만, 아무도 갖고 오지 않는 나무 도시락이 나는 늘 부끄러웠다. 같이 밥 먹는 친구들이 이상한 눈빛으로 보는 것 같아 같이 밥 먹기도 민망스러웠다. 나는 오전 두 시간 수업이 끝나고 쉬는 시간에 혼자 교실에 남아 도시락을 반쯤 먹곤 했다. 어쩌다가 점심시간에 밥을 먹을 때는 다른 친구들은 함께 모여 도시락을 먹는데, 나는 나무 뚜껑을 도시락 앞에 가리고서 혼자 먹었다. 점점 점심시간만은 외톨이가 되어가고 있었다.

엄마는 주로 도시락 반찬으로 콩을 볶아 작은 단지에 담아두고 각자 필요한 만큼 가져가게 하였다. 그 외에 도시락 반찬은 오이 장아찌였다. 그런 맛없는 반찬 탓에 김치를 반찬으로 갖고 가기도 하였다. 그러나 도시락 뚜껑이 평면으로 되어 있어서 조금만 기울어져도 김치 국물이 책을 적시고 또 책보까지 붉게 물들였다. 겨울에는 교실에 장작 난로를 피우기 때문에 점심시간에 다른 친구들은 난로 위에 도시락을 소복이 올려 데워 따뜻한 밥을 먹었지만 나의 나무 도시락은 난로에 데울 수가 없었다. 그래서 점심시간 되기 전에 혼자서 먹는 것이 편했다.

우리 반 70여 명 중에는 형편이 어려워 도시락을 가지고 오지 못하는 친구도 많았고, 봄철 보릿고개가 가까워 오면 꽁보리밥을 들고 오는 친구도 많았지만, 3분의 1 정도는 도시락을 들고 오지 못했다. 흰 쌀밥을 들고 오는 친구는 반에서 한두 명 밖에 없었다. 모두 보리쌀이 많이 섞인 밥을 들고 왔는데 형편에 따라 보리가 섞인 비율이 달랐다. 어떤 때는 엄마가 도시락을 싸주시는 데도 나무 도시락이 남에게 보이는 게 싫어서 학교에 갖고 가지 않은 날도 더러 있었다. 그런 날은 도시락 없이 온 친구들과 어울려 점심시간 내내 운동장에서 놀았는데 그리 싫지는 않았다.

학교 울타리에 노란 개나리꽃이 막 꽃망울을 피기 시작한 어느 날, 나는 그 날도 점심 도시락을 갖고 오지 않았다. 엄마가 쌀을 좀 섞은 점심밥을 주셨는데도 나무 도시락은 갖고 오고 싶지 않았고 운동장에서 친구들과 노는 시간이 좋았기 때문이다. 엄마의 권유도 듣지 않고 점심도 먹지 않은 채 반에서 키가 제일 작은 나를 귀엽게 보고 잘 어울려 주는 반 친구 창수, 정길이와 함께 뛰어 놀았다. 전교에 축구공이 한두 개 밖에 없는지라 우리가 축구공을 가지고 논다는 것은 감히 생각도 못 할 일이었다. 우리는 운동장에서 늘 비주류였기 때문에 주로 술래잡기를 하였다. 반에서 나이가 제일 많은 친구는 나보다 7살이나 더 먹은 친구도 몇 있었다. 작은 키 때문에 술래잡기는 나에게 불리한 게임이었지만 그래도 함께 뛰어 놀았다.

그 날도 내가 술래가 되었다. 배고픈 것도 잊어버린 채, 잡힐 듯, 잡힐 듯하여 운동장을 몇 바퀴나 돌고, 교실 복도를 거쳐 다시 운동장으로 통하는 계단을 힘껏 뛰다가 정신을 잃어버렸다. 허기에 지쳐 기절해 버렸던 것이다. 몇 시간이 지난 후 내가 다시 눈을 떴을 때는 교장선생님 집무실이었다. 나는 교장선생님 책상 위에 눕혀져 있고, 교장선생님과 고을에 단 한 분뿐인 의사 선생님, 그리고 담임선생님과 흰 두루마기를 입은 아버지가 걱정스러운 눈빛으로 나를 응시하고 계셨다. 내가 정신이 들어 눈을 뜨니 모두 놀라며 검은 테 안경을 끼신 교장선생님이 큰 목소리로 "계율아, 계율아 여기가 어디냐?" 하고 물었다. 나는 몽롱한 가운데 간단히 "사무실"이라고 대답했다. 그동안 얼마나 시간이 흘렀는지 모른다. 둘째 형이 뛰어 집에 가 연락하고, 일하시던 아버지가 먼 길을 부리나케 걸어오셨다 하더라도 3~4시간은 족히 되었을 것이다. 희미한 눈으로 걱정스럽게 내려다 보시던 아버지 눈에 눈물이 주르르 흐르는 것을 난생 처음 보았다. 일손을 멈추고 3Km가 되는 길을 놀란 가슴을 안고 오시는면서 얼마나 멀게 느끼셨을까? 내가 어른이 되어 애들을 길러보니 그 날 아버지의 마음을 좀 알 것 같다. 의사는 주사 바늘을 빼면서 이제 곧 괜찮을 거라고 하셨던 것 같다.

나는 아무런 기억이 없고 다만 계단을 뛰었던 것 밖에 생각나지 않았다. 오랜만에 아버지의 넓은 등에 업혀 집으로 왔다. 아버지 등은 따뜻했고 나는 잠이 들었다. 그 날로 나의 술래잡기 놀이는 끝이 나고 말았다. 아무도 나하고는 술래잡기를 하지 않으려 했다. 다음 5일 장날도 우리 4형제는 어김없이 아버지 장 마중을 나갔고 아버지는 나를 보시더니 아무 말 없이 소죽통에서 번쩍거리는 하얀 쇠 도시락을 안겨주셨다. 얼마나 기다리던 도시락인가. 그 날따라 아버지의 얼굴에 수염이 더 길어 보였다.

그때 그 나무 도시락을 지금 생각해보면 옻칠이 된 것으로 가치 있는 명품이었던 것 같다. 다만 내게 너무나 어울리지 않았을 뿐이다. 좋은 것도 때로는 외면당할 수도 있는가 보다. 새 도시락을 선물 받은 나는 매일 도시락을 들고 다녔다. 새 알루미늄 도시락을 난로에 데워 들고는 교실을 한 바퀴 빙 돌아서 먹는 그 따뜻한 도시락의 맛은 일품이었다. 그래도 도시락 뚜껑을 세워서 가리고 먹는 습관은 오랫동안 이어졌던 것 같다. 요즈음도 음식점에서 옻칠한 나무 그릇을 가끔 볼 때마다 그때 그 나무 도시락이 생각이 난다. 며칠 후 봄맞이 동창회에 가면 창수와 정길이가 오면 그 날 이야기를 하면서 또 한 번 웃어야지.

그때 그 나무 도시락을

지금 생각해보면 옻칠이 된 것으로

가치 있는 명품이었던 것 같다.

섣달 그믐날
풍경

갖고 오신 물을 등에 천천히 부어주신다·그리고는
마지막으로 내 엉덩이를 찰싹 한번 때리신다·

섣달 그믐날은 조용하면서도 엄숙하다. 어린 우리 형제들은 묵은 해를 보내는 아쉬움은 모른 채, 한 살 더 먹는다는 기대 속에 들떠 있다. 나이 들어감이 이토록 웬수인 줄은 예전에 미처 몰랐던 나는 한 살 더 먹는 것이 그렇게도 좋았다. 그믐날은 엄마가 사다 주신 새 고무신과 새 양말을 미리 방에서 신어 보며 설날을 기다린다. 엄마와 아버지는 별말 없이 부산히 움직인다. 엄마는 가래떡과 엿을 고아 여러 종류의 강정 등 설 음식을 준비하시고는 온 집안을 쓸고 닦으며 손님맞이 준비를 하신다.

아침부터 우리 4형제는 이발하러 이발소 아저씨 댁으로 간다. 이발소 아저씨 댁은 마을 맨 끝자락에 있었다. 우리들은 서둘러 아침 일찍 이발소에 찾아갔지만 먼저 온 동네 사람들이 벌써부터 돌담벼락 밑 양지쪽에 길게 줄을 지어 웅크리고 앉아 기다린다. 오랫동안 머리를 깎지 않은 동네 아이들의 길게 엉킨 머리카락은 새집을 지은 지 오래다. 그래도 내일이 설이라 오늘은 꼭 깎아야 하기에 모두 와서 기다린다.

이발 아저씨는 죽담 옆 햇볕 잘 드는 곳에 손수 만든 어설픈 나무 의자에 달랑 아이들을 앉혀놓고는 이 빠진 이발기를 두 손으로 꽉 잡고 힘껏 밀어 재꼈다. 이빨이 몇 개 빠진 오래된 이발기로 철꺽철꺽 소리를 내며 머리를 밀어대는데 어찌나 아픈지 우리들은 눈물을 질금거리지 않을 수 없었다. 대부분의 아이들은 머리를 오랫동안 감지 않은 터라 머리 밑의 때가 덕지덕지 두텁게 말라붙어 있었다. 우리는 이것을 머리 소똥이라 불렀다. 너무 심한 나머지 머리 밑의 때가 이발 기계를 망가지게 하는 경우도 더러 있었다. 이발 아저씨는 석유 호롱을 의자 옆에 두고 가끔씩 호롱심지로 이발 기계에다 석유를 한 방울씩 떨어뜨리며 기계를 부드럽게 만들고는 두 팔에 힘을 주며 기계를 밀었지만, 기계가 나가지 않을 때도 많았다. 그렇게 머리를 깎은 친구들은 머리에 이발기계가 지나간 자욱이 밭고랑처럼 선명하게 드러났다.

이발 아저씨가 가장 싫어하는 아이는 그 중에서도 둥그렇게 머리가 빠진 전염성 피부병인 도장 버즘에 걸린 친구들이었다. 이 친구들이 머리를 깎으러 오면 아저씨는 화를 내며 돌려보냈다. 이 버즘은 전염성이 강하기 때문이다. 그런 친구들은 할 수 없이 집에 가서 자기 엄마에게 가위로 머리를 깎는 수밖에 없었다. 엄마표 이발사에게 머리를 깎인 아이들은 마치 소가 풀 뜯어 먹은 자리처럼 머리카락이 듬성듬성 남아 있었기 때문에 우리들 사이에서 웃음거리가 되었다. 여자 아이도 더러는 몇 푼 되지 않는 돈을 아끼려고 엄마가 집에서 가위로 잘라 주어 머리 모양이 밥그릇 뚜껑처럼 둥그렇게 하고 다니는 경우도 있었다.

일찍 저녁식사를 마치고 난 우리 형제들은 나름대로 마지막 날 해야 할 일이 많이 남아 있었다. 소죽을 퍼낸 솥을 대강 씻어내고 깨끗한 새물을 가득 채우고 물을 끓인다. 사방에 어둠이 깔린 산골 밤, 큰 형부터 디딜방앗

간 뒤 곁에서 나무 소죽통에 끓인 물로 설맞이 목욕을 한다. 첫째 형이 마치면 둘째 형이 들어가고 둘째 형이 끝난 후 셋째 형이 들어가고 셋째 형이 나오는 시간을 한참 기다려 마지막으로 내 차례가 되어 들어가 보면 솥에 끓인 물이 밑바닥에 깔려 있다. 막내에 대한 배려는 아예 없었다. 남은 물을 퍼내어 바가지로 머리부터 부어가며 씻어 내린다. 비누가 없는 관계로 손가락에 힘을 주어 손이 닿는 곳을 다 밀면 온몸이 빨갛게 충혈된다. 마지막 헹구는 물이 내게는 예상대로 부족했다. 이때쯤 엄마는 미적지근한 물 한바가지를 들고 내가 목욕하는 곳으로 들어오신다. 나를 엎드리게 하고 등을 아프도록 박박 밀어 주신다. 아프다고 엄살 부리면 내 허리를 살짝 문질러 간지럼을 주어 웃게 하신다. 갖고 오신 물을 등에 천천히 부어주신다. 그리고는 마지막으로 내 엉덩이를 찰싹 한 번 때리신다.

먼저 목욕을 마친 형들은 둘러앉아 강정을 먹고 있다가 목욕을 마친 나를 보자마자 작은 방으로 데리고 간다. 큰 형의 지시대로 나를 벽에다 세우고 눈금자를 내 머리 위에 대고 살짝 연필로 금을 그어 키를 재 둔다. 그 옆에 이름을 쓰고 키를 잰 연도를 적어둔다. 4280년. 한 해에 자란 키를 작년과 비교하여 본다. 내 키가 작년과 별 차이가 없어 속이 상하다.

큰 형은 그믐날 밤에 잠을 자면 눈썹이 하얗게 된다고 엄포를 놓는다. 나는 졸린 눈을 비비며 엄마 곁을 따라다닌다. 자정이 되면 엄마는 깨끗하게 흰옷으로 차려 입으시고, 머리에는 아주까리기름으로 반질반질하게 발라 참빗으로 곱게 빗고, 제일 먼저 사립문부터 활짝 열어 놓는다. 조상들을 맞을 준비를 하시는 것이다. 그동안 아껴둔 석유기름을, 구멍을 한지로 바른 등에다 가득 붓고는 마당과 우리 집 골목이 훤히 비춰도록 사립문 앞에 내어건다. 아주까리기름을 담은 접시에도 불을 밝혀 부엌에도 우물에도 내어다 놓는다. 온 집안 구석구석 불을 밝혀 오랜만에 온 집안이 대낮 같이 밝다. 온 동네가 집집마다 등을 내다 거는 바람에 항상 밤이면 어둡기만 한 우리 동네가 이 밤만은 불야성 같다. 엄마는 조상들이 집을 찾아오시는데 어둡지 않게 해야 한다고 하셨다. 그리고 혼자서 조용히 불을 향하여 자주 합장하시는 모습을 보았다. 우리 6남매의 건강과 행복을 빌었으리라.

자정이 지날 무렵이면 참고 참았던 졸음이 찾아와 나는 스르르 잠이 든다. 내일 신을 새 고무신과 알록달록한 새 양말을 안고서. 설날 아침에 일어나 제일 먼저 거울 앞으로 가서 눈썹을 본다. 희어지지 않은 눈썹을 확인한다. 장롱이 기름으로 말끔히 닦여 반들거리고, 방문에 붙어 밖을 내다보는 손바닥만한 유리조각에 묻어있던 파리똥도 깨끗이 닦여져 있다. 오랜만에 집으로 찾아오시는 조상들을 정성껏 모시려는 엄마의 마음이 물씬 느껴진다.

늘 바쁜 우리 식구들이었지만, 섣달 그믐날만은 이처럼 모두 이발하고 목욕하여 묵은 때를 깨끗이 씻고 집안 청소도 말끔히 하며 한해를 보내고 새해를 맞을 준비를 하였다. 동네 사람들도 모두 찾아올 귀한 손님을 기다리는 마음으로 골목골목을 마당비로 깨끗하게 쓸었다. 그믐날 밤은 왠지 모르게 마음이 뿌듯하였고, 별로 말이 없으면서도 무언가가 분주하게 진행되고 있었다. 그믐날 밤의 어두움이 온 골짝을 캄캄하게 덮으면, 동네 집집마다 훤하게 불을 켜고 밝아질 새날을 기다리면서 말이다.

우리들은 서둘러 아침 일찍
이발소에 찾아갔지만
먼저 온 동네 사람들이
벌써부터 돌담벼락 밑 양지쪽에
길게 줄을 지어
웅크리고 앉아 기다린다.

월이 그리고
독구

저녁이 되어 산그늘이 내리고 동네 집집마다
저녁 굴뚝에 뽀얀 연기가 피어오르면
독구가 앞장서고 우리는 집으로 돌아오곤 했다.

매미 소리도 좀 잦아진 초가을 날, 5일마다 열리는 읍내 장날이었다. 10리가 훨씬 넘는 길을 걸어서 다녀오신 엄마 장바구니에 강아지 한 마리가 담겨 있었다. 한 2년여 나의 단짝이었던 월이가 무덥던 어느 여름날 우리 집에서 사라진 지도 어언 한 달 가까이 된 때였다. 어머니는 나에게 강아지를 훌쩍 던져주시며 개를 그렇게 좋아하니 할 수 없이 사오셨다고 하셨다. 젖이 채 떨어지지도 않은 어린 강아지가 내 손안에서 파들거렸다. 품안에 안으며 이름을 물어보니 독구라고 하셨다.

대대로 월이만 키워온 우리 집에 갑자기 이름이 별다른 녀석이 등장했다. 영어를 못 배운 나는 무슨 뜻이냐고 물으니 엄마는 "난들 아냐? 그 녀석 엄마가 독구인데 그 집 아들이 영어를 배워 개는 영어로 독구라고 부르면 알아듣는단다"라고 하셨다. 월이는 우리 동네 개 이름의 공통 명사였다. 그 시절 우리 동네는 집집마다 개가 있었는데 그 이름은 한결 같이 월이였다. 아마 유래를 정확히는 알 수 없지만 수백 년 되었을지도 모른다. 그런데 갑자기 전혀 낯선 이름의 독구가 우리 집에 들어온 것이다. 그 날부터 나는 독구의 주인이 되었다. 아니 친구가 되었다. 처음 며칠 간은 밤만 되면 낑낑거리는 녀석을 식구들 몰래 품에 안고 방에서 같이 자곤 했다.

한적한 우리 마을에도 전쟁으로 인한 총소리가 들리기 시작했다. 수많은 군용 지프차들이 지금까지 보지도 못했던 모습을 한 사람들을 싣고 비포장 좁은 도로로 먼지를 날리며 북으로 북으로 질주했다. 마을 아이들은 무장한 미군들을 태운 군용 지프차를 뒤따라가며 겁도 없이 손을 흔들고, 초코렛 초코렛 외치며 달려갔다. 그들이 던져주는 달콤한 추잉껌을 주워 먹으면서 더 달라고 외치기도 하였다. 껌뿐만 아니다. 장죽 물고 세월을 태우던 동네 어른들의 입에 양담배 꽁초가 타오르고, 여인들의 입술에 립스틱이 칠해지기도 하였다. 단정하게 빗어 부치고 다니던 아낙들의 머리가 달군 쇠 젓가락으로 고대를 하는 바람에 라면머리로 변한 것도 그 무렵이었다. 우리 집 개 이름이 월이에서 독구로 바뀐 것도 사실은 이러한 시절 탓이다.

형 셋이고 여동생 둘인 나는 어른들이 모두 들에 일하러 가시고 나면, 나 혼자 집에 남아 여동생을 돌보았다. 문제는 어린 동생들이 응아할 때다. 이때 나를 도우는 녀석이 바로 월이었다. 매어 두지도 않은 개들은 한데 뭉쳐 들로 산으로 다니며 자유스럽게 뛰어 다녔다. 그러다가 집에서 "워리 워리"하고 부르는 소리가 나면 멀리서도 달려왔다. 개들의 청각이 사람보다 수백 배 가량 높은 탓인지 이름이 모두 같은데도 불구하고 자기 주인 목소리는 정확히 알고 달려왔다. 동생들이 사고를 치면 나는 구급차를 부르듯 골목에 나가 월이를 불렀다. 몇 번 부르면 날쌔게 달려온다. 벌써 오랜 경험으로 이 녀석들은 새참이 준비되었다는 사실을 알고 있었는지 정확히 그 장소로 가서 깔끔히 처리한다.

동네의 월이들은 한여름 복날이 지나는 동안 슬며시 사라지곤 했다. 억지로 세대교체가 이루어진 셈이다. 우리 집도 예외 없이 그토록 충실하던 월이가 사라져버렸다. 월이가 사라진 뒤 나는 날마다 강아지를 사달라고 어머니에게 졸랐다. 드디어 한 달여 만에 전연 새로운 이름을 가진 독구가 내 앞에 등장한 것이다.

이젠 동생들도 웬만큼 자라서 구급차를 부르지 않아도 되게 되었다. 이때부터 내게 새로운 임무가 주어졌다. 나는 소 먹이는 목동으로 승진하게 되었다. 목동은 틈만 나면 소를 몰고 산으로 가는 것이었다. 나는 소를 몰고 독구를 데리고 산으로 갔다. 처음엔 산길을 무서워하던 녀석이 몇 달 후부터는 외출을 했다가도 내가 산으로 가는 시간에는 집으로 와서 나와 함께 산으로 갔다. 우리 셋은 늘 단짝이었다. 소가 꼴을 뜯고 있는 동안 우리는 묘등 위에서 함께 뒹굴고 놀며 보냈다. 저녁이 되어 산그늘이 내리고 동네 집집마다 저녁 굴뚝에 뽀얀 연기가 피어올라 산허리로 기어오르면 독구가 앞장서서 우리는 집으로 돌아오곤 했다.

어느덧 독구가 우리 집에 온 지 3년이 되는 해, 6.25 총성이 멎고 군에 갔던 형님들이 고향으로 돌아오는 때, 나는 읍네 중학교에 진학하게 되었다. 요즘 거리로 6km 남짓한 길을 걸어서 다녔다. 학교 갔다 오는 길목에는 언제나 독구가 기다리고 있었다. 그러나 그해 여름은 직감적으로 독구의 위기가 왔다고 느껴졌다. 우리 집에는 보통 3년 주기로 월이가 바뀌었기 때문이다. 여름 방학 동안에 독구와 나는 개울에 목욕할 때도 같이 개구리 수

영을 했다. 내가 있는 곳에는 독구가 있었고, 독구가 있는 곳에는 내가 있었다. 방학이 끝나고 내가 학교에서 돌아오는 길목에는 언제나 그 녀석이 지키고 있었다. 어느 날 학교에서 돌아오는 길에 독구가 늘 기다리고 있는 그 자리에 도착했는데도 독구가 보이지 않았다. 손에 들고 다니던 영어 단어장을 책 보따리에 집어넣고 한걸음에 집으로 달려오니, 집안은 조용하기만 하고, 독구의 흔적은 어디에도 없었다. 나는 우리가 함께 오르던 산에 올라 사방을 둘러보며 독구를 부르고 또 불렀다. 꼬리를 흔들며 달려오는 그 녀석을 눈에 그리며 애타게 불렀으나 독구는 결국 나타나지 않았다. 오늘처럼 눈 오는 날은 산으로 들로 함께 뒹굴던 독구가 아련히 떠오르고, 철없이 뛰어놀던 그 시절이 그립다.

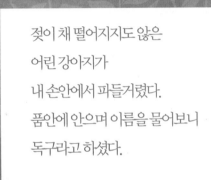

젖이 채 떨어지지도 않은
어린 강아지가
내 손안에서 파들거렸다.
품안에 안으며 이름을 물어보니
독구라고 하셨다.

초등학교
졸업 풍경

"잘 있거라 아우들아 정든 교실아 선생님 저희들은 물러갑니다." 이 구절을 부르는데 가슴이 스르르 가라앉는 것 같은 느낌이 들었다.

피비린내 나는 동족상잔의 혼란 속에 지루한 휴전 협정이 계속
되고 있었다. 휴전이 협정되기 몇 달 전 우리는 졸업식을 준비하고 있었다.
사변이 나던 해 우리는 4학년이었고, 우리 학년 전체가 남학생 두 반, 여학
생 한 반 모두 세 개 반으로 나누어져 수업했지만 전쟁으로 집안 형편들이
어려워져 한 해 동안 무려 30% 가량의 학생이 자퇴하게 되었다. 그 중에는
여학생이 더 많이 자퇴하였다. 5학년이 되면서 두 개 반으로 편성되었다. 6
학년 때는 더 많은 친구들이 자퇴하여 모두 한 반으로 합쳐졌다. 반 정도로
줄어든 남은 친구들이 모여 53년 1월부터 졸업준비를 하였다.

　졸업 사진 찍는 날이었다. 며칠 전부터 선생님의 당부가 있었다. 사진 찍
는 날은 깨끗한 옷을 입고 오도록 신신당부하였다. 그러나 모두 한 벌밖에
없는 핫바지 저고리 외에는 달리 옷이 있을 리가 없었다. 여학생들은 흰 저
고리에 검정 치마를 준비하라고 하셨다. 남학생은 아직 겨울이라 대부분
검정색 아래 윗도리뿐이었다. 한결 같이 콧등을 문질러 소매 끝이 반지르
한 옷을 입고 왔는데, 유독 한 친구는 좀 깨끗한 것을 입고 오라는 선생님
요청에 따라 아버지 흰 바지저고리를 입고 왔다. 선생님이 왜 검정 옷이 아
니고 흰 색 옷이냐고 물었을 때 그 친구 대답이 눈물겹다. 자기 것은 검정
색이지만 너무 기워서 사진이 얼룩질까봐 엄마가 특별히 아버지 흰 외출

복을 빌려 주어 입고 왔단다. 소매도, 품도 맞지 않는 큰 옷 입은 그 친구를 보고 선생님도 더 말씀 하시지 않았다.

고종 한 녀석이 나와 같은 졸업반이었다. 그의 아버지는 일제시대 일본에 가 있었고 해방이 되어 귀국했다. 귀국하면서 하나뿐인 아들을 위하여 세비로 양복 한 벌을 들여왔던 것이다. 고모가 오랫동안 고이 장롱 깊이 보관하다가 졸업식에 입혀 보냈다. 그런데 문제는 모두 처음 보는 양복이었다. 물론 선생님 양복은 보았지만. 또래가 입은 것은 처음이었다. 진곤색 양복으로 요즘 TV에서 보이는 북한 김정일 위원장이 입고 나오는 옷과 흡사한 복장이었다. 읍내에서 오는 사진사를 기다리느라 교실 앞에 몰려있던 친구들이 양복쟁이를 보자 모두 놀려 대기 시작했다. 반 친구들이 우르르 몰려와 빙 둘러서게 되었고 "양복쟁이, 양복쟁이"하고 소리 지르며 놀려 대었다. 끝내 양복쟁이 착한 녀석이 돌아서서 울기 시작했다. 아껴 입고 온 새 양복이 눈물로 얼룩지기 시작했다. 공교롭게도 사진사의 자전거가 고장이 나는 바람에 다음 날로 사진 촬영이 미루어졌고, 그 고운 멋쟁이 양복은 졸업 사진에 찍히지도 못하고 말았다.

사은회 날이었다. 날이 저물어 가는데 우리들은 가까운 냇가 자갈밭에 모였다. 이 골짝 자갈밭은 한때 우리가 유엔군으로 출정 온 미군에게 교실을 내어주고 야외 수업 하던 곳이다. 돌 하나씩 주어 엉덩이를 붙이고 둘러 앉았다. 기다리던 사은회 상이 차려졌다. 자갈밭 위에 책보 보자기를 펼쳐 놓고 그 위에 사은회 상을 차렸다. 과자는 꿈도 꿀 수 없고, 강냉이 뻥튀기가 수북이 쌓였다. 평소에 많이 먹을 수 없었던 강냉이 박산, 그 날은 푸짐했다. 달콤한 맛을 위하여 사카린을 좀 많이 뿌렸는지 가끔 쓰게 느껴지는 것도 있다. 그리고 선생님 댁에서 준비해 온 것으로 기억되는데 상어를 무생채와 고추장으로 무쳐온 회 무침이 큰 양푼에 담겨 놓여 있었다. 그리고 양조장에서 나무통 막걸리 한 말이 배달되었다. 우리는 청소하던 양동이에 막걸리를 부었다. 6-1이라 적힌 검은 글씨가 선명한 양동이에 준비해 온 사카린을 한 숟갈 태우고, 반장 녀석이 손을 씻었는지 모르지만 팔을 넣어 몇 번 저었다. 내 눈에는 그 녀석 팔꿈치의 까맣게 눌어 붙은 땟국물이 양동이 속으로 흐르는 듯했다. 그러고 보니 막걸리 맛이 아닌 단맛을 내는 음료수였다. 표주박 잔으로 모두 한 잔씩 돌렸다. 한 잔 받아 마셔보니 달콤한 것이 맛이 괜찮았다. 단 것이면 모두 맛있는 시절이었다.

유행가를 잘 부르는 정창수의 '울려고 내가 왔든가'라는 옛날 노래에 이어 담임선생님의 멋진 노래 한 자락을 시작으로 흥겹게 여흥이 진행되었다. 늘 들어도 너무 멋진 선생님의 십팔번 이화자의 '어머님 전상서'였다. 가사 한 구절은 아직도 기억에 남아있다. "하서를 받자오니 눈물이 앞을 가려 연분홍 치마폭에 얼굴을 파묻고서 하염없이 울었나이다." 시집간 딸이 친정 엄마로부터 받은 편지 답장으로 쓴 편지, 어머님을 그리는 마음이 절절한 사연이었다. 그 노래를 들으며 아버지 생각에 혼자서 눈물이 났다. 우리 모두 재창을 외쳤고 선생님은 또 다른 십팔번 '귀국선'을 분위기 있게 불러 주셨다. 달콤한 막걸리 맛에 한 잔씩 마신 풋내기 술꾼들의 얼굴이 빨갛게 달아오를 즈음 골짜기에는 어둠이 조용히 내려앉기 시작했다. 옥수수 튀김을 얼마나 주워 먹었는지 입안이 칼칼했다.

2월 말 즈음 우리는 강당에 모여 졸업식을 거행하였다. 교실 두 개를 터서 쓰는 강당은 늘 이불 홑청 같은 것으로 가리개를 했는데 우리 졸업생 일동은 학교에 광목으로 된 막 한 세트를 기증했다. 예정대로 졸업가 1절은 재학생들이 불러주었다. "빛나는 졸업장을 차신 언니께 꽃다발을 한 아름 선사합니다…." 2절은 졸업생인 우리가 부를 차례다 "잘 있거라 아우들아 정든 교실아 선생님 저희들은 물러갑니다…."이 구절을 부르는데 가슴이 스르르 가라앉는 것 같은 느낌이 들었다. 이때 한 분단 따로 앉았던 여학생들이 울음보를 터뜨렸다. 갑자기 식장은 울음바다가 되었다. 생각해 보면 여학생들로서는 마지막 졸업식이 대부분이었고 졸업하면 집에서 집안일 하다가 20세 전후되면 시집가게 된 그 과정이 너무 단순하고 서글프기도 했으리라 여겨진다. 울음소리가 섞인 3절은 재학생과 졸업생이 같이 부르는데 나도 목이 메어 부르지 못했다.

우리에게 큼직한 졸업증서 한 장씩 주어졌다. 손으로 말아들고 교문을 나서는데 여나문 명의 동네 친구들도 보이지 않고, 부모님도 참석하지 않은 졸업식은 참으로 썰렁했다. 한 번 더 교문을 돌아보았다. 6년 전 그 날은 아버지 손잡고 설레는 마음으로 교문을 들어섰는데, 그때 아버지 하신 말씀 지금도 기억에 남아 있다. "니 공부만 잘하면 아부지가 끝까지 공부시켜 주꾸마"하시며 손목을 꼭 잡아 주시던 아버지는 약속을 어긴 채 멀리 가버리셨다. 아버지 손잡고 입학하던 날은 개나리가 노랗게 학교 울타리를 장식했는데, 그 날은 아직 봉오리도 보이지 않았다. 상급학교 진학도 보장되지 않은 동네 친구들은 담임선생님께 인사도 드리지 않은 채, 무거운 발걸음을 집으로 향했다. 집 앞 골목에 나와 계시던 엄마가 내 머리를 쓰다듬으며, 돌아서시더니 앞 치맛자락을 치켜 눈물을 닦으신다. 아버지 생각을 하시는 것 같다. "넉 아버지 있었으면 좋아 할낀데"하셨다. 마굿간 앞에는 조그만 새 소꼴 지게가 주인을 기다리는 듯보였다.

돌담 책상과
자갈 의자

개울 자갈 바닥에 자기에게 알맞은 돌을 하나씩 고여 두고 책상으로 쓰고, 납작한 돌 위에 엉덩이를 붙여 의자 삼아 그대로 앉아 공부했다.

몇 달 전 어느 날 소집 종소리도 없이 조용히 전교생이 강당에 모인 자리에서 교장선생님이 침통한 표정으로 말씀하셨다. 지난 일요일 새벽 북한군이 기습적으로 38선을 넘어 전쟁을 일으켰다 하셨다. 보태어 우리 국군이 맞서 싸우고 있지만 서울을 곧 빼앗길 것이라는 말씀도 하셨다. 그러나 어떤 일이 있어도 배우는 일은 포기해서는 안 된다고 우리에게 당부하셨다.

　몇 달 지난 어느 날 다시 우리는 강당에 모였다. 무거운 분위기 속에 교장선생님의 훈시는 우리를 더욱 불안하게 만들었다. 우리의 수도 서울은 이미 적에게 넘어갔으며 적군은 탱크라는 괴물을 앞세워 계속 밀고 내려오고 있다고 하였다. 그것이 쇳덩어리로 되어 있어 총알을 맞아도 꿈적 않는다고 말씀하셨다. 때문에 우리 국군은 도저히 맞서 싸울 수 없어 아주 불리한 형편에 있다고 하셨다. 그래서 우리를 돕기 위해 유엔군이 참전키로 했는데 그 유엔군이 바로 우리 학교에 주둔하게 되었다고 하시면서 당분간 우리가 야외수업을 해야 하는데 어렵더라도 참아주기 바란다고 하셨다. 우리를 도우려고 온 유엔군을 환영하자고 하시면서 손수건을 꺼내어 눈물을 닦으셨다. 이후로 우리는 야외수업이 어떤 것인지도 모르고 야외수업에 들어갔다.

종소리도 없고 교장선생님 훈시도 없이, 어느 날 덩치가 큰 친구들이 작은 흑판 하나를 들고 조좌골(학교 옆 골짝)로 가고 우리는 그 뒤를 따라 갔다. 우리가 자리 잡는 곳이 교실이었다. 개울 자갈 바닥에 자기에게 알맞은 돌을 하나씩 고여 두고 책상으로 쓰고, 납작한 돌 위에 엉덩이를 붙여 의자 삼아 그대로 앉아 공부했다. 우리는 그렇게 개울가에 옹기종기 앉아 선생님 말씀을 듣고 공부했다. 운동장이 없어 보건(체육) 시간에는 묘등에 빙 둘러앉아 수건돌리기로 때웠다.

　하나밖에 없는 연필이 부러지면 돌에 박박 문질러 갈아 쓰고 목이 마르면 개울물을 마셨다. 화장실이 없어서 논두렁 밑에서 볼일을 봤다. 공책이 너무 부족해 제때에 노트를 구입하는 친구는 거의 없었다. 나는 공책을 아끼려고 한 권에다 국어와 사생을 같이 사용했다. 국어는 앞쪽에서부터 쓰고 사생은 뒤쪽부터 쓰기도 했다. 셈본은 줄 없는 공책을 썼다. 공책의 한 면은 말끔했지만 다른 면은 거칠어 연필이 잘 부러졌다. 지우개는 아예 없어 형이 준 헌 자동차 타이어 조각을 칼로 잘라 쓰는데 종종 새까맣게 번져 공책이 망가졌다. 그것도 없으면 검지에 침을 발라 살살 문질러 지우는데 이 때문에 때로 공책에 구멍이 뚫리기도 했다. 거친 종이로 시험 칠 때는 더욱 힘들었다. 비 오는 날은 우리는 어쩔 수 없이 수업을 중단할 수밖에 없었다. 나는 때로 선생님으로부터 글자가 너무 커서 공책을 많이 쓴다고 꾸중을 들었다. 가끔 노트 검사를 할 때면 반드시 공책 겉장까지 줄을 쳐 쓰라고 하셨다.

며칠 간 보이지 않던 4학년 3반 배억만 선생님이 철모에 장교 계급장을 달고 방문하셨다. 며칠 전에는 5학년 담임 천 선생님 전사 소식을 듣고 모두 울었다. 1주일 전에는 큰 형님이 학도병으로 어린 나이에 입대했다. 엄마는 형이 군에 가는 전 날 밤새워 우셨다. 엄마는 떡 보따리를 머리에 이고 형이 군에 가는 곳까지 멀리 따라가셨는데도 얼굴도 못보고 오셨다고 우신다. 나도 따라 울었다. 우리는 돌 위에 공책을 펴놓고 '일선 장병 아저씨들에게'하는 위문 편지를 자주 썼다. 나는 군에 간 형을 생각하며 편지를 썼다. 가끔 가까운 친척들 혹은 이웃 사람들의 전사 소식을 듣고 온 동네가 울음바다가 되기도 했다.

학교 오가는 길, 비포장도로에 먼지를 일으키며 줄지어 달리는 군인 트럭들로 우리들의 얼굴은 뽀얗게 되었다. 그래도 미군이 가끔 던져주는 추잉껌을 주어먹는 재미는 배고픈 우리들의 큰 관심사였다. 미군 트럭만 지나가면 우리는 무조건 손을 흔들며 "할로 오케이"라고 뜻도 모르며 고함을 질러댔다. 그리고 그들은 가끔 차를 세우고 껌 한 개씩을 여러 명이 모인 가운데 던져주었다. 마치 닭 모이 주워 먹듯 우리는 껌을 주우려고 서로 밀치며 야단이다. 이것이 재미난 미군들은 자주 던져 주고 밀치고 당기는 모습을 보며 즐기는 듯했다. 용케도 껌을 하나를 줍게 되면 나는 며칠 동안을 씹었다. 낮에 씹다 밤이 되면 벽에 붙여두고 아침에 자고 나면 또 씹는다. 어떤 녀석은 미군이 지나가면 "씹던 것도 오케이"하고 고함 질러 우리들을 웃기기도 했다.

날씨가 겨울로 접어들어 점점 추워지기 시작했다. 우리는 나무를 주워다 불을 피워놓고 빙 둘러 앉아 수업했다. 널빤지만한 작은 흑판을 돌로 받치거나 바람이 세차게 불면 양쪽에 한 사람씩 앞에 나아가 잡고 서 있어야 했다. 하늘에는 처음 보는 제트기가 귀가 따갑도록 소리를 내며 번개처럼 날아갔다. 비행기가 지나갈 때마다 우리는 수업을 중단하고 모두 하늘을 쳐다보며 신기해 했다. 군 트럭이 북쪽으로 줄지어 올라가는 모습이 별나게 많아진 어느 날 좀 일찍 우리는 겨울방학에 들어갔다. 그동안 한 학기를 종소리도 없고 조회도 없는 피난살이 수업을 받았던 것이다.

우리 동네 전체에 라디오가 한 대도 없어 뉴스는 항상 늦었다. 가끔 선생님이 전세를 이야기해 주는 것이 뉴스의 전부였다. 들판에서 수업하다가 비행기로 인천상륙작전 삐라도 수업을 중단하고 주어보고 어른들과 같이 덩달아 좋아했다. 전선이 좋아지면 우리는 "전우의 시체를 넘고 넘어 앞으로, 앞으로"하는 군가를 합창하며 기뻐했다.

어떤 일이 있더라도 학업은 포기하지 말라는 교장선생님의 훈시 말씀에 따라 자갈밭에 돌 책상 놓고 앉은 곳이 교실이 되었다. 몽당연필을 돌에 갈아 갱지노트 한 권에다가 두 과목 필기하며 검지에 침 발라서 지우개 삼은 그 시절, 이젠 꿈속에서 헤매는 듯하다. 모든 것이 부족했지만 그래도 배우려는 욕망은 눈동자에서 빛났다.

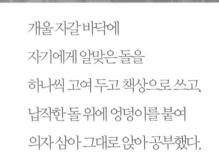

개울 자갈 바닥에
자기에게 알맞은 돌을
하나씩 고여 두고 책상으로 쓰고,
납작한 돌 위에 엉덩이를 붙여
의자 삼아 그대로 앉아 공부했다.

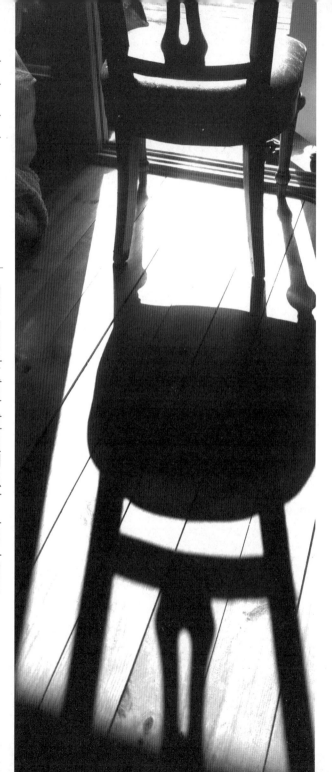

가을 운동회

여덟 명이 한 줄로 출발선에 섰다. 우리 반에서 가장 키가 작고 신경이 둔한 나는 하얀 출발선에 서기만 해도 가슴이 두근거리고 다리가 후들거렸다.

추석을 쇠고 가을바람이 불기 시작하면, 내 고향에 하나뿐인 초등학교에서 가을 운동회가 열린다. 나는 운동신경이 남달리 둔한지라 운동회가 그리 즐겁지만은 않았다. 그러나 한 해에 한 번 엄마가 우리 학교에 오시는 날이고, 여러 가지 맛있는 것을 사먹을 수 있는 날이기에 기다려졌던 것도 사실이다. 또 그 날은 엄마와 같이 학교 가까이 있는 외갓집에 가는 날이기도 했다.

운동회 날 아침 일찍 교문에 들어서면 긴 빨랫줄처럼 늘어뜨린 만국기가 무척 아름다웠던 기억이 난다. 교문을 지나 운동장으로 들어오면 횟가루로 하얗게 줄을 쳐놓은 여러 종류의 줄들이 새 운동화처럼 산뜻해 보였다. 부지런한 솜사탕 장수는 벌써 자전거를 세워 놓고 목청을 돋우어 가며 솜사탕을 팔고 있다. 6·25 전쟁 전인 3학년까지는 홍군과 백군으로 나눠 운동장 남쪽 편에 자리 잡고 응원을 했는데, 사변 후에는 붉은색은 공산당이 좋아하는 색깔이라 청군과 백군으로 나누어 앉아 응원했다. 머리에는 각자 집에서 엄마들이 만들어준 규격이 없는 홈메이드 푸른 띠와 흰 띠를 각각 매고 기차박수로 시작하여 "청군 이겨라", "백군 이겨라" 목청껏 외치며 응원했다.

응원석 건너편에 있는 본부석에는 흰 천막을 쳐 놓았고, 그 아래는 기다란 테이블을 펴고 주로 공책, 연필 그리고 양은 냄비 등 각종 상품을 즐비하게 쌓아 두었다. 대머리 교장선생님, 면장님, 모자에 금테를 두른 지서장님과 역장님이 두 팔을 쭉 펴고 점잖게 의자에 앉아 계셨다. 그 옆에는 사친회장님이신 양조장 사장님도 보였다. 전기가 들어오지 않는 우리 학교는 라디오 한 대도 없는지라 배경음악은 꿈도 꾸지 못했다. 몇 개 되지 않는 핸드 마이크만 있을 뿐이어서 육성으로 지휘하시는 선생님의 목소리는 저녁이 되면 약간 쉰 목소리로 변해 있었다.

우리 모두의 관심사는 개인적으로 상을 받을 수 있는 개인 달리기였다. 운동회 복장은 정말 여러 가지였다. 내가 하급생일 때는 남학생은 모두 고무줄이 보급되기 전이라 끈이나 무명실 줄로 만든 팬티를 입고 뛰었고, 여학생은 발까지 덮이는 몸빼 바지를 입고 뛰었는데 모두 다 맨발이었다. 러닝셔츠가 나오기 전이라 남학생들은 모두 까만 알몸이었다. 요즘 TV에서 보는 아프리카의 어느 초등학교와 별 다를 바가 없었다. 그런 탓에 우리들은 여학생의 다리를 한 번도 구경하지 못한 채 6학년까지 다녀야했다. 어떤 친구는 엄마들이 매어준 팬티 끈이 풀어지는 바람에, 한 손으로 팬티를 잡고 달리는 경우도 더러 있었다. 그럴 때면 온 운동장은 웃음바다가 됐다. 달리기 출발선에는 하나밖에 없는 화약 총소리가 요란했다.

우리 반이 달릴 차례가 되고, 드디어 내가 출발하게 되었다. 여덟 명이 한 줄로 출발선에 섰다. 우리 반에서 가장 키가 작고 신경이 둔한 나는 하얀 출발선에 서기만 해도 가슴이 두근거리고 다리가 후들거렸다. 선생님이 화약총으로 '빵'하고 총을 쏠 때는 더욱 더 긴장되었다. 총소리에 깜짝 놀라 내가 허둥거릴 때 벌써 다른 친구들은 저만치 달리고 있다. 매번 잘 뛰어야 7등이다. 뜨거운 햇살을 받으며 열심히 응원하고 있는 엄마에게 언젠가 한 번은 한문으로 '賞'자가 콱 찍혀있는 공책 한 권 보여 드릴 수 있을 것이라 내심 기대했지만, 6년 동안 늘 헛된 꿈이었다.

2학년 때였던 걸로 기억된다. 출발선에서 반쯤 달리다가 중간에 엄마 손목 잡고 달리기가 있었다. 운동회 전 날 선생님의 전갈로 이미 엄마도 알고 계셨다. 내 눈에는 출발선 저쪽에 있는 엄마의 모습이 아물거렸다. 출발신호에 맞추어 있는 힘을 다해 엄마 있는 쪽으로 달려가는데, 이모가 나오더니 엄마 대신 내 손목을 덥석 잡고는 달리기 시작했다. 엄마의 셋째 동생인 이모는 힘이 아주 세고 달리기도 잘했다. 이모 손에 질질 끌려가다시피 달려가는데 이모가 의욕이 앞서 나를 너무 세게 당기는 바람에 내가 그만 엎어지고 말았다. 다시 일어나 이모 손에 끌려 골인 지점으로 들어갔는데 그때 내 생애 최고 등수인 4등을 받았다. 온 가족이 공작을 했는데도 기대했던 공책 한 권은 수포로 돌아갔다. 지금 생각해도 원통하다.

우리 반은 (학년마다 각종 운동 용어도 정리되지 않아) 돗찌볼(Touch Ball)이라 불렀던 피구도 했고 푸드 베이스볼(Foot Base Ball)이리고 불렀던 발야구도 했는데, 송구 흉내는 내었지만 송구공도 없고 골대도 없이 고무공으로 하는데 좀처럼 맞지 않았다. 구기 종목 또한 부끄럽게도 나는 그 어느 것에도 두각을 드러내지 못했다. 그러니 나에게는 운동회가 꼭 즐거웠던 것만은 아니었다.

정오가 가까워 오면, 운동장 장대 끝에 달리 큰 찐빵처럼 생긴 파란색과 흰색으로 칠한 두 개의 기구가 등장한다. 어린 동생들이 청군, 백군으로 나누어 양손에 두 개씩 오재미를 들고 들어온다. 선생님이 보내는 신호에 따라 장대 끝에 달린 기구를 향해 오재미를 던진다. 한참 두들겨 맞은 기구가 소리를 내며 터지면, 오색 색종이가 와르르 쏟아져 나오고 '모두 함께 점심 맛있게 드십시오'하는 플래카드가 기구 안에서 흘러내려온다. 우리 모두는 '와아' 환성을 지르며 엄마 곁으로 달려간다. 사실 나의 운동회의 백미는 바로 여기에 있었다. 달리기는 못해도 이때는 엄마 곁으로 제일 먼저 달려간다. 엄마는 벌써 보자기를 펴고 갖고 오신 음식을 차려 두고 기다리신다. 흰 쌀밥에 잘 부풀어 오른 누르스름한 찐빵도 보인다. 삭힌 감과 삶은 밤도 보인다. 그러나 나의 관심은 그런 것보다 아이스께끼에 가 있다. 엄마는 운동회 날만은 꼬챙이에 끼인 아이스께끼와 솜사탕 그리고 오색 줄무늬가 들어간 큰 눈깔사탕을 꼭 사주셨다.

운동회가 오후로 접어들면 청군, 백군의 선수가 나누어 달리는 릴레이가 있었다. 각 학년에서 선수 한 사람씩을 뽑아 바통을 넘기며 이어 달리는 릴레이는 전교생을 흥분의 도가니로 몰아넣었다. 엎치락뒤치락 할 때마다 더 큰 함성이 운동장 하늘을 진동시켰다. 청백 응원단은 모두 자리에서 일어서서 고함을 지른다. 처음부터 앞서 달리는 사람보다 뒤에서 따라잡는 선수가 훨씬 돋보인다.

해가 질 무렵 또 한 번 운동장을 진동시키는 이벤트는 동 대항 어른들의 릴레이였다. 우리 면은 12개 동이 있었는데, 동마다 4명의 선수를 출전시켜 릴레이를 하는 것이다. 이는 학생들보다 학부형들이 더 흥분하는 재미난 경기였다. 여기에서 우승하면 우승기를 받는 영광이 있었다. 우리 동네는 비교적 큰 동네로 가끔 우승을 했다. 그런 날은 학교에서 집까지 꽤 먼 길을 온 동네 사람들이 "여이 샤, 여이 샤"를 외치며 우승기를 높이 들고 춤을 추며 동네까지 행진하며 즐거워했다. 동네에 도착하면 모두 막걸리를 마시고 밤새워 농악을 울리며 온 동네가 축제 분위기에 휩싸인다.

운동회가 끝나면 엄마는 바로 이모들을 모시고 학교 가까이 있는 외가로 간다. 집안 일이 바쁜 관계로 지적에 두고도 친정에 못 오시다가 운동회 날은 엄마 4남매가 다 친정에 모인다. 이 날은 외가에서 잔치판이 벌어진다. 네 자매가 끌고온 새끼들까지 북새통이 난다. 오랜만에 만난 엄마와 이모들은 밤새 맺힌 이야기 꽃을 피우고 우리 조무래기들은 외할머니가 해주신 맛난 것들을 배불리 먹으며 행복해 했다.

벼가 누렇게 익어가는 들판에 서서 반세기 너머 흘러가버린 어린 시절 운동회를 잠시 눈을 감고 회상해 본다. 만국기가 펄럭이는 운동장, 후들거리며 출발선에 선 코흘리개의 내 모습, 어린 내 손목을 잡고 냅다 달리던 막내 이모, 이제는 다시 만날 수 없는 이들, 선수들의 릴레이에 환성을 지르던 응원단, 동 대항 릴레이에 우승하여 우승기 높이 들고 춤추며 마을로 향하던 그 행진들이 눈앞에 삼삼하다.

아버지의
우마차
길

그 구루마 길은 아버지의 생활 무대였고
아버지의 삶이 녹아있는 길이었다.

언제부터인지 모르지만 아마도 내가 세상에 태어나기 훨씬 전부터 옛 경부국도와 'ㅜ'자 형으로 연결된 구루마 길이 몇 구비를 돌면서 우리 동네로 들어오고 있었다. 그 길은 동네 중심을 지나 깊은 골짜기까지 연결되어 있다. 그리 넓은 길은 아니지만 소 구루마가 다니기에 딱 알맞았다. 아버지는 소 구루마를 몰고 늘 그 길을 다녔다. 산에 나무하러 갈 때나 5일 읍내 장에 갈 때 이용하셨다. 논밭에 가실 때도 그 길을 따라 구루마를 몰고 가셨다. 아버지를 위해 길을 만들어 놓은 것처럼 아버지는 그 길을 그렇게 자주 다니셨다.

6.25 사변이 터지고 난 다음 해 초겨울이었다. 평소에는 학교를 마치고 집에 와도 좀처럼 아버지가 집에 계시는 것을 보기 어려웠다. 육남매의 뒷바라지를 위하여 들과 산에서 일하시느라 늘 집에 계시지 못했다. 그런데 그 날은 아버지가 집에 계셨다. 아버지의 당숙(나의 재종조부) 장례에 다녀오신 아버지가 앓아누우셨기 때문이다. 기골이 장대하시고 강건하셔서 좀처럼 앓아눕는 일이 없던 아버지인지라 신음 소리가 예사롭지 않게 들렸다. 걱정스러운 엄마 얼굴에서 상황의 심각함을 직감했다. 몸살이 나실 때에는 사랑방에서 목침을 두드리며 내가 전혀 알아듣지 못하는 한시에 곡을 부쳐 목청껏 부르시던 아버지가 그 날은 조용하시다가도 가끔 안채

까지 들리는 신음 소리를 내시기도 하셨다. 아버지 구루마는 주인을 기다리는 듯 골짜기로 향하는 길 가에 엎드려 있었다.

　그 날 밤부터 우리 집에는 무당굿이 시작되었다. 징소리가 요란하고 동네 사람이 다 모여 밤새 구경하고 있었다. 무당은 붉고 푸른 옷을 입고 징소리에 맞추어 춤을 추었다. 엄마는 아버지가 당숙 장례식에 갔다 귀신이 붙어 왔기 때문에 귀신을 쫓아내야 한다고 말씀하셨다. 엄마는 매년 사월 초파일에는 절에 가셨고, 해마다 일곱 번 제사로 조상을 열심히 섬겼고, 매년 초에는 점 집에 들려 온 식구 한 해 운수를 보고 오셔서 우리들에게 일러주곤 하셨다. "여름에는 물가를 조심하란다." 등 지극히 상식적인 이야기를 심각한 표정으로 전해주셨다. 그러나 무당의 푸닥거리는 처음이었다. 아버지가 평시에 굿 같은 것은 반대하셨기에. 나는 다급한 상황임을 실감했다. 읍내에서 온 영험하다는 무당 일행도 구경꾼들도 자정을 넘어 새벽녘에 구루마 길따라 모두 사라지고, 적막이 내려앉은 우리 집에는 아버지의 신음 소리만이 여전히 잦아들지 않고 있었다.

　밤에는 큰 형이 아버지 옆에 같이 자면서 간호를 했다. 밤중에 아버지가 왼쪽 배꼽 밑이 많이 아프고 딴딴하다고 하시며 만져보라고 하셨다. 형이 손을 대어 보더니 학교 교과목에서 배운 맹장염과 너무나 흡사하다고 하였다. 맹장염 증세는 독특하여 상식으로 아무나 쉽게 알 수 있는 병이었다. 다음날 아침 일찍 큰아버지 등 집안 어른들을 모아 가족 회의를 했다. 그 자리에서 큰 형이 아버지 병은 맹장염과 비슷하고 맹장염은 수술을 해야 한다고 제안했다. 온 집안 어른들이 굉장히 화를 내며 우리 집안에는 그런 모진 병이 걸릴 리가 없다고 야단이었다. 심지어 큰아버지는 목침을 들고 형에게 던지려 하며 야단치셨다. 대대로 살아오면서 농사 밖에 모르고 살아온 무지한 사람들, 수술은 곧 죽음으로 여겼던 모양이다. 그 날부터 아버지가 다니시던 구루마 길은 아버지도 다니지 못하셨고, 우리 4형제는 아버지 마중 나가는 즐거움도 사라져버렸다.

당시 동란 중 피난 온 서울 의사 한 분이 면 소재지에 살고 있었다. 서울 말을 하고 청진기는 들고 다녔지만 의사가 맞는지 누구도 확인하지는 못했다. 그가 가방을 들고 왕진을 왔으나 주사만 주고 가면서 걱정은 하지 말란다. 자기가 치료할 수 있다고 하고 돌아갔다. 그는 피난살이가 궁핍한 나머지 먹고 살아야할 절박한 상황이라 거짓 진단을 했는지, 아니면 맹장염도 모르는 가짜인지는 아무도 모른다. 그도 왕진 가방을 들고 구루마 길을 따라 우리 집을 찾아 왔지만 그 길 위를 다니던 다른 사람과는 좀 달랐던 것 같다.

며칠 후 학교에서 돌아오는데 우리 집 골목에는 동네 사람들이 웅성거리고 있었다. 온 집안에 썰렁한 기운이 느껴지는데 큰어머니가 뛰어 나오면서 나를 붙잡고 우신다. 오전 중 아버지가 갑자기 정신을 잃고 혼절하여 형이 업고 신작로까지 가서 지나가는 화물 트럭 운전자에게 애원하여 읍내에 하나뿐인 도이다 병원으로 모셨지만, 그 병원 원장이 맹장염이 악화되어 큰 병원으로 가라 하여 대구 병원으로 이송했다고 한다. 도이다 병원에서 응급 처치를 하신 아버지는, 당시 읍내에는 하이야(택시)가 없었으므로 대구에서 차를 불러 대절하고는 입원준비물 관계로 집에 잠깐 들렀단다. 택시를 타고 마을 입구 구루마 길에 도달한 아버지는 혼신의 힘을 다하여 같이한 식구들에게 창문을 열라 하시고는, 사방을 둘러보시며 "내 이 동네에서 태어나서 이 길을 수천, 수만 번을 오갔지만 이제는 마지막이구나"하시며 큰소리로 우셨단다. 그 구루마 길은 아버지의 생활 무대였고 아버지의 삶이 녹아있는 길이었다.

어렵사리 도립병원(현 경북대 병원)에 도착하여 응급실을 찾았으나 동란이 한창인 때라, 군인들로 초만원인지라 민간인 치료는 불가능하였다. 다른 개인 병원을 찾아 시내를 몇 바퀴 돌다가, 어렵사리 맹장염 수술을 해본 경험이 있는 대구 남산병원에 입원했다. 아버지는 그토록 겁을 내던 개복수술을 받았다. 치료시기를 놓치는 바람에 아버지의 맹장은 곪아 터져 염증이 온 내장에 퍼지고, 복막염으로 번진 후였다. 수술은 받았지만 회복의 길은 멀었다. 담뱃대 옆으로 물고 구루마 길로 소 몰고 오시는 아버지는 기대할 수 없었다.

온 식구가 다 병원에 가 있는 동안 외할머니가 우리 집에 와서 나와 동생들을 돌봐 주셨다. 초등학교 5학년이었던 내가 소 여물을 담당했다. 아침저녁으로 큰 가마솥에 불을 지펴 소죽을 끓여 주는 것이 쉽지 않았다. 온 식구가 병원으로 간 후 그래도 아버지가 돌아오기를 간절하게 기다리는 마음으로 아버지가 아끼던 황소를 열심히 돌보았다. 통신시설이 전혀 없었던 관계로 형들이 자주 대구를 오가며 아버지 소식을 전해왔다. 형들은 늘 아버지가 다니시던 구루마 길을 걸어 다녔다. 우리 집 툇마루에 서서 멀리 빤히 보이는 그 길따라 초췌한 모습의 형이 보이면 나는 달려가 소식을 묻곤 했다. 그때마다 형은 대답이 없었지만, 나는 눈치로 아버지 병이 호전되지 않음을 직감했다.

아버지가 입원하신 지 한 보름이 되던 어느 날 아침, 아버지는 이불에 쌓인 채 구루마 길을 택시를 타고 집으로 돌아오셨다. 병원에서 치료를 포기하는 바람에 돌아오신 것이다. 그토록 온 식구들이 애타게 기다렸건만 피골이 상접한 상태로 돌아오셨다. 그래도 정신은 또렷하셨다. 나뭇가지처럼 마른 손으로 나의 손을 겨우 잡고 말하기가 어려우신지 움푹 패인 눈가로 눈물만 흘리셨다. 모기만한 작은 목소리로 "형 말 잘 듣고 공부 잘 해라"하셨다. 집에 오신 지 사흘째 되는 날이었다. 구름이 낮게 깔린 차가운 새벽, 먼동이 틀 무렵, 아버지는 어머니와 우리 6남매를 실눈으로 한번 돌아보시더니 하고 싶으신 말 다 못하시고, 43세의 아까운 연세로 조용히 눈을 감으셨다. 그토록 그리시던 구루마 길을 한 번 더 가보시지 못한 채 돌아가셨다.

아버지는 성실히 사셨고, 법 없이도 살 수 있는 분이라고 온 동네가 같이 슬퍼했다. 이제 그 소 구루마 길은 말끔히 포장되어 자가용 차들이 오간다. 그 길따라 장에 가시고 또 산과 들에 가신 아버지, 그 길로 병원 가시고 오셨다. 아버지의 상여도 그 길을 따라 다시 오시지 못할 곳으로 가셨다. 그 길을 지날 때마다 담뱃대를 물고 연기를 하늘로 날려 보내시던 아버지와 그 아버지의 구루마 생각이 간절하다. 그 길, 아버지의 길, 오늘이 어버이날이라 더욱 그립다. "오홍 오홍 오호야 오홍" 상여꾼 소리와 함께 묵직한 상여 행렬도 그 구루마 길따라 골짜기로, 골짜기로 올라갔다. 그 길 끝에는 하늘 길이 연결되어 있나보다. 마지막으로 아버지는 그 길을 구루마를 몰고 가시지 않고 상여타고 가셨다.

아버지는 소 구루마를 몰고

늘 그 길을 다녔다.

아버지를 위해

길을 만들어 놓은 것처럼

아버지는 그 길을

그렇게 자주 다니셨다.

아버지
떠나신 후

아버지는 우리들에게는 한 사람이 아니었다.
우리에겐 전부를 잃은 것처럼 큰 영향을 미쳤다.
아버지가 없는 세상은 참으로 험난했다.

음력 동짓달 말 온화한 날씨였다. 병풍 하나를 사이에 두고 말이 없으신 아버지와 지나온 지 이레 되는 날 아버지는 떠나셨다. 원근 각지에서 많은 이들이 방문하여 애도해 주셨다. 사십삼 세라는 젊은 연세에 돌아가신 아버지의 짧은 삶을 두고 아버지 친구들은 우리 어린 상주들을 위로해 주었다. 그들은 아버지의 죽음이 그렇게 억울한 것은 아니고, 다만 아들을 넷이나 두고 하나라도 장가보내지 못하여 며느리 손에 밥을 한 번 받아 드시지 못하고 가신 것이 원통한 일이라고 말씀하셨다. 당시 어른들의 삶의 가치는 후손을 이어 주는 것이었는지 모른다. 아침 일찍부터 아버지가 타고 가실 가마(상여)가 꾸며지고 아버지 떠나시는 준비로 온 동네가 부산했다.

　짚신을 졸라신고 머리에 수건을 동여맨 동네 장정 수십 명이 전선으로 출정하는, 완전 무장한 병정처럼 든든해 보였다. 우리 어린 네 형제가 상여 뒤를 따랐다. "북망산천이 어디메뇨", "오홍 오홍 오호야 오홍", "이제 가면 언제 오나", "오홍 오호야 오홍." 노인의 요령 소리에 맞춰 구성진 가사에 마음이 더욱 아팠다. 여자는 산소를 따라가지 않는다는 마을 풍습에 따라 엄마와 온 동네 아낙들은 마을 뒤 들길에 모두 나와서 눈물로 아버지 마지막 길을 배웅해 주셨다. 온 동네가 슬픔에 잠긴 모습을 뒤로 하고 아버지는 매일처럼 다니시던 길을 따라 깊은 골짜기, 끝자락에 위치한 선산을 향하여 나아갔다.

옹기종기 모여 있는 초가집 뒤 곁에 꼬불꼬불 정돈된 논두렁이 아버지의 일터였는데 아버지는 마지막으로 상여 위에서 내려다 보는 듯했다. 상여를 멘 장정들이 여느 때 같으면 상여를 메고 한자리에 서서 시위를 하여 상주로부터 막걸리 값을 챙기는 관습이 있었지만, 그 날은 어린 상주들이 애처로웠는지 한 번도 장난하지 않고 골짝 중간 지점에 위치한 달구지 정거장에 도착해 한 차례 쉴 뿐이었다. 달구지 정거장은 아버지가 소에 길마를 지우고 나무 실으러 먼 산에 가신 동안 나 혼자 가재를 잡고 기다리던 곳이었다. 정거장은 지난날과 변함이 없었지만 마지막 가시는 아버지를 애도하는 듯 조용했다. 아버지가 언제나 구루마를 걸쳐두던 큰 돌은 주인을 잃은 채 그대로 그곳에 말없이 서 있었다. 작별인사도 없이 아버지는 그곳을 떠나셨다.

이제부터는 넓은 상여가 올라가기에는 턱없이 좁은 길이다. 좁은 비탈 산자락 외길. 왼쪽에는 오랜 세월 깎이어 만들어진 험한 바위며 계곡이고, 다른 쪽은 산자락이었다. 상두꾼이 호흡을 맞춰 상여를 한 쪽에서는 비탈 위에서 누르고, 다른 쪽에서는 매달리는 형태로 가시밭 길을 절묘하게 함성을 지르며 빠른 속도로 치켜 올렸다. 상여꾼들의 함성소리는 고지를 점령하는 군사들의 함성과 같이 들렸다. 아버지 가시는 길은 험했지만 그들의 수고로 무사히 선산에 안착했다. 아버지 계시지 않는 그 큰 산은 새소리도 멈춘 듯 고요하다. 주인공이 떠난 무성영화처럼 텅 빈 듯했다. 왕 소나무들이 듬성듬성 서 있는 선산, 그 중 한 그루는 아버지가 늘 소를 매어 두시던 곳이다. 소의 배설 물도 여기저기 널려있다. 소가 등을 문질러대는 바람에 얼마간 매끄러워진 나무껍질도 유난히 눈에 들어온다. 사람도 소도 사라질 것을 생각하니 그 큰 소나무가 외로워 보였다. 우리는 옹달샘 옆에다 자리를 펴고 문상객을 받았 다. 물 한 모금 마시어 목을 축여 보았다. 아버지가 망개(청머루)잎으로 조심 스럽게 떠 주시던 그 물인데도 그 날은 물맛이 달랐다.

정해진 시간에 따라 하관식이 진행되었다. 형들과 함께 옷자락에 흙을 담아 아버지 누워 계신 가슴에 뿌렸다. 아버지는 좀 더 일을 많이 하시려고 먼동이 틀 때부터 어두울 때까지 이곳에 계셨다. 들에서도 날이 저물어 잘 보이지 않을 때까지 누구보다 부지런히 일 하셨지만 마지막 차지한 것은 옹색하게도 고작 한 평 남짓한 땅이었다. 아버지 위에 흙이 덮일 때 아버지 가 이제 완전히 떠나시어 다시는 볼 수 없다는 것을 생각하니, 너무 서러워 어린 우리 형제는 산이 무너질 듯 목 놓아 울었다. 문상 오신 수많은 문상 객도 상두꾼도 함께 울었다.

동짓달 산그늘이 내릴 무렵 우리는 마을로 돌아왔다. 옹기종기 모인 초 가 집집마다 저녁연기가 조용히 피어오르기 시작했다. 들녘에서 늦게까지 일하시던 아버지 모습이 눈에 어른거렸다. 흰옷 입으신 아버지가 일하고 계실 것 같아 주위를 둘러보았다. 담배쌈지를 가져다 드리면 말없이 반갑 게 맞아 주시던 아버지, 머리에 또아리를 얹고 그 위에 큰 광주리 하나 가득 새참을 이고 가시는 엄마를 따라 쫄랑거리는 물 주전자 혹은 농주 주전자를 들고 따라온 나를 안아 주시던 아버지 모습이 눈에 어린다. 멀리 희미하게 신작로가 보인다. 그 길따라 워낭 소리에 귀를 기울이며 읍내 장에 가신 아버지 마중을 가던 그 즐거움도 이제는 끝이다.

집 앞에서 기다리던 엄마가 눈물로 맞아 주신다. 그 날은 삼베에 싸인 엄마가 그렇게 연약해 보였다. 너무 넓었던 아버지의 어깨에 비하면 엄마의 그곳은 너무 왜소해 보였다. 아버지께서 병풍 뒤에 말없이 계셨지만, 완전히 떠나시고 보니 우리 집은 텅 빈집 같다. 그것은 현실이었다. 서럽고 아리는 가슴 그것은 어쩌면 감상이었다. 무서운 현실을 내 어린 영혼으로 받아들이기에는 너무 버거웠다. 아버지는 우리들에게는 한 사람이 아니었다. 우리에겐 전부를 잃은 것처럼 큰 영향을 미쳤다. 마치 눈보라치는 겨울 길거리에 나온 철없는 강아지 같았다. 아버지가 없는 세상은 참으로 험난했다. 인간이 살아가는 데는 물질보다 정신적이 지주가 먼저라는 것을 차차 알게 되었다.

황토방 한 평도 차지하지 못하셨지만 참으로 열심히 사신 아버지, 이제는 아버지 잃은 상처도 주름지고 있다. 돌아보면 좀 더 어깨를 펴고 세상과 호흡하지 못한 아쉬움이 남는다. 때로는 내가 잘못한 것도 아버지 핑계로 치부하기도 하였다. 그 중 상당 부분은 아버지가 계시지 않았기 때문이었다는 생각도 든다. 아버지는 내게 좋은 것만 보여주시고 너무 일찍 가셨다. 천상에서 바라보시는 아버지께 기뻐하시는 막내 아들 모습을 보여드리려 애를 쓰며 살아왔지만 여전히 부끄럽게만 느껴질 뿐이다.

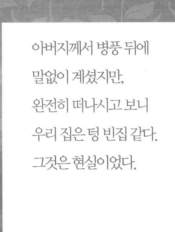

아버지께서 병풍 뒤에
말없이 계셨지만,
완전히 떠나시고 보니
우리 집은 텅 빈집 같다.
그것은 현실이었다.

02

아버지 담뱃대

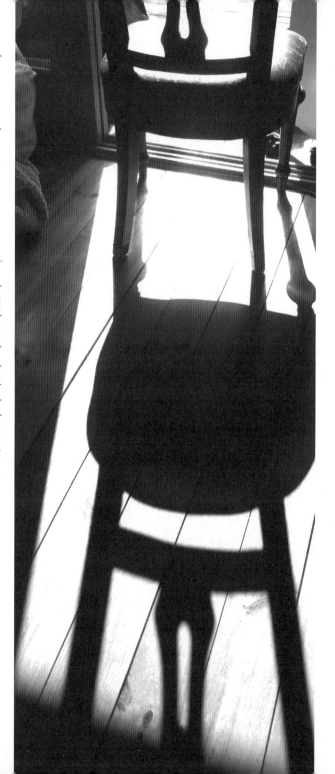

아버지 담뱃대

담배쌈지를 들고 나가시면서
힐끗 우리들을 돌아보고 겸연쩍게 웃으셨다.

일을 운명삼아 별 다른 취미가 없으셨던 아버지는 담배를 즐기셨
다. 어디를 가셔도 담배쌈지는 챙기셨다. 아버지 담배쌈지에는 누렇게 말
린 엽연초와 불그스름한 색을 띈 부싯돌과 쇠로된 부시 쇠 그리고 쑥을 말
려 부드럽게 손으로 비벼 만든 부시 솜 등이 복잡하게 들어있었다. 멀리 가
시다가도 혹 담배쌈지를 잊어버리셨으면 다시 돌아와 반드시 가지고 가셨
다. 쌈지는 아버지의 동반자였고 담배는 아버지의 가장 친한 친구였다.

　아버지가 아침에 자고 일어나서 제일 먼저 하시는 일이 담뱃대에 불붙
이는 일이었다. 부싯돌에다 부쇠를 부딪치는 소리가 요란하였다. 찰깍찰깍
수십 번 부딪쳐야 겨우 불꽃이 튕긴다. 불꽃이 솜에 올라붙으면 담뱃대에
불을 붙일 수 있었다. 때로 불이 잘 붙지 않으면 아버지는 오랫동안 찰깍거
리셨다. 담뱃불 붙이기가 그리 어려운데도 담배는 끊지 않으시고 늘 즐기
셨다. 가끔 이불 속에서 찰깍거리는 부싯돌 소리에 잠을 깰 때면, 나는 아
버지가 왜 그렇게 열심히 담배를 피우시는지 이해하기 어려웠다.

　아버지는 어딜 가시던지 담배쌈지는 꼭 지니고 다니셨지만 가끔은 잊고
일보러 가실 때도 있었다. 한 번은 소 구루마를 몰고 시장으로 가신 후, 아마
신작로까지는 가셨으리라 여길 즈음에 도로 집으로 오셨다. 우리들은 깜짝
놀라 사고가 난 줄 알고 물었으나, 아버지는 말없이 사랑방으로 들어가시더

니 담배쌈지를 꺼내 들고 나오셨다. 신작로에서 담배 생각이 나서 길가에 소
구루마를 세워두고 다시 오셨나 보다. 담배쌈지를 들고 나가시면서 힐끗 우
리들을 돌아보고 겸연쩍게 웃으셨다. "그깟 담배 하나 못 끊어 저렇게 고생
을 해." 엄마의 궁시렁거리는 소리를 못들은 채 하시며, 아버지는 힘찬 발걸
음으로 담배 연기와 함께 신작로 쪽으로 사라지셨다.

들에서 일하시다가 담배를 잊어버리면 지나가는 동네 사람들을 통하여
집으로 담배쌈지 배달 전갈을 보내신다. 엄마는 주로 나에게 심부름을 시
켰다. 아버지 손때가 달라붙은 담배쌈지를 들고 나는 들로 뛰어갔다. 쌈지
가 배달되면 아버지는 반가워하시면서 쟁기를 논바닥에 꽂아둔 채 부싯돌
을 두들겼다. 물고 계신 곰방대 위로 뽀얀 연기를 하늘로 날려 보내면서 나
를 보고 별말씀 없이 빙그레 웃어주셨다. 즐거워하시는 아버지 모습에서
나는 심부름하는 보람을 어렴풋이 느끼곤 하였다.

성냥이 등장한 후부터 담배뿐만 아니라 모든 가정에서 편리하게 불을 지
필 수 있게 되었다. 집집마다 그토록 소중하게 여기던 불씨 지키기가 빛이
바래져 갔다. 새댁이 시집 오면 가장 먼저 듣는 시어머니의 당부 중 하나가
불씨를 지키라는 것이었고 이를 지키지 못하면 구박을 받았다. 그러나 아
버지는 담뱃불만큼은 성냥을 좀처럼 쓰지 않으셨다. 사각으로 생긴 큰 성
냥 통은 무엇보다 귀한 대접을 받았다. 성냥 통은 집안의 중심부에서 엄마
의 통제 아래 자리를 지키고 있었다. 성냥 한 개비 아끼려고 아궁이에서 다
른 아궁이로 불이 붙은 숯덩이를 옮겨 입으로 바람을 불어가며 불을 지폈

다. 아버지는 들이나 산에 가실 때 성냥보다는 꼭 부싯돌을 챙기시고 담뱃대와 담배쌈지 안에 습관적으로 넣어가셨다.

세월이 한참 지난 어느 날, 읍내 5일 장에 다녀오신 아버지는 이상한 물건 하나를 담배쌈지에서 꺼내 자랑하셨다. 한 손으로 작은 모자를 딱 붙여 쓰고 있는 것 같은 그 물건을 아버지는 모자를 벗기고는 엄지로 살짝 돌렸는데 찰각 소리를 내며 불이 켜지는 신기한 것이었다. 아버지 주위에 둘러앉아서 보고 있던 우리 형제들은 모두 놀라 환성을 질렀다. 그것은 곧 라이터라는 신 발명품이었다. 이 신 발명품이 우리 집까지 찾아오는 데는 많은 시간이 걸렸을 것이다. 그래도 읍내까지 찾아온 그 신기한 물건을 아버지가 담배를 좋아하신 관계로 남보다 먼저 손에 넣으신 셈이다. 라이터는 우리들의 호기심을 자극하여, 우리들은 아버지 쌈지만 보면 라이터를 꺼내 불을 켜보곤 하였다. 그때마다 아버지는 돌이 닳는다고 싫어하셨다. 이후로 찰각거리던 부싯돌 소리에 새벽잠을 깨는 일은 없어졌다. 쌈지와 담뱃대는 별로 변함이 없이 자리를 지켰다.

아버지 연세가 마흔이 되는 생신날이었다. 친인척들이 모여 생일상을 즐기고 있는데 아버지는 한복 정장을 차려 입으시고, 처음으로 장죽을 물고 의젓하게 나타나셨다. 알록달록하게 무늬를 새긴 담뱃대는 길이가 상당히 길어 혼자서 불붙이기도 어려울 정도였다. 당시 담뱃대 길이는 연륜과 권위의 상징이었다. 그래서 양반들은 담뱃대가 너무 길어 혼자 불을 붙이지 못해 담뱃불을 붙여주는 담방고라는 동자를 두었다고 한다. 그때 우리 동네는 관례로 40세 전에는 누구도 장죽을 물고 다닐 수 없었다고 한다. 이는 어른을 상징하기 때문에 40세가 되어야 장죽을 물고 다닐 수 있도록 허용되었던 것 같다. 아버지가 그토록 기다리던 장죽을 물고 빙긋이 웃으시던 그 모습이 지금도 눈에 선하다. 요즘 아마 65세가 되면 국가적으로 노인으로 대우하는 것과 같다고 할 수 있을까?

사랑방 앞에는 언제나 노랗게 물든 담뱃잎을 잘 엮어서 길게 매달아 말리고 있었다. 이것을 아버지는 시간이 날 때마다 칼로 아주 잘게 썰어 쌈지에 넉넉히 담아 다니셨다. 아버지는 담배 대접을 좋아하셨다. 들에서 친구 분을 만나면 꼭 한 대 피우라고 권했다. 아버지의 정성이 깃든 담배였기에 손님에게 접대하는 기쁨이 있었던 것 같다. 때로 장죽에 담배를 넣어 대접하셨다.

해방 후 언제부터인가 우리 동네에도 담배집이 생겼다. 매월 한 번씩 담배가 전매청에서 배달되었다. 배달된 담배 양이 그리 넉넉지 않았다. 담배 배달 오는 날은 온 동네 사람이 담배집 앞에서 기다리곤 했다. 나도 가끔 아버지 심부름으로 담배집 앞에서 기다렸다. 아버지가 기다리는 담배는 엽연초로 이름이 풍년초였다. 풍년초는 건빵 봉지처럼 생겼는데 이때부터 아버지는 담뱃잎을 말리지 않아도 되었다. 아버지 사랑에는 언제나 반쯤 남은 담배봉지가 주둥이가 꼭꼭 접힌 채 대기하고 있었다.

금연 운동이 한창인 요즈음, 아버지가 즐기시던 담배와 누런 때로 쩐 담배 쌈지가 생각난다. 라이터의 신기한 불꽃에 감탄하던 때 그리고 마흔 생신날

장죽을 물고 나타나셔서 한껏 권위를 자랑하시던 아버지의 소박한 욕심, 곰방대에서 장죽으로 엽연초로 또 궐련으로 바뀌어 온 세월, 아버지는 엽연초를 즐기셨지만, 궐련 시대는 맛보지 못하신 채 먼 길을 가셨다. 아버지도 계셨으면 금연하셨을까? 아닐 것 같다. 나는 지금 아버지가 계시다면 좋은 담배를 사드리고 싶다. 담배는 아버지의 가장 친한 친구였으니까. 아버지는 그 장죽을 오래 즐기시지 못하고 먼 길을 가시고 말았다. 아버지는 가셨지만 몇 년 동안 주인 잃은 장죽은 홀로 아버지 빈소를 지켰다.

솜
이
불

밤이 깊어 아랫목이 차차 식기 시작하면
이불 밑 남자 아이들의 발 여덟 개의 영역 다툼이
시작된다.

눈 덮인 산장 창 너머로 차가운 겨울이 사자 이빨을 드러내고 어두움 속에서 으르렁거리는 듯하다. 내 눈의 초점이 머무는 멀리 산마루에는 고향마을이 어른거린다. 따뜻한 아랫목 이불 밑에 우리 4형제가 발을 넣고 형들의 무서운 도깨비이야기가 무르익어 갈 때면 엄마가 준비한 소박한 군것질을 늘 기다렸다. 배추 뿌리일까? 홍시일까? 아니면 강정일까? 아니면 얼음으로 살짝 속옷 입은 동치미일까? 밤이 깊어 아랫목이 차차 식기 시작하면 이불 밑 남자 아이들의 발 여덟 개의 영역 다툼이 시작된다.

나는 초등하교 입학 전에는 엄마 방에서 잤다. 입학 후 어느 날 큰 형이 나를 불러 이제는 너도 형 방에서 같이 자야 한다고 하였다. 그때 밤중에 아버지가 사랑방에서 엄마 방으로 건너오시는 일이 가끔 있었다. 형은 아버지와 함께 자게 되면 엄마 방이 비좁기 때문이라며 이제는 우리끼리 자야한다고 알 듯 모를 듯한 이야기를 하면서 씩 웃었다. 나는 아버지가 엄마 방으로 오셔도 방이 커서 충분히 잘 수 있는데 왜 그러는지 의아했다. 나는 엄마 옆에서 정말 떨어지기 싫었다. 그러나 한번 내린 형의 명령을 거부할 수도 없었다. 잠결에 나도 몰래 그린 지도 탓에 종아리에 빨간 줄이 보이도록 회초리로 많이 얻어맞곤 했던 정든 솜이불을 뒤로 하고 나는 엄마 방을 떠나야 했다.

그 날 밤 나는 베개 하나 달랑 들고 대청마루를 건너 형들 방으로 이사했다. 형들 방에는 언제나 커다란 이불 하나가 깔려져 있었다. 빛바랜 붉은색 끝단을 댄 검은 색 큰 이불이었다. 약간 퇴색된 이불, 굵은 베 호청을 넓게 두르고 언제나 아랫목을 지키고 있었다. 그 검은 큰 이불은 엄마가 손수 목화를 심어 솜을 만들어 두둑하게 두어 만든 엄청 따뜻한 이불이었다. 첫날밤은 낯설어서 무언가 어색했다. 큰 형이 중간에 나를 눕혀주고, 그 다음이 둘째 형, 그리고 한쪽 끝에는 셋째 형이 누워 잠을 청했다. 엄마 방을 떠나 이사 온 후 첫날밤이라 그런지 눈이 말똥 말똥한 게 잘 감기지 않는다. 초저녁에는 소죽을 끓인 방이라 아랫목 구들장이 따끈따끈했다. 잠을 자려고 이불 속으로 들어갈 무렵에는 네 명의 다리가 일정한 간격을 유지하고 있었다. 한밤중이 지나면서 방에 냉기가 돌기 시작할 무렵이 되면 문제가 발생한다.

이불 밑에서 무언의 전쟁이 벌어지기 시작하는 것이다. 내의가 일반 사람들에게 보급되기 시작한 것은 6.25전쟁이 시작된 전후로 기억된다. 내가 형들 방으로 이사 갈 즈음 우리 시골에는 내의를 입은 사람이 아무도 없었기 때문에 모두 알몸으로 잠자리에 들었다. 걸친 것이라야 엄마가 무명으로 지어준 헝겊으로 끈을 넣은 팬티 하나뿐이었다. 그러니 구들장과 이불에 의지해 겨울밤 추위를 견뎌낼 수밖에 없었다. 넷이서 조용히 자면 그런대로 함께 추위를 견뎌낼 만한 큰 이불이었지만, 누구 하나가 많이 차지하게 되면 다른 사람은 발이 이불 밖으로 쫓겨나는 형편이었다. 구들장이 식으면 아랫목도 제 역할을 못한다. 그럴 때에는 오직 솜이불에만 의존해야 하는데 우리 어린 형제들은 아무도 양보를 하지 않았다. 형 셋이 잘 때는 그런대로 잘 버티어온 모양이다. 그러나 막내가 쳐들어오고 난 후부터 우리 모두는 밤마다 이불 쟁탈전을 벌이게 되었다.

아직 어린 아이들이었던 우리는 그렇게 얌전히 잠들지 않았다. 문제는 먼저 셋째 형 쪽에서부터 발생했다. 아랫목에서 비교적 먼, 끝자락으로 밀려난 셋째 형이 자던 방향을 바꾸어 우리들의 다리 아래쪽에서 가로로 누워버렸다. 그러니 나머지 형제들은 다리를 뻗고 잘 수가 없었다. 처음에는 발과 발이 부딪치다가 어쩌다 이불이 이쪽으로 쏠리면 다른 한쪽 사람 다리가 이불 밖에서 추위에 떨게 된다. 그렇게 되면 밖에서 떨던 누군가의 다리가 반격을 시작한다. 이 쪽 저 쪽 서로 반격을 하여 하룻밤에도 몇 차례씩 반격과 수비가 이루어졌다. 그런데 묘한 것은 아침이 되어 자면서 왜 이불을 당겨 갔느냐고 서로 추궁하는데 그럴 때면 아무도 모른단다. 잠결에 무의식중에 저질러진 일인지라, 그때 누가 원인 제공자인지 아직도 재판이 계류 중이다. 당초 엄마가 아들 넷을 염두에 두고 만들었기에 이불이 작은 편은 아니었다. 어느 곳에서나 양보는 필요한 것이었다. 형제 간이었지만 철없는 시절이라 양보를 몰랐던 것 같다. 아랫목 쪽으로 향하려는 일방적인 생각은 모두에게 괴로움을 끼쳤다. 내가 그 방으로 이사 온 것에 가장 큰 피해를 입은 이는 셋째 형이어서 그 때문인지 가끔 내게 심통을 부렸다.

가끔 아침 일찍 엄마가 심부름 시킬 때가 있었다. 그럴 때면 조용하던 이불 속 남자 아이들의 발이 피아노 건반처럼 움직인다. 처음에는 큰 형이 둘째 형의 발을 말없이 찬다. 그 다음은 둘째 형이 셋째의 발을 툭툭 찬다. 아무도 말은 없다. 빨리 갔다 오라는 신호다. 한 박자 쉰 후에 셋째는 내 발을 꼬집는다. 잔말 말고 갔다 오라는 최종 신호다. 나는 더 이상 미룰 곳이 없다. 나는 이불자락을 붙잡고 자는 듯 숨죽이고 가만히 있다. 조금 지나서 재차 엄마의 호령이 떨어지면 발신호가 내 발등으로 날아 온다. 힘없는 막내인 나는 온기가 아직 남아 있는 솜이불을 무겁게 밀치고 막내인 것을 원망하며 이불 밖으로 나온다. 밤새 이불 밖 윗목에서 얼음장 같이 차가워진 핫저고리를 맨 살에 걸친다. 온몸에 소름이 싸악 끼친다. 마치 겨울에 찬물에 들어가는 듯 몸이 오들오들 떨린다. 엄마 옆에서 잘 때가 천국이었다. 그때 엄마는 언제든지 내 핫바지 저고리를 이불 속에 넣어 두어 아침에 따듯하게 입도록 해 주셨는데 형들에게 그런 배려를 바라는 것은 하늘의 별 따기보다 더 힘들었다. 엄마 솜이불 아래에는 수건에 쌓인 아버지 놋 밥그릇과 함께 내가 먹을 것도 함께 보관되어 있었는데….

엄마는 추운 밤에는 여러 차례 일어나서 내 이불자락을 다독거려 주시며 행여 춥지 않을까 돌봐 주셨는데, 형들은 자기들 춥지 않으려 이불 당기기에 정신이 없어 동생은 안중에도 없었다. 엄마와 형의 차이가 그렇게 큰 줄은 미처 몰랐다. 밤이면 종종 나에게 눈총을 주고, 가로 누워 내 속을 썩이던 셋째 형은 하늘나라로 간지 오래다. 살아 있으면 왜 그렇게 가로 누워서 내 속을 썩였는지 물어보고 싶지만 먼 길 가신지 오래다. 고희를 바라보는 지금도 밤에만 엄마를 찾아오시던 말 없으신 아버지가 그립고 뚝배기 그릇에 동치미 무를 담아 오시던 엄마가 그립다. 한 입 아삭 맛 보시고는 내게 건네시던 동치미가 내 목구멍에 걸린다.

활동사진

극중 인물들의 목소리를 모두 잘 묘사한 변사들의
음성은 어린 나를 크게 감동시켰다.
그 날 나는 활동사진의 진면목을 알게 되었다.

영화가 이 땅에 태어나기는 참 오랜 역사를 갖고 있는 것으로 안다. 내 나이 다섯 살에 일본 강점으로부터 해방되었다. 나에게 영화는 활동사진이란 이름으로 찾아왔고 그것도 초등학교 들어간 후였다. 라디오 소리도 하나 듣지 못하고 자란 나의 유년 시절은 한 마디로 우물 안 개구리였다. 성인이 된 후에야 안방극장인 TV가 들어왔다. 어쩌다 마을에 가설극장이 들어와 활동사진을 상영하면 내겐 신비 그 자체였다.

　초등학교 2학년 되던 어느 일요일, 둘째 형이 학교에 활동사진 구경하러 가자고 하여 얼떨결에 따라 갔다. 우리는 학교 교실 두 개를 터서 강당으로 사용하는 교실에 들어가 앉았다. 강당에는 많은 친구들이 벌써 와 있었다. 처음 보는 활동사진이라 호기심 찬 눈으로 두리번거리는데 갑자기 불이 꺼져 버린다. 어두움 속에서 작은 불빛이 반짝거리는 뒤쪽을 바라보고 있는데 형이 옆구리를 툭툭 치면서 앞쪽을 바라보란다. 앞쪽 벽에는 아무것도 없고 흰 이불 같은 것만 늘어져 있어 불빛이 반짝이는 쪽으로 바라본 것이었다. 영화가 스크린에 비치는 것인 줄 그때 처음 알았다. 영화 제목은 '검사와 여 선생'이었다. 줄거리를 다 기억할 순 없지만, 가난한 한 학생이 어려울 때 도와주었던 여 선생님이 후일 살인 사건의 피의자로 법정에 서게 되었는데, 도움 받았던 그 학생이 담당 검사가 되어 선생님의 누명을 벗겨준다는 줄거리였다. 학생들이 체육시간에 단체로 운동장을 구보할 때 주인공인 학생은 배가 고파 탈진하여 운동장에 쓰러지는 모습에 모두 울었던 기억이 난다. 그리고 그 학생이 선생님의 도움으로 검사가 되어 선생님의 무고한 누명을 벗기고 자기 스승을 무죄 판결을 받게 했을 때, 모두 오래오래 박수친 기억이 난다. 특히 무성영화 연사의 목소리는 한동안 기억되었다. 여 선생의 목소리와 학생의 목소리, 극중 인물들의 목소리를 모두 잘 묘사한 변사들의 음성은 어린 나를 크게 감동시켰다. 그 날 나는 활동사진의 진면목을 알게 되었다.

6.25 전란이 끝난 후 우리 마을에는 가끔 가설극장 영화가 찾아왔다. 주로 가을걷이가 끝날 즈음 면소재지 마을의 초등학교 운동장에서 열렸다. 영화가 들어오는 날은 대낮부터 고물 트럭에 확성기를 달고 마을을 순회한다. "눈물 없이는 볼 수 없는 한국영화 장화홍련전"하고 고래고래 외치며 마을 구석구석을 돌면서 선전한다. 트럭 뒤에는 꼬맹이 친구들이 매연을 달게 마시며 따라다녔다. 그런 날이면 들일을 하던 동네 사람들도 조금 흥분한 상태로 서둘러 일을 마친다. 모두 이른 저녁밥을 해먹고 손에 손을 잡고 면소재지로 향한다. 오랜만에 면사무소 가는 신작로가 사람들로 가득해진다. 이 기회에 이웃 마을 친구를 만나기도 하지만, 동네끼리 패싸움도 심심찮게 벌어지기도 했다. 젊은 에너지가 폭발한 탓인지 피투성이가 되는 일도 더러 있었다. 그래도 활동사진 보러 가는 길은 즐거웠다.

포장을 친 가설극장에는 발전기 모터 소리가 요란하다. 전기가 들어오지 않은 까닭이다. 주로 흰 천으로 경계를 두른 임시 극장은 힘센 덩치 큰 친구들이 완장을 두르고 순찰을 하며 한몫 번다. 약삭빠른 녀석들이 용케도 포장을 뚫고 공짜 구경을 하기 때문에 이들을 막아주는 대신에 아마 공짜 표를 얻는 모양이다. 영화가 시작될 즈음이면 시장바닥처럼 요란하던 주위가 조용해진다. 그런대로 장내가 정리되고 필름이 돌아가면, 고장 난 라디오 잡음소리처럼 찌찌거리며 장내에 시끄러운 소리가 퍼진다. 스크린에는 얼마나 많이 사용한 필름인지 창문에 빗방울 뿌리듯 줄이 쭉쭉 그어진 영화가 상영된다. 한참 돌아가다 보면 필름이 뚝 끊어지고, 필름을 이어 붙이는지 한참 쉰 후에 계속 되곤 했다. 그렇게 하고도 영화를 끝까지 다 볼 수 있는 날은 드물었다. 몇 차례 끊어지고 잇고를 되풀이 하다가 끝내는 "죄송합니다. 몇 차례 최선의 노력을 해보았으나 도저히 상영할 수 없어 이만 중단 하겠습니다." 이러한 멘트와 함께 잔뜩 기대했던 영화는 줄거리도 모른 채 돌아서야했다. 아마도 사고는 필름이나 영사기에 있었고, 발전기 고장도 있었던 모양이다. 아무도 따지는 사람도 묻는 사람도 없었다. 고장 난 자체를 믿고 돌아서야 했다. 활동사진이 가끔 활동 못하는 사진이 되기도 한 것이다.

영화는 모두 흑백에다 무성영화였던 관계로 변사가 누구냐에 따라 그 영화 맛은 천지 차이였다. 관객들을 울리기도 했고 웃기기도 했다. 좋은 변사일수록 말이 많았다. 시나리오에 있는지 모르지만 대부분 오버하는 것을 좋아했다. 이별을 장면이 나오면 "두 눈에 뜨거운 눈물이 마흔두 방울이나 흘렀다." 이런 식으로 말에 곡조를 넣어 길게 늘어놓았다. 그럴 적마다 관중은 모두 웃음보를 터뜨린다. 그것이 영화의 큰 재미였다. 활동사진이 동네에 오는 날은 이웃 동네 처녀 총각들이 서로 만나는 날이기도 했다. 완고한 집에는 아예 초저녁에 사립문을 잠그고 딸의 외출을 막았지만, 대부분의 처녀들은 얼굴에 여러 가지 형태의 가리개를 덮어쓰고 가설극장으로 모였다. 이때를 이용하여 평소에 눈독들이고 있던 총각들이 기회를 살핀다. 극장 좌석은 멍석이나 가마니가 깔려있었고 뒷자리는 서서 볼 수 있는지라 질서라고는 없었다. 이를 이용하여 미리 점 찍어둔 짝끼리 접근이 가능했다. 이처럼 영화를 구경하는 날은 처녀 총각들이 만나는 날이었다.

종종 문화영화도 있었다. 정부의 활동을 홍보하는 영화로 공보처에서 무료로 상영해주었다. 바깥 세상을 모르고 자라는 우리는 영화라면 무조건 신비스러웠다. 이때 꼭 먼저 등장하는 인물이 있다. 흰머리에 앞이마가 훤한 이승만 대통령의 모습이었다. 4학년 때로 기억된다. 초등학교 전교생이 아침 일찍부터 6km나 되는 길을 걸어갔다. 읍내 극장에서 내가 처음 본 영화는 당시 보스톤 마라톤 대회에서 우리 선수들이 1, 2, 3등을 휩쓴 다큐 영화였다. 이때 함기용, 송길윤, 최윤칠 선수가 뛴 것으로 기억되는데 골인 지점 가까이에서 뒤에 처진 최윤칠 선수가 양팔을 벌리고 마치 단거리 선수가 달리듯 힘껏 달려 우리나라 선수 1, 2등에 이어 3등으로 들어와 결승지점에서 졸도하던 모습이 아직도 내 눈에 선하다. 해방된 조국의 명예를 위하여 마지막 혼신의 힘을 다하여 달린 선수의 눈물겨운 승부수였다. 때 국물이 흐르는 소매 안에 숨겨진 나의 작은 주먹에도 힘이 들어갔다. 그때 나는 활동 무대를 산으로 빙 둘러싸고 있는 우리 동네, 그 너머 세상을 그려 보았다.

가끔 선교 단체에서 기독교 선교영화도 보여주었다. 선교영화에서 예수께서 십자가를 지고 골고다로 땀 흘리며 가는 모습을 보았다. 그 영화에 감동되어 완고한 유교 집안에서 자랐지만 어린 나이에 기독인이 되겠다고 결심한 것도 이때였다. 짧은 영화가 내 인생을 바꾸어 놓은 셈이다. 선교영화 하나로 전통 종교에서 기독교로 바꾼 나의 삶을 돌아보면 어려운 고비마다 내 힘만으로 극복한 것 같지 않다. 어린 나이에 아버지를 여읜 나는 기독교로부터 정신적인 큰 힘을 얻었다.

필름이 끊어져 다 보지도 못한 영화 그리고 한마디 불평없이 가설극장을 떠났던 순진한 우리들, 온 동네 사람들이 밤중에 무리지어 가설극장에서 활동사진을 보려고 신작로를 따라 걷던 집단의 열기가 그리워진다. 나의 삶이 한 편의 영화라면 과연 어떤 활동사진일까? 나의 일생이 보는 이들로 하여금 잔잔한 미소를 띠게 하는 흑백 활동사진 한 편이었으면 좋겠다.

외할머니의 삶

할머니 잘못도 아닌데. 그때는 남아선호 사상이
절정에 있던 시대였기에 그랬을 것이다.

내가 다닌 초등학교 입구에 들어서면서 왼쪽을 바라보면 하늘을 찌를 듯 큰 감나무 두 그루가 마주보고 서 있다. 그 감나무가 들어서 있는 집이 바로 나의 외갓집이다. 학교와 울타리를 맞대고 있는 외갓집은 비교적 넉넉한 집이었다. 그러나 그 집의 안주인이신 외할머니는 잘 사는 집 마님으로 살지 못하고 늘 마음을 졸이며 살고 계셨다. 외할머니는 엄마를 맏이로 딸 넷을 내리 낳으셨다. 살림은 넉넉하였으나 아들이 없으니 외할머니는 찬밥 신세였다. 기다리던 아들이 없자 외할머니는 자존심을 납덩이로 억누르며 외할아버지께 소실을 두어 아들을 보도록 권했다고 한다. 외할아버지는 서자의 차별이 심한 시절이라 소실두기를 거절하셨단다. 더 자식을 기대할 수 없는 연세가 되어 외할아버지는 가장 가까운 당질(5촌 조카)을 양자로 들였다. 양자로 오신 외삼촌 내외는 외할아버지와 외할머니께는 효자였던 것으로 기억된다. 그럼에도 외할머니는 아들이 없는 것이 한이 되어 안방 마님으로 살지 않으시고 평생 외롭게만 사셨다.

운동장에서 특별수업을 할 때는 가끔 외할아버지가 흰 수염을 날리시며 울타리 밖으로 얼굴을 내미시고 두리번거리시는 것을 보았다. 그때마다 나는 부끄러워 나무 뒤에 숨어 버렸다. 지금 생각하면 자주 볼 수도 없는 귀여운 외손주가 보고 싶어서 멀리서라도 찾으셨던 것일 텐데, 숫기가 없어 숨어 버린 내 자신이 원망스럽기도 하다. 외손주는 나 외에도 여럿이 학교에 다니고 있었기에, 나만을 찾아보신 건 아니겠지만 분명 나도 그 속에 포함된 것은 사실이다. 그러나 외할머니는 한 번도 울타리 밖으로 얼굴을 내밀어 손주를 찾으신 적이 없었다.

외갓집은 학교 바로 앞 코 닿을 곳에 있었지만 자주 들리지는 않았다. 특별한 경우 외갓집 안을 들어가려면 바깥 마당에 있는 외할아버지 사랑방 앞을 지나야 한다. 사랑방 앞에는 손때가 반질거리는 지팡이 몇 개가 굽은 허리를 벽에 기대고 방문 앞을 지키고 있다. 방안에는 커다란 화로가 놓여 있고, 중앙이 볼록 튀어나온 큰 둥근 재털이를 중심으로 외할아버지 친구 몇 분이 언제나 앉아 계시던 것이 기억난다. 어깨에 세로로 메고 온 책보를 풀고 외할아버지께 큰절을 한다. 그리고 외할아버지 양쪽에 앉아 계신 손님들에게도 한번 씩 큰절로 인사드린다. 작은 무릎을 꿇고 앉아 있으면 외할아버지는 "큰 딸애의 넷째 녀석"이라고 나를 친구들에게 소개한다. 평생 아들이 소원이셨던 외할아버지는 '넷째 녀석'이라는 말을 강조하며 큰 딸은 아들이 많다는 이야기를 은근히 자랑하면서 잘 자란 흰 수염을 한 번 쓰다듬으신다. 그렇지만 외할머니는 한 번도 다른 사람에게 손주 자랑을 하시지 않으셨다.

외할아버지는 옷장을 열고 붓으로 필사본한 표지가 낡은 책 한 권을 내놓으시며 나에게 큰소리로 읽어보라고 하신다. 외할아버지가 좋아하시는 지리산 정도령이 썼다는 정감록이다. 내가 책을 또박또박 목청껏 읽어 내려가면 외할아버지 친구들은 모두 눈을 지그시 감으시고 심각한 표정으로 고개를 끄덕이며 들으신다. 정감록은 일종의 예언서로 전국 각지의 지명이 나오고 그곳에서 일어날 일에 대하여 기술한 책이다. 그 중 할아버지들이 아는 지명이 나오면 더 열심히 들으셨다. 내 고향 근처인 경주, 청도, 밀양 등의 지명이 나오는 대목은 한 번 더 읽으라고 하시고는, 외할아버지는 덧붙여서 구두 설명도 하셨다. 정감록을 읽어내려 가다가 식사 때가 되면 안채로 올라온다. 안채 대청마루 옆 외할머니 방 뒷돌 위에는 흰 고무신 한 켤레가 정갈하게 놓여져 있다.

외할머니는 방문을 꼭 닫은 채 기다리셨다. 여름에는 흰 모시 적삼에 쪽 머리를 곱게 빗어 팽팽하게 묶으셨다. 그렇게 반갑게 인사도 하지 않으셨던 것 같다. 어쩌면 일부러 하시지 않았는지 모른다. "아이구 이놈아"하시고 머리를 쓰다듬고 만다. 할머니 방은 언제나 깨끗하게 정돈되어 있었다. 장롱은 반들반들하게 기름칠이 잘 되어 있었고, 장판은 먼지 하나 없이 깨끗했다. 내가 왔다는 낌새가 들리면 바로 달려오는 사촌 동생이 있었다. 그 녀석은 말이 동생이지, 힘이 나에 비하면 탱크 같았다. 그 녀석이 나에게 오면 나는 참 귀찮았다. 말타기부터 시작되는 모든 놀이는 언제나 내가 그 녀석의 밥이었기 때문이다. 나는 그 녀석을 태우고 아픈 무릎으로 기어야 했다. 무엇을 하던지 반칙을 하여 나를 장악하려 했다. 외할머니가 나의 편을 들어 주시기를 바라며 외할머니를 바라보았지만, 그냥 눈길을 피하셨다.

외할아버지는 영남 갑부 안부자의 재산 관리인이셨고, 부자의 재산을 철저히 잘 관리 하셨다고 한다. 외할아버지는 별명이 철통영감이었다. 나무통으로 생활 용기를 쓰던 시절 얼마나 일에 철저하셨기에 별호가 철통영감이었을까 싶다. 너무 철저한 통에 힘든 이들도 많았겠다고 여겨지기도 한다. 어쨌든 누구에게도 책잡힐 일은 하지 않으셨다고 들었다. 그러나 외할머니는 늘 집안 일만 열심히 하시는 주부로만 사셨다. 그 중에서도 딸만 넷을 낳으셨기에 죄인처럼 사셨다. 외할머니는 양아들을 들인 후 더욱 더 외롭게 사셨다. 원래 조신한 성격이셨는데 치맛자락 소리도 내지 않고 사셨다고 들었다. 외할머니 잘못도 아닌데, 그때는 남아선호 사상이 절정에 있던 시대였기에 그랬을 것이다.

나는 하룻밤을 외할머니 옆에서 자고 곧 집으로 돌아오곤 했다. 더 오래 있고 싶지 않았다. 인사를 드리고 집으로 돌아올 때는 외할머넌 나를 골목 끝까지 배웅해 주셨다. 집안에서는 아무 말이 없으신 외할머니는 조용히 따라 오시다가, 골목 끝 후미진 곳까지 오셔서 아무도 없는 것을 확인 후 치마 폭에 숨겨온 봉지 하나를 내게 쥐어 주신다. 봉지 안에는 곶감도 있었고, 말라 굳어진 인절미도 있었고 알밤도 있었다. 내가 좋아하는 군것질거리들이었다. 나는 영문도 모른 채 주신 것을 받아 들고 집에 와서 엄마에게 드리면 엄마는 기쁘게 받으시지 않고, 한참을 생각하신 후 혀를 끌끌 차셨다. 외할머니의 이상한 손주 사랑 방법은 그때는 왜 그랬는지 알 수 없었다.

귀여운 외손주에게 군것질 주는 것을, 아무도 나무랄 사람 없건만 왜 그렇게 하셨는지 늘 의아했는데, 그 이유를 알게 된 것은 세월이 한참 지난 후였다. 외할머니는 곳간 열쇠를 며느리에게 일찌감치 맡기고 사셨다. 먹을 것이 많아 손주에게 주는 것 정도는 외숙모도 이해하실 만하지만 며느리에게 시켜서 주시지 않고 치마폭에 숨겨 꼭 골목 끝까지 오셔서 주시는 이유는 외손주만 좋아하는 것 같은 눈치를 보이고 싶지 않으신 탓인 걸로 생각된다. 그런 관계로 외사촌 동생과의 부당하게 사소한 다툼이 있어도 한마디 하시지 않고 참으셨던 것으로 생각하니 마음이 씁쓸하다. 아들 없는 것이 외할머니의 잘못도 아니고 또한 그렇게까지 하실 필요가 전혀 없는데 늘 그렇게 하신 것은 안타까운 일이다.

외할머니는 추석 대목장에 가신 외숙모가 교통사고를 당했다는 다소 과장된 전갈을 받고 충격으로 며칠 앓다가 돌아가셨다. 아들도 하나 낳지 못한 주제에 며느리까지 앞세운 복 없는 여인이란 말을 들을까봐 노심초사 하시다가 돌아가셨다고 들었다. 잘사는 집 마님으로 사시면서도, 평생 부자 행세 한 번 안 하시고 늘 죄인으로 사시다가 가셨다. 엄마는 그 일을 꺼내기만 하면 늘 눈물을 흘리곤 했다. 엄마를 포함한 자식들이 모여 잔치를 벌리는 일도 외할머니 가신 후에는 없어졌다. 나 역시 동생이 싫어서 좀처럼 외갓집에는 들리지 않았다. 외할머니가 돌아가신 날 까마귀 한 마리가 외갓집의 그 큰 감나무에서 그렇게 울더라는 이야기를 들었다. 요즈음은 여성 상위 시대를 맞아 딸을 낳아야 노년에 비행기 탄다며 오히려 딸을 선호하는데, 세상 참 격세지감이 든다.

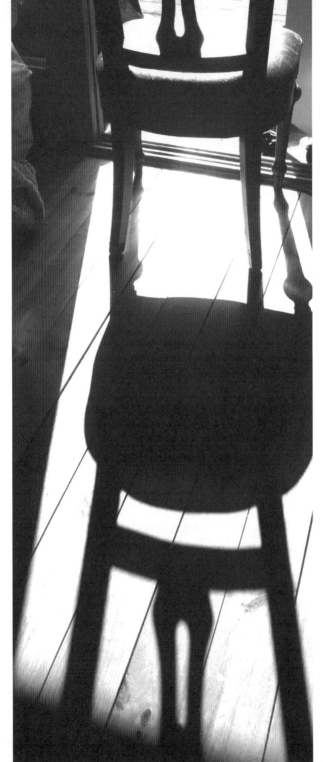

노랑 병아리 사랑

나를 힐끗 보는 듯 눈이 잠깐 머물고는
돌아서 길을 가버렸다. 그녀의 모습이
사라질 때까지 나는 말없이 그 자리에 서 있었다.

오늘 구름은 유난히 희고 큰 뭉게구름이다. 가을인데도 말이다. 멀리 산 너머 유유히 사라지는 흰 구름을 바라보며 먼 옛날 헤어진 사람들이 그리워진다. 그 중에도 기억 속에 꼭꼭 접어둔 첫사랑(?)을 꺼내보고 싶다. 내 고향은 70~80호가 옹기종기 모여 사는 산촌이다. 주민 대부분이 우리 일가인 밀양 손 가와 경주 최 씨가 어울려 사는 집성촌이다. 그래서 동네에서 만나는 모든 이들이 손 가가 아니면 최 씨들이다. 두 집안이 때로는 라이벌로, 때로는 서로 도우며 오순도순 살았다. 그렇다보니 내 어린 시절은 교통도 열리지 않았던 시절이라 만나는 사람이 달라질 일도 없었고 언제나 그 사람이 그 사람이었다. 그 사람들 속에는 있지 못할 한 사람이 있다.

초등학교 상급 학년 때였다. 새 학기가 되어 첫 전 교생의 조회시간에 새내기가 소개되었다. 새로 입학한 학생들이 주욱 늘어서 있는데 그 중에 늘 보아 왔지만 내 눈을 사로잡는 여학생이 있었다. 다른 아이보다 키가 좀 더 크고 흰한 얼굴을 한 희가 신입생 중 단연 돋보였다. 한 동네에서 살아서 그냥 예사로 보았던 희가 학생이 되어 앞에 서 있는 모습은 전연 다른 사람처럼 보였다. 그날부터 나는 희만 보면 괜히 가슴이 콩닥거렸다. 희는 최씨 가문으로 나보다 한 살 아래였다. 그녀는 ㅇㅇ짱 이란 일본 이름으로 불리었다. 아마 해방 후 일본서 늦게 귀국하여 이름조차 미처 짓지를 못하고 어릴 적 일본 이름을 그대로 부른 것 같다. 남녀칠세부동석이라며 초등학교에서 언제나 여학생 반을 따로 두어 관리하던 때라 내 주위에는 여학생이 아무도 없었다. 희는 뽀얀 얼굴에 눈망울이 굵고 동네에서 소문난 예쁜이였다. 공교롭게도 그의 텃밭이 바로 우리 집과 울타리를 사이에 두고 있었다.

아버지는 나를 조기 교육(?)을 시킬 욕심으로 남보다 몇 년 일찍 초등학교에 입학시키셨다. 그러한 관계로 희는 나보다 훨씬 후배였다. 희는 자주 텃밭에 와서 심부름을 했다. 어른처럼 소쿠리를 들고 와서 채소를 따갔다. 희가 채소밭에 있을 때는 나는 늘 무언지 말로 할 수 없는 뿌듯함이 가슴에 꽉 차 올랐다. 할 일 없이 골목을 왔다 갔다 하면서 옆 눈으로 희를 보곤 했다. 그러다가 눈이 마주 치면 내 가슴이 멈추는 것 같은 전율을 느꼈다. 몇 번 골목을 배회하던 나는 더 이상 골목을 나가기가 민망스러울 때가 있었다. 반쯤 비스듬히 열려진 사립문틈으로 희가 밭을 떠날 때까지 엿보기도 했다.

학교에서 점심시간이면 희의 교실 쪽으로 자주 어슬렁거렸다. 희는 동무들과 어울려 노는 운동장에서도 눈에 자주 띄었다. 나보다 먼저 학교를 마치고 집으로 가는 희를 멀리서 바라보기도 했다. 학교 가는 길에서 어쩌다 만나면 괜히 혼자 반가웠다. 운동회 때도 달리기 하는 모습을 보며 마음으로 응원했다. 그러나 희도 잘 달리지는 못했던 것 같다. 초등학교 졸업 날도 희와 멀리 떨어지는 것 같아 서운했다.

당시 우리 동네는 여학생을 아무도 상급학교에 보내지 않았다. 희도 예외 없이 초등학교 졸업 후 진학은 포기하고 집에서 농사일을 돕게 되었다. 희는 텃밭에 오는 일이 잦았고 왼 종일 텃밭에서 일하는 날이 많게 되어 나도 기쁜 날이 많아졌다. 내 마음속에서 사랑의 열정은 점점 뜨거워졌다. 그러나 한 번도 따로 만날 수 있는 기회는 오지 않았다. 이는 내 소극적인 성격 탓도 있었지만, 초등학교를 졸업한 딸을 둔 집에서는 감시도 소홀히 하지 않았기 때문이다. 저녁에는 절대로 바깥에 나가지 못하게 했고 더구나 남자들 있는 곳은 철저히 봉쇄했다. 좀처럼 대화를 할 기회도 포착할 수 없었다.

내가 중학교를 졸업할 무렵 그녀가 도시로 이사를 가게 되었다. 처음 이사 간다는 소문을 들었을 때, 내 머리가 무언가 쿵하고 얻어맞은 것 같은 느낌을 받았다. 달려가 만나고 싶었지만 그것은 불가능한 일이었다. 소문이 난 후 며칠 지나서 그녀는 파란 치마에 흰 블라우스를 입은 좀 특별한 차림으로 밭에 나타났다. 나는 용기를 내어 곁으로 가 겨우 한마디 했다. "이사 간다면서 언제 가는데?" 많이 떨리는 목소리였다. "모레간다." 대답은 간단했고 그녀의 목소리도 아쉬움이 깃든 듯했다. 난 가느다란 목소리로 잘 가라고 말하고 돌아섰다. 그녀도 내 목소리를 듣고 짐작하는 듯 고개를 끄덕였다. 그것이 그녀와의 처음이자 마지막 대화였다.

사흘 후 그녀가 이사 가는 날 나는 마을 어귀에서 아침부터 서성거렸다. 정오가 가까울 무렵 그녀의 가족과 온 동네 사람들이 몰려나왔다. 그녀의 가족을 송별하는 이들이었다. 나이 많은 할머니는 치마폭을 들어 눈물을 닦기도 했다. 나는 그들과 어울려 인사를 할 수 없어 조금 떨어진 곳에서 바라만 보았다. 희는 제비초리가 큼직한 단발이었던 머리 모양에서 한 가닥으로 묶어 좀 더 세련된 모습이었다. 작은 보따리를 한 손에 든 그녀는 동네를 떠나기가 아쉬운 듯 뒤돌아보았다. 나를 힐끗 보는 듯 눈이 잠깐 머물고는 돌아서 길을 가버렸다. 그녀의 모습이 사라질 때까지 나는 말없이 그 자리에 서 있었다. 무거운 발걸음으로 집에 돌아오니 마당에서 기다리던 개가 반갑게 달려들었다. 나는 그토록 좋아하던 개도 보기 싫어 발로 차 버렸다. "깨갱"거리며 의외의 행동에 당황한 개가 희네 밭 쪽으로 달려갔다. 그러나 거기에 희는 없었다.

돌이켜 보면 나도 어지간히 조숙했던 모양이다. 초등학교 때부터 사랑을 했고 대화 한 번 하지 못한 채 헤어지는 비련의(?) 주인공이 되었다. 그것도 사랑이라고 할 수 있을까? 그리 짧지 않은 인생 여정에서 만난 수많은 사람들 중 유독 그녀가 떠오르는 것을 보니 그가 진정 나의 첫사랑인가 보다. 하늘색 치마를 입고 마지막으로 텃밭에 왔던 희는 정말 나에게 관심을 가졌을까? 지금은 어느 곳에서 복 많은 할머니로 행복하게 살기를 기도한다. 그 날 그녀의 치마 색깔과 같은 파아란 하늘에는 한 점 흰 구름이 어디론가 흘러가고 있다.

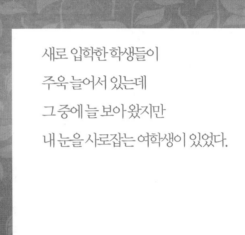

새로 입학한 학생들이

주욱 늘어서 있는데

그 중에 늘 보아 왔지만

내 눈을 사로잡는 여학생이 있었다.

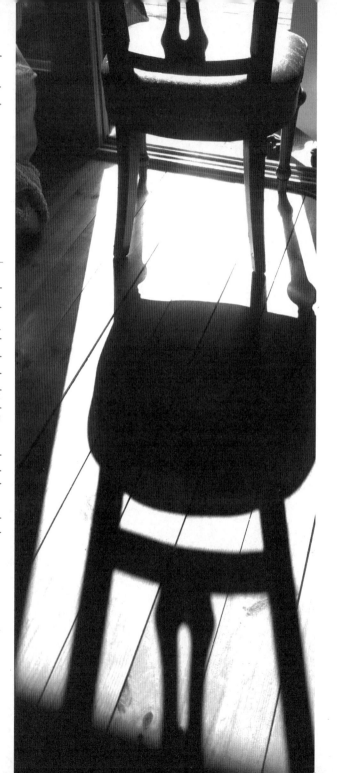

학교종이
땡땡땡

학교 길목 작은 앉은뱅이 산자락에 할딱거리며
도착하면, 학교종이 땡땡땡 내 귓전을 두드린다.

엄마가 해주시는 아침밥은 항상 늦다. 아들 부자인 엄마는 부엌 일을 도와 줄 자식들이 없어 밭일과 부엌일을 혼자 모두 하시는 관계로 늘 바쁘셨다. 나는 날마다 엄마가 주는 밥을 대충 먹고 책보를 들고 뛰었다. 샌지걸(상여가 있는 개울)을 지나 철둑길에 올라서면 마을의 통학 주류 팀 은 벌써 저 멀리 아물거린다. 새 연필은 형들에게 상납하고 몽당연필 한 자 루만 들어 있는 필통이 딸깍거리며 장단을 맞춘다. 학교 길목 작은 앉은뱅 이 산자락에 할딱거리며 도착하면, 학교종이 땡땡땡 내 귓전을 두드린다. 조회 종소리다.

우리 남천초등학교 종소리는 세 가지로 구분되어 울렸다. '땡땡 땡땡' 두 번씩 치면 수업 시작 종이고, 땡땡땡땡 땡땡땡땡 네 번씩 치면 수업의 종료 종이었고 내가 가장 기다리는 종소리였다. 땡땡땡 땡땡땡 세 번씩 치면 운 동장 조회를 알리는 종소리다. 당시 교장선생님은 해방 전부터 우리 학교 에 계셨는데 일본인 선생들이 넘보지 못할 정도로 참 훌륭한 분이셨다. 왜 정 때는 일본인 선생님들 모르게 학생들을 데리고 조좌골(학교 옆 골짝)로 가서 우리나라 동요 '할미꽃 노래'를 남몰래 가르치기도 하셨다고 들었다. 안경을 끼시고 카랑카랑한 목소리로 아침 조회 시간마다 전 교생을 모아 놓고 좋은 말씀을 많이 하셨던 것으로 기억된다. 그런데 매일 하는 조회 시간마다 뛰어가야 하는 나로선 고역이 아닐 수 없었다.

땡땡땡 조회 종이 울리면 아무리 힘껏 뛰어도 지각할 때가 많았다. 그런데 지각한 친구들은 완장을 두른 간호생(선도) 선배들이 따로 모아 벌을 주었는데 나도 가끔 여기에 끼었다. 조회시간은 언제나 교장선생님의 훈시가 먼저 있었고, 이어서 학급별로 담임선생님께서 복장 검사, 개인 위생 검사 그리고 월사금 독촉 등 다양하게 진행되었다. 수시로 번갈아 가며 위생검사를 실시하는데 그것이 우리들에게는 참 고역이었다. 담임선생님이 추운 겨울날 손을 내밀라고 한 후에 한사람씩 검열한다. 먼저 얼굴을 보고 세수를 했는지부터 확인하신다. 손을 자주 씻지도 않고, 장갑도 없어 손등이 갈라진 아이들, 손톱이 길어 손톱 밑이 까맣게 때가 있는 녀석들은 사정없이 대나무 회초리로 손바닥을 내려친다. 엄마들이 가위로 잘라 주어야 하는데 손톱은 어찌 그리도 빨리 자라는지…. 머리가 길고 감지를 않아 머리에 새집을 지은 녀석들은 선생님이 큰 가위로 머리카락 몇 군데를 뭉텅 잘라내어 소가 풀 뜯어 먹은 자국을 내어준다. 그 모습이 부끄러워라도 빨리 깍으라는 벌이었지만 지금 생각하면 너무 심했던 것 같다.

조회 중 가장 끔찍한 일은 가혹한 월사금 독촉이었다. 그렇게 많은 돈은 아니지만 매월 내야하는 월사금은 학부모들에게는 큰 부담이었다. 형편이 어려운 친구들은 결국 학교를 다닐 수 없게 되기도 하였다. 교육 기회 평등은 먼 이야기였다. 학생들은 대부분 형편이 어려워 제때에 못내는 학생들이 많았다. 월초에 월사금 낼 날짜를 약속하고 선생님은 출석부 옆에 납부 약속 날짜를 연필로 써두고 그 날이 되면 독촉을 시작하신다. 나도 딱 한 번 날짜를 어겨 심하게 독촉을 받았던 것이 기억난다. 보통 월말 조회 때 독촉하는데 그 날은 조회 분위기가 매우 험악하다. 아마 당시 교육구청에서 선생님을 평가하는 방법으로 월사금 수납 실적이 포함되었던 모양이다. 학급별로 미납자를 불러 앞에 세운 후 부끄러워 낯을 들 수 없게 하고는, 수업을 받지 말고 집으로 뛰어가서 부모님에게 졸라 돈을 받아 오라고 하신다. 아버지께서 월사금만은 잘 주셨는데 이유는 모르지만 그 달만은 아버지께서 약속을 지키지 않으셨다.

우리 학급에는 상당수의 친구들이 앞으로 불려나갔다. 이때 불려나온 학생들 중 상급반 줄에 서 있는 나의 형이 보였다. 형은 나를 보고는 고개를 돌려버렸다. 나는 눈물이 났다. 아마 형도 울었을 것이다. 집으로 뛰어가는 도중에 형을 또 만났다. 집으로 가는 중간 지점에 강이 하나 흐르고 있다. 형은 그곳에서 나를 기다리고 있었던 것이다. 형은 헐떡거리며 뛰어온 나에게 손짓으로 오란다. 강둑에 우리는 앉아 숨을 돌린다. 형은 한참동안 징검다리가 놓인 강물의 흐름을 물끄러미 본 후 조용히 말했다. 엄마가 돈이 있었으면 아침에 주셨을 텐데, 주지 못한 것은 엄마가 돈이 없는 모양이라, 집에 간들 소용없으니 여기서 쉬어 다시 학교로 가자고 한다.

나는 두려웠다. 거짓말 하는 것도 두렵고, 집에 갔다 와서도 돈을 가져가지 못하면 선생님께 혼날 것도 두려웠다. 강물이 나를 쳐다보는 듯했다. 잠잠히 흐르는 강물이 징검다리 돌에 부딪쳐 한 번 밀려 올라갔다가 다시 옆으로 피하여 흘러내려간다. 나는 학교 선생님이 두려워 학교에 가지 않으려고 하니까 형이 화를 버럭 내었다. 할 수 없이 다시 학교로 돌아간 나는 수업이 끝나는 종소리를 들었다. 형이 시키는 대로, 엄마가 오는 읍내 5일장을 지나면 주신다고 하더라는 말씀을 선생님께 드렸다. 그리고 거짓말도 통한다는 것은 그때 처음 알았다.

이제 반세기가 훌쩍 지났다. 지금도 내 귀에는 학교종이 땡땡땡 들리는 듯하다. 그 종소리는 6.25 사변 때 미군에게 학교를 내어 주고 개울가에 앉아서 공부할 때는 그렇게 그리웠다. 아침마다 훈시하시던 교장선생님, 개인 위생검사에 가위질을 당해 이상한 머리 모양을 하고 앉아 있던 친구들이 그립다. 월사금을 독촉하며 집으로 빨리 뛰어가 부모님께 졸라 돈 받아오라던 선생님들, 지금 몇 사람이나 이 세상에 살아 계실지…. 지금 생각해 보면 그때 내가 못낸 월사금은 아버지로부터 엄마에게 전해지는 과정에서 배달사고가 난 건 아닌지 모르겠다. 엄마에게 물어보고 싶은데 가신지 너무 오래다. 요즘 가끔 TV에서 방영되는 후진국의 어린이 모습들이 그때 우리와 똑같다는 생각이 든다. 그 모습을 보고 우리가 웃을 일이 아니다. 참 많이 변했다. 그때 그 강물은 오늘도 그 날처럼 유유히 흐르고 있으리라.

'땡땡 땡땡' 두 번씩 치면
수업 시작 종이고,
땡땡땡땡 땡땡땡땡 네 번씩 치면
수업의 종료 종이었고
내가 가장 기다리는 종소리였다.

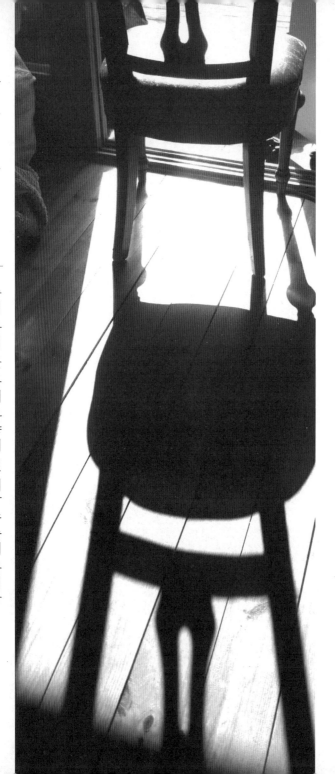

개망초 필 무렵

숨이 차서 못 둑에 하얗게 핀 개망초 숲에 들어가
벌렁 누워버렸다. 못은 고요한데
내 가슴은 콩콩거린다

보릿고개를 힘겹게 넘기는 시절 우리 집 저녁식사는 좀 늦었다. 엄마가 해주신 칼국수를 먹고 있는데 골목에서 부르는 소리가 요란하다. 시원한 국물을 다 마시지도 못하고 나가보니 친구 다섯 명이 모여 있다. 살구나무집 석이, 담배 집 삼이, 수재편 학이, 그리고 일본 이름인 미짱이 모여 제법 심각한 표정들이다. 방골 설 영감 능금밭에 사과 손 좀 보잔다. 자기들끼리 결정하고 나의 동참을 요구한다. 모내기가 끝난 지 얼마 되지 않아 아직 맛이 들지 않았다고 하는 내 말에 그들은 하나같이 사과 중에 가장 먼저 익는 축은 맛이 들었다고 한다. 우리는 그 일로 큰일을 저질렀다.

막내로 자란 나는 우리 중 가장 맘이 약한 고로, 밖에서 망만 보고 있다가 누가 오면 꼬챙이로 울타리를 두 번 탁탁 치는 역할을 맡았다. 먹을 것이 부족한 그 시절, 먹는 것은 언제나 최고의 매력이었다. 초범들로 복장이 모두 꾀죄죄하다. 때 국물이 조르르 흐르는 러닝셔츠에 고무줄 넣은 삼베 팬티가 전부다. 신발은 하나같이 검정 고무신이다. 사과를 따서 어디에 담아오느냐고 내가 물으니 삼이가 러닝셔츠를 들어 보이며 여기에 넣으면 된다고 한다. 까만 뱃구멍이 어두워져 가는데도 선명하다.

방골 산자락 입구에 있는 작은 능금밭, 어두움이 깔려있다. 컴컴한 시간, 어설프게 닫혀있는 문을 밀치고, 네 명이 들어가고 약속대로 나 혼자서 문 앞에서 귀를 쫑긋 세우고 망을 보는데 무섭고 불안했다. 뭔가 불쑥 나타날 것 같고, 단 몇 분이 몇 시간이나 되는 것처럼 지루하게 느껴졌다. 모심기가 끝난 들판에는 개망초 꽃이 하얗게 뒤덮여 있고, 개구리 소리는 요란하게 귓전을 두드린다. 한참 후 들어간 구멍으로 서투른 초범들이 되돌아 나오는데 모두 러닝셔츠가 임신부처럼 불룩하다.

약속대로 나는 두 알씩 받아 넣으니, 내 배도 장난 아니게 불렀다. 마을로 향하는 논길을 따라 모두 배를 껴안고 강 쪽으로 향했다. 모처럼 풋사과 파티에 배부를 것을 기대하면서 제일 앞에 약삭빠른 미짱이 서고 학이, 석이 그리고 나와 삼이가 뒤따라 걸었다. 작은 산모퉁이를 돌아오는데 갑자기 앞에 흰 물체가 나타나며 "너 이놈들 어디 갔다 오노?"하는 어른 목소리가 난다. 제일 앞선 미짱이 "예. 예"하며 우물거리는 동안 우리 모두는 모심은 논 속으로 뛰어 들었다. 마치 개구리가 뛰어들 듯 그렇게 뛰어 들었다. 나와 삼이는 허겁지겁 달려 작은 산을 지나 배나무 못가에 당도하였다. 불룩하였던 사과는 어디에 갔는지 없고, 셔츠만 한 자락 찢어져 펄럭거린다. 숨이 차서 못 둑에 하얗게 핀 개망초 숲에 들어가 벌렁 누워버렸다. 못은 아무 일 없는 듯 고요한데 내 가슴은 콩콩거린다. 삼이와 나는 몇 시간 동안 꼼짝없이 그 자리에 누워있었다. 일어날 힘이 없었다.

발걸음 소리를 죽이며 찢어진 셔츠자락을 움켜쥔 채 집으로 돌아오니 우리 집 지붕의 박꽃이 하얗게 피어 반기는 듯하다. 늦은 밤이라 쥐죽은 듯 고요한데 약쑥대로 피운 쇠 화로 모깃불은 마지막 연기를 뿜고 있었다. 주무실 줄 알았던 엄마가 "너 이놈 늦게 어데 갔다 오느냐"며 꼭 나의 죄를 아시는 듯 추궁하신다. 나는 아무 말도 못하고 엄마와 조금 떨어져 삼베 이불자락을 당겨 잠을 청했지만, 놀란 가슴은 내 눈을 감기게 하지 않았다. 엄마는 찢어진 모기장 구멍으로 들어오는 모기를 쫓으며, 몽당부채로 철썩철썩 막내의 가슴을 두들겨주신다. 새삼 엄마의 따뜻한 마음을 느껴본다.

자는 둥 마는 둥 찌뿌듯한 눈을 떠보니 아직 새벽이다. 엄마는 벌써 아침 식사 준비를 하러 밭에 가셨는지 보이지 않는다. 이때 반갑지 않은 녀석이 찾아왔다. 꿈이기를 바랐던 어제 그 사건의 공범인 학이였다. 어젯밤 도망치다가 고무신을 잃어버렸는데, 그 때문에 집에도 들어가지 못하고 밤 새워 기다리다가, 혼자서 겁이 나서 못가니까 현장까지 같이 가잔다. 생각만 해도 끔찍한 그곳에 나는 갈 수 없다고 화를 버럭 내었다. 한쪽 발에만 신을 신고 절뚝거리며 신을 찾겠다고 학이 혼자 현장으로 떠났다. 한참 후 학이는 화가 머리끝까지 오른 능금밭 주인 설 영감과 함께 우리 집으로 들어왔다. 학이가 고무신 찾으러 능금밭 가는 길목에서 서성거리다가 원두막에서 내려다 본 설 영감에게 들키는 바람에 사건 전모가 드러났고 공범 검거차 우리 집에 온 것이었다.

증인 앞에서 국회 청문회보다 더 엄중한 문책을 당했다. 엄마는 엊저녁 밤늦게 귀가한 내 꼴을 보셨으니 자초지종을 들으시고는 이미 짐작하신 듯했다. 무슨 일을 저지른 것 같았는데 무슨 일인지 궁금했다면서 설 영감에게 고개 숙여 아들 대신 사과하셨다. 화가 난 능금밭 주인보다 자식위해 사과하는 엄마 모습에 나는 너무 죄스러웠다. 새벽부터 우리 집은 졸지에 파출소가 되어 공범 다섯 명이 다 잡혀왔다. 우리는 다시 사과서리를 않겠다고 울며 빌었다. 한 번 더 들키면 그때는 사과나무에 달아맨다는 섬뜩한 말을 남기고 설 영감은 떠났다. "이 놈들아 아직 익지도 않는 남의 사과를 따먹다니…. 설 영감 입장을 역지사지 해봐라. 분통터지지 않겠나?" 엄마에게 역지사지라는 말을 처음 듣고 그 뜻을 아는 데는 시간이 많이 걸렸다. 엄마 꾸중에 눈 둘 곳이 없어 들판을 바라보니 개망초가 하얗게 논길을 덮고 있었다.

오늘도 개망초 핀 산길을 걷는데 그 날 밤 깜둥이 친구들이 그립다. 화를 참지 못해 부들부들 떨던 설 영감도 가신지 오래되었다. 엄마의 말씀, 역지사지의 참 뜻을 이제야 알 듯하다. 모깃불을 피워 놓고 막내를 기다리시던 엄마, 모기소리 앵앵거릴 때마다 모기와 싸움하시던 엄마의 몽당부채 소리가 귓전에 철썩거린다.

엄마 꾸중에 눈 둘 곳이 없어

들판을 바라보니

개망초가 하얗게 논길을 덮고 있었다.

고기잡이 4총사

마음속으로는 " 잘 가라 " 하며 놓아주고 다시 살려주는 권리가 내게 있음을 알고 내심 흐뭇하기도 했다.

늦더위가 좀 수그러진 초가을 주말 우리 4형제는 고기를 잡으러 마을 앞 작은 강으로 향한다. 큰 형은 무거운 큰 망치를 들고, 형제 중 막내인 나는 댕댕이 넝쿨 망태를 둘러메고, 둘째 형은 대나무 막대기 두 개에 그물망이 달려있는 쪽대를 말아 들고, 작은 형은 쇠 우산대 끝에 침을 박아 만든 작살을 들었다.

큰 형은 큰 돌을 망치로 쾅쾅 내려친다. 바위 속에 숨어 있던 고기가 기절하여 배를 하늘로 치켜들고 밖으로 튀어 나온다. 형이 튀쳐나온 고기를 잡아 강둑에 있는 나를 향하여 던져주면, 나는 이리저리 쫓아 다니며 망태기에 고기를 주워 담는다. 둘째 형은 고추장 양념 통을 허리에 차고 쪽대로 생포한 고기를 고추장에 찍어 먹는다. 형들끼리 한 입씩 먹는 게 참 맛있어 보인다. 고추장을 입가에 벌겋게 발라 가며 살아서 파들거리는 피라미를 먹는 모습에 나도 먹고 싶어 침이 도는데, 먹을 수 없다는 형들의 말에 그냥 꾹 참는다. 왜 그런 기준이 생겼는지 모르지만, 내가 회를 먹고 싶어 하면 형들은 늘 그렇게 대답하기만 했다.

강에는 버들치와 피라미가 떼를 지어 돌아다녔다. 가재가 지천이고 다슬기는 돌마다 다닥다닥 붙어있는 맑고 투명한 강물이었다. 물에 급수가 있는지 없는지도 모르는 때였으니 디스토마 같은 기생충은 이름도 들어보지 못한 것은 당연한 일이다. 그야말로 강은 물 반, 고기 반이었다. 작은 형은 주로 돌 밑에 숨어 있는 동사리, 퉁가리, 모래무지 등을 작살로 잡아 던져 준다. 나는 이리저리 쫓아다니며 고기 담기에 바쁘다. 살려고 파닥거리는 고기를 주워 담는 것도 쉬운 일이 아니다. 때로는 주워 담는 중에 미끄러져 물로 다시 들어가는 운 좋은 놈도 있었다. "야 임마 그것도 못해"하는 형들의 꾸중도 있었지만, 마음속으로는 "잘 가라"하며 놓아주면서 잡았던 놈을 다시 살려주는 권리가 내게 있음을 알고 내심 흐뭇하기도 했다.

한 번은 작은 형이 작살로 잡은 작은 메기 비슷한 고기를 내 쪽으로 휘익 던지기에 순간적으로 나는 고기 머리 밑쪽을 잡아챘다. 그런데 망태기에 넣는 순간 그 놈이 따끔하게 내 손을 쏘아 버렸다. 온 몸이 전기충격을 받을 때처럼 찌릿하다. 벌에 쏘일 때보다 훨씬 강하다. 쏘인 자리가 부어오르고 너무 아파 나는 "엉엉" 소리 내 울었다. 형들은 한 마디 위로는 없이 모두 "사내가 그 까짓 텅가리(퉁가리)한테 쏘여 우냐?"하며 놀리기만 했다. 형들은 회를 먹을 때는 나더러 어리다고 하고, 이제는 사내가 무슨 엄살이냐 하니, 내 생각에 앞뒤는 틀리지만 사내란 말에 울음을 멈추어야 했다.

보리가 익는 철이 되면 은어가 올라온다. 은어는 돌 밑으로 들어가지 않고 무리지어 날쌔게 헤엄치는 고기다. 우리는 은어가 올라오면 몇날 며칠씩 강에서 은어를 잡았다. 넷은 모두 강둑에다 옷을 몽땅 벗어둔 채 벌거숭이가 되어 나무 막대기 하나씩을 들고 강 속으로 들어간다. 은어 떼가 나타나면 우리 넷은 횡대로 서서 나무 작대기로 물속을 팍팍 쑤시면서 고함

지른다. "은어! 은어!"하고 소리치면 놀란 은어들이 모두 한쪽으로 몰린다. 넷이서 계속 고함치면서 물가 쪽으로 몰아대면, 성질이 급한 은어는 물가 모래사장으로 튀어 오른다. 이 순간 우리는 은어를 집어 올리기만 하면 된다. 수박 냄새가 나는 은어는 형들의 횟감으로 이용되었다.

물고기 회를 먹지는 못했지만, 형들의 잔심부름을 하면서 나는 물고기 생태에 대해 많은 상식을 얻게 되었다. 그 중에서도 특이한 것은 동사리 생태다. 이 녀석들은 개울 양옆을 따라 물에 잠긴 돌 아래에다 노란 알을 수백 개씩 붙여 놓고 한두 마리가 반드신 알을 지킨다. 이때 한 마리가 있으면 그 놈은 수놈이라고 한다. 이 수놈은 사람의 손이 다가가도 도망가지 않고 달려들며 알을 지키고 있다. 그래서 쉽게 잡힌다. 종족 보존본능이겠지만 목숨 걸고 알을 지키는 것이 어린 나에게도 감동이었다.

늦은 점심 때 되어 고기 망태기가 가득해지면 우리는 막대기에 망태를 꿰어 들고 집으로 돌아왔다. 기다리고 있던 엄마는 마당 구석에 걸어둔 가마솥에 잡아온 고기를 넣고 파, 애기 호박, 풋고추 등을 듬뿍 썰어 넣어 매운탕을 끓였다. 구수한 냄새가 온 마당에 진동한다. 엄마는 먼저 몇 그릇을 담 너머로 보낸다. 큰 고목 감나무 그늘 아래 살평상에 둘러앉은 우리 넷은 웃통을 모두 벗어 던지고, 보리밥 한 양푼을 중간에 두고 얼큰한 매운탕을 땀을 뻘뻘 흘리며, 후루룩거리며 먹어댔다. 나는 퉁가리의 아픔도 잊은 채 천하일품 엄마의 매운탕 맛에 푹 빠져들었다. 우물가에서 물수건 하나씩을 헹구어 던져주시며 네 마리 새끼들이 맛있게 먹는 모습을 잔잔한 미소로 엄마는 바라보셨다. 감나무 매미는 우리들이 맛있게 먹는 것이 샘이 났는 지 더욱 큰 소리로 노래하는 것 같았다.

　지금도 눈 감으면 아련히 떠오르는 고향 마을, 맑은 강, 그곳에서 고기 잡 던 형들 모습이 눈에 가득하다. 망치로 뻥뻥 내려치던 망치소리, 팔딱거리 는 산고기를 입에 문 둘째 형, 형이 던져준 퉁가리 독침에 쏘여 울던 내 모 습, 더운 날씨에 땀을 뻘뻘 흘리며 고춧가루 듬뿍 풀어 벌겋게 끓여 주시던 울 엄마표 매운탕, 천진한 그 날 그때로 돌아 갈 수는 없지만 내 맘 속에는 언제나 살아있다.

늦은 점심 때 되어
고기 망태기가 가득해지면
우리는 막대기에 망태를 꿰어
들고 집으로 돌아왔다.

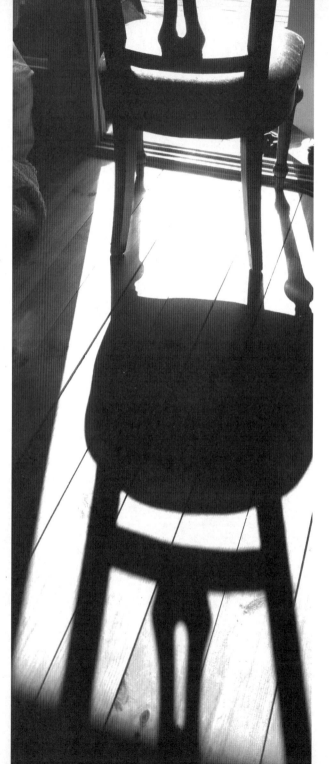

엄마 길쌈

흰 수건을 눌러 쓰고 혼자 외롭게 목화를 따시는
모습이 학교 갔다 돌아오는 내 눈에는
먼 데서도 잘 보였다.

자급자족하던 시절 우리 가정의 주부인 엄마는 자식 6남매를 포함해 8식구의 의식주衣食住를 책임지고 있었다. 의식주 중 의衣 문제는 전적으로 엄마 혼자 해결해야 했다. 틈틈이 들일을 하면서 길쌈까지 해내던 엄마의 모습이 내 가슴에 영상으로 새겨져 있다. 일 년에 삼베와 무명의 두 차례 길쌈 하나도 빠뜨릴 수 없는 막중한 엄마의 일이다.

엄마는 이른 봄 목화씨를 심는다. 문익점 선생이 중국에서 가져왔다는 목화씨는 생김새부터 좀 특이하다. 콩보다는 좀 더 크고 타원형에다 씨껍질에 솜털이 달려있다. 이것은 심는 방법도 특이하다. 심기 전에 먼저 소변에 담가 소독을 한 후, 고운 나뭇재에 굴려가며 고물을 묻히고 나서 우리는 정성스럽게 밭에다 심었다. 잘 자란 목화는 초여름에 무궁화 꽃처럼 예쁜 꽃을 피우고, 꽃이 지면 다래가 달린다. 가을바람이 불면 점차 붉은 빛을 띠우며 익어간다. 그러면 우리는 익은 목화를 꺾어 양지바른 곳에 줄지어 말린다. 쌀쌀한 바람 탓에 건조해진 껍질을 터뜨리며 하얀 목화송이는 마치 흰 구름이라도 피어나듯 산비탈을 하얗게 물들인다.

엄마는 광주리를 머리에 이고 목화를 따러 자주 뒷산에 가셨다. 흰 수건을 눌러 쓰시고 혼자 외롭게 목화를 따시는 모습이 학교 갔다 돌아오는 내 눈에는 먼 데서도 잘 보였다. 나는 큰 소리로 "엄마"하고 부르면 벌떡 일어나셔서 손을 흔들며 "어서 집에 가서 밥 묵으래이. 배고프겠다"하시고는 다시 목화를 따신다. 막내 아들 걱정만 하시고 목화를 따시는 엄마를 보면 내 마음이 편치 않았다. 엄마는 가끔씩 광주리에 수북이 흰 목화를 따 담아 오시곤 했다. 목화 따는 작업은 며칠마다 한 번씩 수차례 이루어진다.

어지간히 목화를 다 따면 엄마는 쐐기를 이용하여 목화씨를 골라낸다. 나무로 된 쐐기의 두 톱니 사이에 목화를 넣으며 손잡이를 돌리면 씨가 빠져나오면서 솜과 씨가 따로 분리된다. 쐐기소리는 상당한 파열음을 내며 온 동네를 시끄럽게 만들었다. 씨를 발라낸 솜을 곱게 펼쳐 놓고 엄마 키보다 더 큰 활로 엄마는 솜타기를 한다. 목화 모양을 한 뭉쳐진 솜을 활로 튕겨 부드럽게 만든다. 엄마는 솜타기를 마치고 적당한 크기로 잘라내어 다듬이 돌 위에 얹어 놓고는 그것을 대나무로 말아 한 20센티 정도의 길이가 되는 가래떡처럼 생긴 고치를 만든다. 이때부터 엄마는 물레를 방 윗목에 설치하고 고치로 무명실을 만든다. 엄마는 한 손으로 물레를 돌리고, 또 한 손으로는 고치로 실을 뽑는다. 어릴 적 엄마 옆에서 보면 참 신기했다. 시르릉 시르릉 소리를 내며, 돌아가는 물레소리와 함께 솜이 실이 되어 가락에 감겨 실타래가 된다. 자다가 일어나 보면 엄마는 여전히 물레질을 하고 계셨다. 어떤 때는 피곤하신지 물레를 한 손으로 돌리면서 꾸벅꾸벅 조는 모습도 보았다.

물레질이 모두 끝나면 몇 가지 과정을 더 거친 후 엄마는 정성스러운 마음으로 좋은 날을 받는다. 그 날은 마당에 잿불을 길게 피워 놓고, 그 불 위로 그동안 장만한 실을 길게 늘어뜨려 놓고 큰 솔로 풀을 먹이고, 바디에다 맨다. 바디에 실을 매는 것은 실의 세로줄을 대나무로 만든 섬세한 바디구멍에다 일일이 한 올 한 올 꿰매는 것을 말한다. 베를 매는 일은 동네에 솜씨 좋은 분을 모셔서 일을 하셨다. 이 일을 할 줄 아는 사람은 동네에도 몇 사람 되지 않았다. 처녀가 베를 맬 줄 안다면 온 고을에서 신부감으로는 상한가였다. 베를 매는 날은 동네 이웃들이 다 모여 일을 도와주고, 그동안 엄마의 수고를 격려해 주는 동네잔치도 열었다.

온종일 걸려 세로줄 매기가 끝나면 방안에 긴 베틀이 차려진다. 밭일을 하면서 틈틈이 베틀에 앉아 베를 짜는 엄마는 눈코 뜰 새 없이 바쁘셨다. 베틀에 앉아 가로 실이 담긴 북을 잡은 엄마 한 손이 왔다 갔다 할 때마다 투박한 바디집을 잡은 다른 한손으로 힘을 주어 찰그락 찰그락 베를 짠다. 엄마의 베틀 아래서 나와 내 동생들은 칭얼거리다 찰각거리는 베 짜는 소리를 들으며 잠들곤 했다. 어린 동생에게 젖을 먹일 때도 베틀에서 내려온 시간을 아끼려고 베틀에 앉은 채 젖을 물리셨다. 엄마가 근 한 달 동안 베를 열심히 짜면, 수십 미터 길이의 무명베 한 필이 생산되었다. 이것을 두드리고 삼고 말리고를 몇 번이나 되풀이 해야 우리 온 식구의 옷이 만들어질 준비가 끝난다.

길쌈이 끝나면 우리 6남매를 위한 바느질이 엄마의 바쁜 손을 기다리고 있었다. 아버지와 엄마의 옷은 주로 흰색으로 만드셨지만, 우리 형제들의 옷은 검은 물을 들여 지어주셨다. 여름엔 온 식구가 삼베옷을 입었는데 삼베를 만드는 과정도 무명 길쌈과 같은 방법이어서 엄마의 길쌈 수고와 고생은 말로 다 할 수 없었다. 길쌈은 엄마가 봄에 목화씨를 심고 김매어 가꾸고 목화를 따고 씨를 앗아내 물레질을 하고, 베틀에 앉아 한 올 한 올 베

를 짜고 하시는 전 과정이었다. 엄마의 길쌈은 봄부터 시작하여 문풍지 소
리가 깊어질 때까지 계속되었다. 찬바람에 얼어서 뻣뻣해진 무명 베 한 필
이 우리 집 마당을 가로지르는 빨래 줄에 펄럭일 때까지 계속되었다. 키 큰
바지랑대에 베 한 필이 차가운 겨울바람에 버겁게 버티고, 겨울의 짧은 날
들은 저물었다.

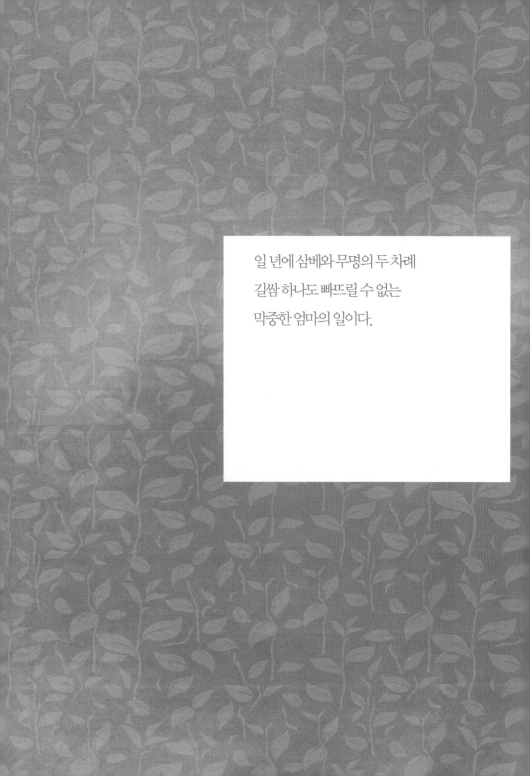

일 년에 삼베와 무명의 두 차례
길쌈 하나도 빠뜨릴 수 없는
막중한 엄마의 일이다.

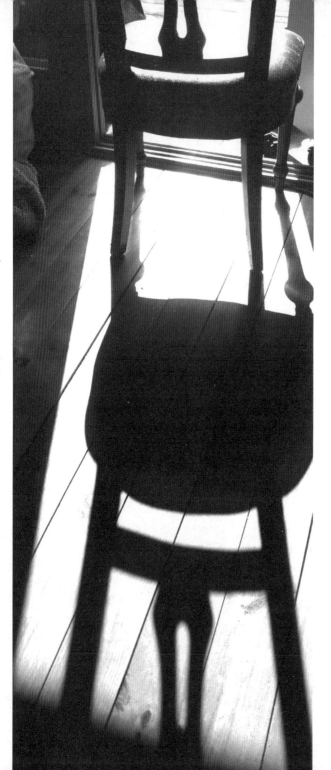

미꾸라지 사냥

벼 포기를 살짝 젖히고 양손으로 논바닥을 푹 파서
앞으로 당기는데, 뭉클한 것이 손에 잡히면
미꾸라지다

다 해진 밀짚모자를 삐딱하게 쓰고, 작대기에 누더기를 걸친 허수아비가 논 한가운데 한가로이 서 있다. 늦여름부터 혼자 외롭게 참새를 쫓다가 이제 한숨 돌린 듯하다. 벼이삭들은 누른빛을 띠면서 점차 고개를 숙이기 시작한다. 여름 내 물꼬가 넘치도록 가두어 두었던 논물이 더 이상 필요 없게 되면 논에서 물 빼기가 시작된다. 물이 빠져나가는 물길을 따라 여름 내 논에서 자란 미꾸라지도 함께 물꼬로 나오기 시작한다. 농약 하나 없던 시절 논물은 청정하다. 이때부터 우리들의 미꾸라지 사냥은 시작된다. 미꾸라지 사냥을 가는 날은 엄마가 제일 좋아 하셨다. 필요한 연장을 잘 챙겨주시며 반기신다.

　해가 서산에 반쯤 걸리면, 우리들은 미꾸라지를 잡기 위해 물꼬마다 대나무 통발을 설치한다. 대나무를 얇게 쪼개 둥근 어항처럼 만든 통발은 미꾸라지가 들어갈 수는 있어도 빠져나올 수는 없게 만들어져 있다. 물을 따라 함께 피난을 가는 미꾸라지들이 자연스럽게 통발 속으로 미끄러져 들게 마련이다. 우리 4형제는 아침 일찍 일어나자마자 이슬 자욱한 논으로 달려간다. 엊저녁에 설치해둔 통발에 황금색을 엷게 띤 미꾸라지가 엉겨 붙어 꾸물거리고 있다. 물꼬마다 대어놓은 통발 속 미꾸라지를 모으면 우리 식구의 추어탕 감으로 넉넉하다.

물꼬에 물이 어지간히 빠진 며칠 후에도 미처 물꼬를 찾아 따라가지 못한 미꾸라지들도 있다. 산그늘 탓에 아직 물기가 남아있는 논바닥으로 모여든 남은 미꾸라지들은 바닥을 파고들면서 동면준비를 한다. 덩달아 논우렁도 함께 모여든다. 우리들은 바케스를 들고 씩씩하게 논으로 향한다. 벼포기를 살짝 젖히고 양손으로 논바닥을 푹 파서 앞으로 당기는데, 뭉클한 것이 손에 잡히면 미꾸라지다. 이때 잡힌 미꾸라지는 더 많은 황금빛을 띤다. 우리 넷은 나란히 서서 용감하게 미꾸라지를 주물러 잡아낸다. 한참 정신없이 작업을 하다보면 미꾸라지가 바케스 안에 반이 넘게 차올라 있다. 우리 4형제는 모두 마치 머드팩을 한 것 같다.

며칠간 논 미꾸라지 사냥이 얼추 끝나면, 우리 형제들은 다시 못 아래 배수로로 향한다. 물 빼기가 끝난 저수지의 배수로 바닥에도 군데군데 물이 고여있다. 우리들은 먼저 흙으로 일정한 간격을 두어 수로에 칸막이를 만든다. 그런 후에 바가지로 고인 물을 퍼내고 나면, 배수로 바닥은 논바닥처럼 곤죽이된다. 우리는 논에서처럼 나란히 줄을 서서 허리를 구부린 채 바닥을 주무르기 시작한다. 어른 손가락만한 굵은 미꾸라지가 손에 걸려든다.

미꾸라지를 잡아 오는 날은 엄마가 기다렸다는 듯 몹시 즐거워하셨다. 대충 추어탕 준비가 끝나면 엄마는 막내인 나를 부른다. 면 소재지에 사시는 외할아버지를 모셔오라신다. 우리 집에서 3Km나 떨어져 있는 외갓집이다. 엄마가 형들에게 시켜도 차례대로 미루다보니, 결국 막내인 내게로 돌아오는 것을 알고, 속 편히 내게 바로 심부름을 시키셨다. 맨 끝인 나는 더 미룰 형제가 없다. 연세 많으신 외할아버지는 고기 종류를 좋아하시지 않으셨지만, 추어탕은 가장 좋아하는 음식이었다.

딸 넷 중 맏이인 엄마는 평소 자식 여섯 기르시느라 지척에 계신 외할아버지를 좀처럼 찾아뵙지 못하셨다. 가을에 외할아버지를 모셔와 좋아하시는 추어탕을 대접하는 것을 연 중 큰 효도 행사로 삼았던 것 같다. 외가와 연락할 통신수단이라곤 아무것도 없고, 발품이 유일한 방법이기에 나는 엄마의 부탁을 거절할 수 없었다. 갈 때는 다리도 아프고 힘들지만 외할아버지와 같이 집으로 돌아오는 길은 재미있는 옛날이야기를 해주셔서 지루하지도, 힘든 줄도 몰랐다. 외할아버지는 우리나라 초대 대통령이었던 이승만 박사하고 동갑인 것을 자주 자랑하셨다. 외할아버지 모시고 온 날 밤에, 엄마는 내 이불 밑에 곶감 하나를 형들 몰래 묻어 두신다.

외할아버지는 엄마가 손수 산에서 따다 준비한 초피가루를 듬뿍 넣은 추어탕을 뚝배기 그릇으로 여러 번 드셨다. 그리고 며칠간 우리와 함께 지내셨다. 그렇게 우리는 매년 미꾸라지 잡는 날은 외할아버지를 모셨다. 그러나 언젠가부터 외할아버지는 기력이 쇠잔하여 우리 집까지 걸어오실 수 없게 되었다. 엄마는 우리가 잡은 미꾸라지로 추어탕을 끓이는 날이면 외할아버지가 추어탕을 못 드시는 것을 못내 아쉬워 하셨다. 엄마의 마음이 너무나 간절해서 몇 차례나 큰 형이 소 구루마를 끌고 외갓집까지 가서 모셔 오기도 하였다. 외할아버지가 구루마를 타고 오신 날은 더 오래 우리 집에 계셨다.

어느 해 초가을 외할아버지는 추어탕을 조금 밖에 드시지 않고 상을 물리셨다. 그렇게 좋아하시던 추어탕이 맛이 없으셨던 것 같다. 이튿날 외가로 가시기 위해 구루마에 올라타신 외할아버지는 외손주들 하나하나 머리를 말없이 쓰다듬어 주셨다. 그 날따라 외할아버지를 멀리까지 배웅하고 돌아온 엄마는 슬픈 곡조를 입으로 흥얼거리셨다. 그 날로 외할아버지의 추어탕 초대는 끝이 나고 말았다. 얼마 후 어머니의 머리에 흰 끈이 붉은 댕기 자리를 차지한 것을 보았다. 80 넘게 사신 외할아버지는 당시로선 장수하셨지만 그래도 엄마는 내내 아쉬워하셨다. 우리들의 미꾸라지 사냥은 한동안 계속 되었지만, 엄마는 전과 달리 미꾸라지 잡는 날은 우울해 하셨다. 이후로 우리 4형제의 다양한 미꾸라지 사냥은 전처럼 그리 즐거운 일이 되지 못했던 것 같다.

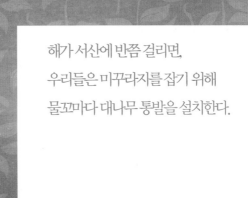

해가 서산에 반쯤 걸리면,

우리들은 미꾸라지를 잡기 위해

물꼬마다 대나무 통발을 설치한다.

묘사
떡

우리 동네는 묘가 많은 관계로 상대적으로
묘사 음식을 얻어먹을 기회도 많았다.

떡 한 덩어리를 집어 들고 내 자리에 앉았다. 랩에 곱게 싸인 덕분에 온기가 아직 남아 있는 말랑한 감촉 탓인지, 입에 군침이 돈다. 출처도 모르고 고맙다는 인사도 없이 먹기가 좀 그렇다. 먹기보다는 보암직하다. 그 옛날 즐겨먹던 묘사 떡과 모양이 비슷하다. 내 기억에 저장된 묘사 떡 파일에 마우스를 붙이고 클릭한다. 빛바랜 흑백 장면이 내 마음의 영상에 희미하게 나타난다. 묘사 떡은 어릴 적 우리들의 마음을 풍요롭게 했다.

가을걷이가 끝나고 나면, 우리 집에는 볏짚으로 만든 나락뒤주가 배가 불룩한 채 마당 한 가운데를 차지하고 있었다. 감나무 꼭대기에 몇 개 달아둔 홍시 까치밥을 따먹으려고 새 떼들이 재잘거릴 무렵이면, 우리 동네 묘사가 시작된다. 산골짝인 관계로 이 산 저 산 산소가 많았다. 묘사는 묘에서 지내는 제사로 오대조 이상이 되면 집에서 제사를 지내지 않고 일 년에 한 차례 문중 별로 묘사를 지낸다. 어른들은 도포를 차려입고 의관을 갖추어 함께 산소에 모여 제사를 지냈다. 묘사 때 동네 아낙네들은 어느 때보다 많은 음식을 준비하였다. 제사를 지낸 후에는 음식을 동네 아이들에게 나누어 주는 풍습이 있었다. 우리 동네는 묘가 많은 관계로 상대적으로 묘사 음식을 얻어먹을 기회도 많았다.

동네에서 제일 먼저 묘사를 맞는 집은 동네 입구에 자리한 양 씨네였다.

양 씨네 묘사 날은 동네 아이들이 그 집 마당이 비좁도록 모인다. 몇 가지 부침개도 나누어 주지만, 우리들의 관심은 언제나 떡이었다. 떡덩이가 얼마나 클지에 모든 관심이 집중되었다. 떡덩이는 해마다 그 크기가 다르다. 풍년이면 좀 더 커지고, 흉년이면 그 덩이가 작아지게 마련이다. 온 동네 아이들을 마당에 모아놓고 떡 상자를 든 사람이 사립문에 서서 한 아이씩 떡 한 덩이를 쥐어주며 아이를 밖으로 내보낸다. 아이들이 기대했던 것보다 떡 덩이가 적을 때에는 동네 안쪽으로 우루루 몰려 들어가 "양 꿀돼지", "양 꿀돼지"하면서 목이 터져라 고함을 쳤다.

며칠 후에는 안동 권 씨네 집안에 묘사가 동네 한복판에서 이루어진다. 권 씨네는 우리 동네에 사는 이는 아무도 없었으나, 조상들의 산소만 우리 동네 한가운데를 차지하고 있었다. 이 댁 묘사도 마찬가지로 온 동네 아이들이 다 모여 묘사 떡을 얻어먹는다. 상당히 정성스레 차린 묘사지만, 아이들이 워낙 많은지라 늘 넉넉하게 나누어 줄 수는 없었다. 권 씨네는 가끔 돼지도 잡아 당시로서는 아주 귀한 돼지고기도 나누어 주기도 했다, 아무리 귀한 것을 받아도 떡덩이가 적으면 우리들은 "권 꿀돼지"하고 고함치며 작은 산을 내려왔다. 그 소리는 마치 아이들의 합창소리처럼 산골짜기에 울려 퍼졌다.

동네 아이들이 가장 관심을 가진 묘사는 큰 골기와 집을 가진 경주 최 씨 문중과 고색이 창연한 우리 집안, 밀양 손 씨 재실묘사였다. 당시 백여 가구되는 우리 동네에 거의 절반 이상이 손 가였고, 경주 최 씨는 우리 일가

보다 그 수가 조금 적었다. 두 재실묘사는 같은 날에 지냈다. 약간의 시차를 두고 묘사 떡을 분배했다. 최 씨 재실에서 떡을 받고는 얼른 손 가 재실로 와서 줄지어 서야 했다. 두 가문의 선의의 경쟁으로 떡덩이는 언제나 다른 어떤 묘사 떡보다 더 크게 나왔다. 같은 백설기였지만 덩어리가 큰 탓에 꿀돼지라고 고함치는 아이들은 아무도 없었다. 혼자서 다 먹지 못하고 집으로 갖고 올 수 있을 정도로 떡덩이가 컸기 때문이다.

나는 여동생이 둘이 있다. 늘 바쁘신 엄마를 도와 두 동생을 돌보는 일은 내가 담당할 수밖에 없었다. 하나는 업고, 하나는 손잡고 다녔다. 그 때문에 한창 뛰어놀기를 좋아 할 때인데도 나는 놀 수가 없었다. 숨바꼭질을 할 때는 동생을 업고 있어서 언제나 술래를 면할 수 없었기에 재미가 없었다. 땅뺏기도 애기를 업고는 제대로 할 수 없었다. 애기를 업고 등을 구부려서 놀이를 하면 업힌 녀석이 끙끙 앓는 소리를 하기에 더 이상 구부리고 놀 수도 없었다. 어떤 놀이도 나에게는 불리하여 놀이를 포기할 수밖에 없었다. 배고파 우는 동생을 업고 젖을 먹이러 논길을 헤매며 논밭으로 엄마를 찾아다닌 적도 한두 번이 아니었다. 그래도 녀석들이 등에 업힌 것이 유리한 날도 있었는데, 그 날이 바로 묘사 떡을 받는 날이었다.

묘사 떡은 공평하게 업힌 아기에게도 한 몫이 분배되었기 때문이다. 묘사 날도 나는 동생들을 한 놈 업고 또 한 놈 손잡고 묘사 떡을 받으러 갔다. 아무리 추워도 두 볼이 상기된 녀석들에게 수건을 덮어씌운 채 줄을 서서 묘사 떡을 받았다. 고생한 보람이 있어 떡은 언제나 삼인 분을 받았다. 우리 재실 묘사 때는 떡과 과일을 한 보자기씩 받아왔다. 또래들보다 세 배는 더 받으니, 평소 귀찮은 동생들이지만, 그 날만은 나에게 복덩어리였다. 일 년에 여덟 번 정도 제사를 모시는 우리 집에는 비교적 자주 떡을 먹을 수 있는 기회가 있었지만 어린 내가 공짜로 얻어온 떡 맛은 달랐다. 순전히 내 노력으로 얻어진 떡이기에 부자가 된 기분이었다.

떡을 광주리에 담아 시렁 위에 얹어두고 나면 늘 배가 부른 것 같았다. 집안 어딘가에 엄마가 만든 손님들을 위한 인절미가 숨어 있었지만, 그것 은 내 것이 아니기에 내 소유욕을 채울 수 없었다. 어린 나이였지만 내 마 음대로 처분할 재물이 있다는 것은 무언가 뿌듯한 마음을 들게 해주었다. 사람은 누구에게나 자기의 소유물이 필요하고 그것이 힘이 된다는 사실 을 어릴 적 묘사 떡에서 체험한 것 같다. 내 마음대로 형들이나 친구들에게 나누어주기도 하고, 먹기도 했던 일이 참 행복했던 기억이 난다. 그로 인해 얼마간은 동생을 돌보는데 짜증 없이 잘 업고 다녔다.

벌써 반세기가 훌쩍 넘은 이야기다. 막내 동생이 회갑여행 간다고 연락 온지도 좀 되었다. 요즘도 묘사는 지내지만 떡 얻으러 오는 아이는 아무도 없다. "꿀돼지"하고 고함치던 이야기는 아주 먼 옛날이야기가 되었다. 책 상 위에 놓여 있는 내 몫의 백설기를 보니 그 날이 새록새록 떠오른다.

또래들보다 세 배는 더 받으니,

평소 귀찮은 동생들이지만,

그 날만은 나에게 복덩어리였다.

겨울밤의
군것질

매서운 추위도 잊은 채 미꾸라지 잡는
대나무 통발과 무거운 나무 사다리를 들고
동네 집집마다 들렸다.

산골의 겨울밤은 길기도 했다. 가끔 뒷산 부엉이가 긴 겨울밤의 지루함을 달래주기도 했지만, 석유 부족으로 불을 켜지 못하니 더 길게 느껴졌다. 때로 석유 배급이 오랫동안 중단될 경우도 있었는데, 그럴 때는 엄마가 서둘러 어둡기 전에 저녁식사를 준비해 주셨다. 동네 사람들 대부분이 저녁을 일찍 먹는 터라 형 친구들이 우리 집에 모여드는 시간도 좀 더 빨라졌다. 밤이 깊어질수록 우리들의 배는 더 출출해졌다.

용감한 형 친구들은 가끔 어두운 밤에 나아가 밖에서 맛있는 것을 구해 오기도 했다. 출처를 묻지도 알려고 하지도 않았다. 긴 겨울밤에는 우리들이 지루하지 않고 좀 더 재미있게 보내기 위한 흥밋거리가 절실했다. 배고프던 시절이라 가장 관심이 가는 일은 먹는 것이었다. 먹거리는 철따라 달랐다.

찬바람이 윙윙거리는 겨울밤에는 참새구이가 참 맛있는 먹거리였다. 겨울 참새들은 초가지붕 밑에 구멍을 내고 겨울나기를 시작한다. 참새들은 밤이 깊어야 잠이 든다. 참새구이가 가장 맛있는 간식이기에 우리는 밤이 깊어지기를 기다려 출동준비를 했다. 오는 잠을 참으며 기다리다가 나도 등불을 들고 형들을 따라나섰다. 매서운 추위도 잊은 채 미꾸라지 잡는 대나무 통발과 무거운 나무 사다리를 들고 동네 집집마다 들렀다. 먼저 사다리를 초가 지붕 처마에 기대 세우고 그 위로 형들이 기어올라가 처마 끝에 있는 참새 집을 확인하고는 통발을 갖다 붙인다. 거기에 약간의 자극만 주면 잠자던 참새들이 놀라 밖으로 튀어나온다. 새들이 통발 안으로 들어가면 잡게 되는 것이다. 많이 잡히지는 않았다. 십여 마리 이상 잡으면 우리들은 늦은 밤에도 컴컴한 마당 한구석에 모닥불을 피워놓고 참새들을 꼬챙이에 꿰고, 소금을 뿌려 참새구이를 해먹었다. 밤중에 구워 먹는 참새는 가슴살 고기가 쫄깃하고 고소하여 그 맛이 일품이다. 나는 무슨 일이 있어도 참새 잡는 밤에는 늦게까지 형들을 꼭 따라다니곤 했다.

내가 제일 좋아하는 겨울놀이 중의 하나는 엿치기 놀이였다. 미리 엿 한 상자를 준비해두고 마을 형 친구들이 우리 집에 한방 가득 모이면 나는 엄마에게 미리 교섭하여 호롱에 석유를 가득 채워둔다. 오는 잠을 이기며 형들이 모이기를 기다렸다가 정원이 되면 엿치기가 시작되었다. 형들은 빙 둘러앉아 진지한 눈빛으로 엿을 한 가락씩 잡고 뚝 잘라 입으로 훅 불었을 때 보이는 구멍크기로 승부를 가린다. 몇 번 반복하는 동안 나는 이쪽저쪽 얻어먹는 재미가 쏠쏠했다. 온 집안을 뒤져 헌 고무신을 들고 엿장수에게 달려가야 겨우 한 가락 엿을 얻을까 말까 하거나, 그나마도 형들이 다 먹고 겨우 한 입이나 돌아오는 귀한 엿을 뱃속이 아프도록 먹을 수 있는 참으로 행복한 밤이었다. 나는 그 달콤한 맛을 넉넉히 누릴 수 있는 겨울밤이 좋았다.

우리 동네는 집집마다 무 구덩이가 있었다. 무 구덩이는 냉장고 없던 시절의 냉장고 역할을 하였다. 집집마다 여기에다 무, 배추뿌리, 알밤, 고구마 등을 얼지 않도록 묻어둔다. 가을에 묻어두면 지열로 인하여 얼지 않고 봄까지 잘 보관이 되기 때문이다. 특히 노인이 계신 집은 더 신경을 써서 보관해 둔다. 우리 집에 놀러온 형 친구들은 각자 자기 집 무 구덩이의 입구를 잘 알고 있기에, 서로 정보를 주고받는다. 우리들의 관심은 배추뿌리였다. 요즘처럼 가느다란 배추뿌리가 아니다. 우리나라 재래종 배추뿌리는 아주 굵고 겨울에 결이 삭으면 고구마처럼 아삭하고 단맛이 났다. 입구를 짚으로 잘 숨겨두기 때문에 밤중에 가서 찾기란 정보가 없으면 찾기가 곤란했다. 자기 집 정보를 흘린 형은 슬그머니 빠지고 다른 형들이 목표한 집 식구들이 잠든 것을 확인하고는, 모두 발소리를 죽여 가며 낮은 자세로 구덩이에 접근한다. 구덩이에 손을 넣어 엉킨 배추뿌리를 꺼내온다. 가을에는 맛이 아리지만 겨울에는 달콤한 맛이 출출한 배를 채우기에 알맞다. 구덩이 안에는 다른 것들도 있었지만 한 번도 손대지는 않았다. 서리하러 갔다가 실패하는 것은 대부분 개 때문이다. 이런 경우 개주인인 형이 개를 불러 노는 동안 다른 형들이 서리를 끝내는 방법을 택했다. 이런 작전에도 실패한 경우가 더러 있기는 했지만 동네 사람들은 별로 추궁하지 않았다.

　길고 지루한 겨울밤 문풍지가 덜덜거리는 밤, 형들의 옛날이야기에 밤은 깊어 가고 있었다. 희미한 석유등불빛에 모닥불에 구운 쫄깃한 참새구이 맛에 취하기도 했다. 소죽 솥 부엌에 따뜻하게 데워진 온돌방 위에 둘러앉아 형들의 달콤한 엿치기에 얻어먹던 달콤한 가락엿 맛에 밤이 깊어 갔다. 배추뿌리 서리를 하며 온갖 짓궂은 장난을 하던 그 긴긴 밤들은 부엉이 울음소리와 함께 점점 깊어갔고 새 봄이 가까워 오고 있었다.

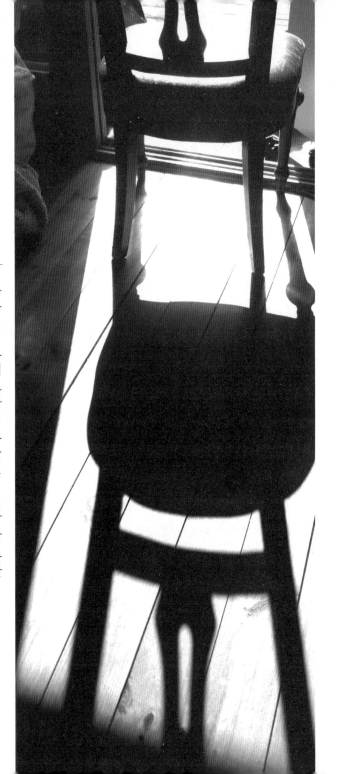

둘째 형

나는 서러움에 북받쳐 응급실이 떠나갈 듯한 큰 목소리로 " 우리 형님 안 죽는다 " 하고 외쳤다 바깥 날씨가 싸늘해져 가는 초겨울, 저녁 식사를 마치고 쉬고 있는데 전화벨이 울렸다. 뜻밖에도 둘째 형수가 울먹이며 다급한 목소리로 "형님이 큰 화상을 입고 대학병원 응급실로 실려 갔어요"라고 한다. 빨간 교통신호등도 무시하고 계속해서 액셀러레이터를 밟았다. 전깃불조차도 침침하게 느껴지는 대학병원 응급실, 앰뷸런스 소리가 여기저기서 요란하다. 환자와 가족들의 아우성 소리에 언제나처럼 아수라장이다. 당직인 듯한 의사와 간호사 한 팀이 꿈지럭거리며 환자를 돌보고 있다. 이 속에 나의 둘째 형님이 가느다란 생명줄을 붙잡고 누워 있다.

고통을 호소하는 환자들의 신음소리, 모두 삶과 죽음의 갈림길에서 촌각을 다투고 있는 모습이다. 한쪽 구석 침대 옆, 땅 바닥에 담요 하나를 덮고 누운 형님, 아니 방치된 형님을 발견한 것은 한참을 헤맨 후다. 얼굴도 알아 볼 수 없고, 의식도 확인되지 않는데 형수는 정신없이 여보를 외치고 있다. 나는 서러움에 북받쳐 응급실이 떠나갈 듯한 큰 목소리로 "우리 형님 안 죽는다" 하고 외쳤다. 나의 가슴속으로 터져 나오는 절규였다. 이때 형님은 부운 눈을 온 힘을 다하여 뜨더니, 잠시 나를 바라보고는 다시 눈을 감는다. 내가 왜 그렇게 큰 소리로 고함을 질렀는지 분명하게 대답할 수는 없다. 그러나 아마도 내 인생에 가장 많은 영향을 준 형님이기에 그랬던 것 같다.

나는 형님이 셋이다. 내 인생의 자랑거리가 있다면 형들이다. 형들이 나의 부족함을 많이 채워주었다. 큰 형님은 연세가 많고 아버지 같은 분이라 나하고는 접촉이 많지 않았다. 둘째 형은 내게 모든 것을 주는 편이다. 형의 말에 의하면 내가 어릴 때 업어 키웠다고 한다. 셋째 형은 나와 세살 차이인데도 내가 꼬박 형 대우를 해주지 않았고, 같이 노는 사이라 형 또한 나를 동생으로 귀여워 해주지도 않았다. 내가 초등학교 입학하고 한글을 몰라 헤매었던 어느 날이었다. 둘째 형이 두레상 앞에 나를 앉히고 한글을 쉽게 가르쳐주어 터득하는데 결정적인 역할을 하였다. 둘째 형이 나를 문맹에서 탈출시켜 주었다.

둘째 형은 학교 공부도 곧잘 했다. 초등학교 시절에는 학급의 리더였다. 학년마다 매번 우등상을 타왔고 운동회 때는 달리기도 잘하여 전반적으로 운동감각이 둔한 우리 집에서는 유일하게 커다란 상賞 자가 찍힌 공책을 타왔다. 형 반 친구들이 운동장에서 피구할 때 보면, 약삭빠르게 잘해 마지막까지 남아 있는 모습이 자주 눈에 띄었다. 형의 졸업할 때 강당에 재학생도 다 모인 졸업식장에서 형이 우등상을 타는 순간, 나는 내가 타는 것보다 더 기뻤다. 나는 우리 반 친구들에게 자랑했다. 기쁨도 잠시 형이 중학교에 합격하고 입학금을 지불해야할 즈음, 아버지는 둘째 형에게 형도 있고 동생들도 있으니 집일을 같이 하자고 제안했다. 그때 형은 말없이 자기 방으로 들어가 단식투쟁에 돌입했다. 완전 단식으로 며칠을 버티는 바람에 하는 수 없이 아버지가 학교에 입학을 시켰다. 그 당시 아버지는 가난한 농촌살림에 잇달아 흉년이 들었고, 사변이 터지면서 더욱 힘들어지는 가사 형편에 아들 중 하나 정도는 집에서 아버지를 도와 일하기를 바랐던 것 같다.

내가 5학년 때 아버지는 갑자기 맹장염으로 돌아가시고 큰 형이 가장이되어 집안일을 맡아 가사를 처리하게 되었다. 무조건적인 아버지의 사랑이 갑자기 조건적인 형의 사랑으로 바뀌었다. 큰 형은 가정 형편을 생각하여 나의 중학교 입학을 미루었다. 중학교 입학을 못하게 된 나에게 둘째 형은 틈틈이 영어를 가르쳐 주었다. 이듬해 큰 형이 입대하는 바람에 어린 나이지만 둘째 형이 가장이 되어 집안을 꾸리었다. 나는 목동 일을 하면서 집안일을 돕고 있었는데, 밤이면 형은 호롱불 앞에서 나에게 영어를 가르쳐 주었다. 나는 형이 너무 고마워 초등학교 때 열심히 공부하지 않던 나였지만 영어 공부만은 나름대로 열심히 하였다.

꼴망태를 짊어지고도 영어책을 놓지 않았다. 특히 소 먹이러 산에 갈 때는 한 손에는 소고삐를 잡고 다른 손으로는 영어 책을 들고 다니는 내 모습을 형이 보고는 빙그레 웃었다. 지성이면 감천이라 했던가? 다시 신학기가 된 어느 날 형이 아무 말 없이 나를 읍내로 데려갔다. 아버지도, 큰 형도 없어 힘든 집안 형편임에도 불구하고 둘째 형은 배움에는 때가 중요하다면서 나를 그리던 중학교에 입학시켜주어 가물거리는 배움의 등불에 심지를 올려 주셨다. 작은 학교지만 훌륭한 스승님들이 정성껏 지도해 주셔서 내 인생의 길잡이가 되어 주셨다. 나에게 세상에서 가장 큰 영향을 끼친 중요한 사람을 꼽으라면 바로 둘째 형이다.

둘째 형은 보일러 사고로 온몸에 화상을 입고 시체처럼 방치되어 있었다. 큰 나의 고함 소리에 응급실이 진동하자 하나님이 도우셨는지 의사 팀이 다가와 링거를 꼽고 치료에 들어갔다. 다시 말해서 환자 취급을 받게 되었다. 이때부터 형님은 수십 차례의 피부 이식 수술을 받고 수개월 긴 세월 입원 생활을 했다. 형님은 불편하지만 삶의 의욕이 누구보다 강하여 잘 비티고 있다.

요즈음 햇살이 따갑다. 가뭄이 계속되어 밭작물이 타들어 간다. 이런 날씨 속에서는 전신 화상을 입은 둘째 형님이 더욱 고통스러운 때다. 화상은 피부의 땀구멍이 손상된 상태기 때문에 더운 날씨에는 더욱 고통스럽다. 그렇게 소중한 형님을 잘 모시지도 못한 것이 이따금 후회스럽다. 한 사람이 누구를 만나느냐에 따라 그의 인생이 달라진다. 만일 형님이 나를 잡아 주시지 않았다면 형님의 말씀처럼 배움에는 때가 있는데 그 기회를 놓치고 말았을 것이다. 나는 형이 가르쳐 주었기 때문에 그 영어를 평생 좋아했고, 살아오면서 그 영어가 내 삶에 말할 수 없는 큰 영향을 끼쳤다. 그때를 생각하여 요즈음도 배움의 줄을 놓고 꺼져버린 배움의 등불을 바라보며 낙심하고 있는 젊은 사람이 있는지 살펴보게 된다. 그리고 도와야 한다고 다짐한다. 형님의 건강을 빈다.

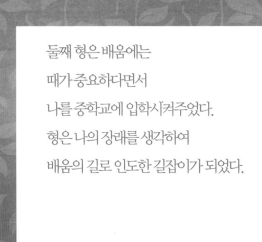

둘째 형은 배움에는
때가 중요하다면서
나를 중학교에 입학시켜주었다.
형은 나의 장래를 생각하여
배움의 길로 인도한 길잡이가 되었다.

03

엄마와 호롱불

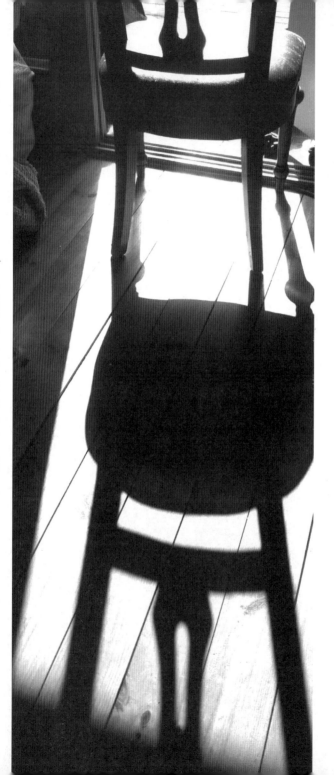

대보름의 추억

동네마다 가장 높은 봉우리에서는
"달불이야"
라는 함성과 함께 달불이 타오른다.

음력으로 정월 대보름날은 내 고향에서 한해 농사를 기원하는 가장 큰 절기로 여긴다. 참새 떼가 가장 무서운 시절이라, 추운 겨울임에도 먼동이 트기 시작하자마자 참새를 쫓는 세레모니로부터 하루를 시작한다. "율아 얼른 나와 새 쫓아라." 아침 일찍부터 부엌에서 대보름 오곡밥을 준비하시던 엄마의 성화가 시작된 지 오래다. 솜이불 아래 따뜻한 온기는 간신히 그 명맥을 유지하고 있다. 밤새 싸늘하게 식어버린 차가운 옷을 내의도 없이 입는 것은 큰 고통이었다. "율아 얼른 나와 새 흩쳐라." 몇 번째 계속된 성화는 막내인 나밖에 나올 사람이 없는 것을 엄마는 잘 알고 계셨다.

대보름날이 뿌옇게 새기 시작하면 가장 만만한 게 막내인지 율이만 불러댄다. "아이구 빨리 나와 새 흩치지 않으면, 올해 우리 논에 동네 새가 다 와서 농사 폐농한다." "얼른 퍼뜩 나오너라." 여러 차례 엄마의 성화를 듣고서야 겨우 핫바지 끌어 올리며 밖으로 나오면, 찬바람이 매섭게 내 뺨을 세차게 후려친다. 얼음장 같이 차가운 서리가 뽀얗게 덮여 있는 장대를 두 손으로 어설프게 잡고, 앞집 담벼락을 툭툭 치면서 새 흩치기는 시작된다.

마리띠 논에 후여후여
당산에도 후여후여

뒷들에도 후여후여

......

추운 날씨로 나의 톤 높은 목소리도 멀리 가지 못하고 마당에 맴돈다. 이 시간이 되면 온 동네 또래들의 참새 흩치는 소리가 집집마다 진동한다. 새 한 마리 보이지 않는 겨울 새벽에 후여 후여 하는 소리가 우리 동네에서 이웃 동네로 그리고 하늘 높이까지 퍼져 나갔다.

한 차례 허공을 향하여 새 흩치기를 마치고 나면, 방에서 형들의 웃는 소리가 들린다. 나도 내 행동이 싱거워 따라 웃으면 엄마가 또 날벼락이다. "율아 니 장난 하마 안 된다." "한 번 더 해라"라고 꾸중이시다. 우리 논이 있는 들은 전부 다 들추어내어 새를 흩치지 않으면 동네 새들이 다 우리 논에 온다는 미신을 엄마는 믿고 있었다. 대보름 첫 세레모니가 어떻게 참새 쫓아내기인지 확실히는 모르지만 짐작하건데 새가 가장 먼저 일어나는 짐승이기에 그렇게 하는 것 아닐까 여겨진다. 그때 당시에는 참새 떼가 극성이었다. 하늘을 덮을 정도로 새까맣게 참새 떼가 날아다니다가 어느 한 논에 덮치면, 그 논의 벼는 모두 깜부기가 되고 말았다. 벼가 익기 바로 직전 셋째 형과 나는 교대로 학교를 결석하면서까지 참새 떼로부터 벼를 지켜야 했다. 이때쯤이면 새벽 일찍 오물 장군을 지고 들에 나가셨던 아버지가 돌아오신다. 아버지는 빈 장군을 지고 논이 있는 들을 한 바퀴 도는 것으로 대보름을 시작하셨다.

우리는 드디어 엄마가 정성스럽게 해주신 오곡밥을 먹는다. 엄마는 팥을 많이 두어 붉은 빛이 나는 찰오곡밥을 지어 주셨다. 엄마는 찹쌀밥을 온 식구 모두에게 밥그릇에 더 담을 수 없을 정도로 고봉으로 담아 주신다. 오늘이 풍성해야 한 해가 풍성해진다고 믿고 계셨다. 첫 술은 아주까리 나물 잎으로 쌈을 싸먹어야 한 해가 건강하다고 하시면서 아주까리 잎사귀를 한 장씩 챙겨 주신다. 나물도 여러 가지 장만하셨다. 아침밥을 먹고 나면 둘째 형따라 채를 들고 동네 다른 집에 밥을 얻으러 간다. 아홉 집의 밥을 먹어야 한 해가 건강하다고 한다. 가까운 친척집만 돌아도 그 정도는 충분했다. 우리는 얻어온 밥을 디딜방아 머리 위에 걸터앉아 먹는다. 싸늘하게 식은 밥을 디딜방아 위에 앉아 먹는 것은 쓴 약 먹기보다 더 힘이 든다.

오후가 되면 우리는 달 불 놓으러 산으로 향한다. 동네 청년들은 우리 동네에서 가장 높은 산인 시루봉으로 향한다. 어린 우리들은 각자 낫 하나씩을 등에 차고 동네 뒷산인 조리봉으로 향한다. 조리봉도 그리 만만한 산은 아니고 가파르다. 나이 많은 어른들은 마을 뒷논에 자리 잡고 달 불 준비를 하고 달이 떠오르기를 기다린다. 우리는 산 정상에 올라 솔가지를 산더미처럼 쌓아두고 달이 떠오르는 것을 기다린다. 달을 먼저 본 산에서 "달 불이야"하고 함성을 지른다. 그러한 외침과 동시에 불을 지르면 시커먼 연기가 솟아오른다. 제일 먼저는 시루봉에 간 청년들이다. 간격을 두고 조리봉에서 함성이 터진다. 검은 연기는 시꺼멓게 하늘을 덮는다. 연기가 서로 크기를 겨루는 것 같다.

동네마다 가장 높은 봉우리에서는 "달 불이야"라는 함성과 함께 달 불이 타오른다. 달이 산 위로 떠오르면 동네 노인들도 불을 놓고 한 해의 풍년을 빈다. 보름달을 먼저 본 사람이 소원성취한다고 믿었기 때문에 서로 자기가 먼저 보았노라고 뻥을 친다. 외출이 금기인 아낙들과 처녀들은 서로 달을 먼저 보려고 집 담벼락 위로 얼굴을 내민다. 아낙네들은 가족의 평안을 빌었을 것이고, 처녀들은 남몰래 시집가기를 빌었으리라. 달 불도 자기들 것이 가장 많은 연기가 났다고 주장한다. 불길이 사그라지면 모두 마을로 내려와 함께 풍악 놀이에 어울린다.

전체 동민이 함께 즐기는 사물놀이는 설 쇠고 난 후 대보름까지 계속 이어진다. 백여 호나 되는 집을 다 돌면서 지신地神밟기를 한다. 풍악을 울릴 때는 온 동민이 함께 풍물 팀을 뒤따랐다. 빙 둘러선 동민들은 흥겹게 울려대는 풍악 소리에 어깨를 들썩거린다. 지신이 그 집에 사는 사람의 운명을 좌우한다고 믿었다. 지신의 기를 꺾기 위해 풍악을 울린다. 풍악 팀의 기수는 한자로 농자천하지대본農者天下之大本이라고 쓴 플래카드를 큰 장대에 매달고 집집마다 들린다. 풍악 팀은 한지로 고깔을 만들어 쓰고, 양 어깨에 붉고 푸른 넓은 리본을 두르고 춤을 추며 집집마다 돌아 다녔다. 그 풍물 팀에는 아버지도 계셨다. 고깔이 하도 아름다워 아버지에게 나도 써보고 싶다고 졸랐더니 내게 고깔을 씌워 주며 흐뭇해 하시던 모습이 어제 일처럼 눈에 선하다.

상쇠 잡은 어른은 집집마다 축복하였다. 장단에 맞추어 "이 집 짓고 삼년 만에 아들 형제 8형제, 딸 형제 7형제"라고 소리 높여 읊었다. 온 집안을 돌며 한바탕 풍악을 울리고 나면 그 가정에서 막걸리와 성의껏 내놓은 음식을 나누었다. 집안 형편에 따라 곡식을 내놓기도 하였다. 동네마다 전문으로 상쇠 잡는 어른이 계셨다. 상쇠는 주문을 외우면서 장단에 맞추어 풍악을 울렸다. 우리 동네는 구짓골 박 씨 어른이 상쇠 전문이셨다. 그 어른은 발과 쇠의 소리를 적절하게 조절하면서, 때로는 앞으로 때로는 뒷걸음질 치며 장단에 맞추어 전체를 잘 이끌어 나갔다.

동네 총각들이 여장 한복을 하고 춤을 추며 흥을 돋우었고, 화장을 곱게 한 여장 남자들의 외모가 여인들보다 예뻐 보였다. 양반 갓을 쓰고 흰 종이 수염을 길게 늘어뜨린 사대부 어른 역을 맡은 아저씨도 계셨고, 막대기 총을 들고 망태를 걸머진 포수도 한 몫 했다. 풍물놀이는 멋진 가장행렬이었다. 밤새워 쿵작거리는 소리와 함께 온 동네는 축제 분위기에 휩싸였고, 이런 축제 분위기는 여러 날 계속되었다.

사물놀이를 따라다니다가 밤늦게 집에 돌아오면 초가 지붕 위에 달이 떠올라 눈이 온 듯 마당이 훤하였다. 주무시지 않고 기다리던 엄마는 마당에 나를 세우고는 달을 보며 알밤을 깨물어 먹으라고 하신다. 부럼 깨물기다. 엄마는 내 옆에서 부스럼 없이 한 해를 잘 보내게 해달라고 빈다. 어느 집에선가 여자들이 모여 널을 뛰고, 윷 노는 소리가 함성처럼 들린다.

대보름은 풍년을 빌기 위해 이른 새벽 참새 떼를 쫓는 일부터 시작해서 저녁에는 달 불을 놓고 보름달을 쳐다 보며 소원을 빌고 풍악으로 온 동민이 흥겨운 시간을 가지면서 다가올 농번기를 준비하고 심신을 위로하는 축제였다. 지금 내 귀에는 "달 불이야"하고 외치던 함성이 들려오는 듯하고, 그때 그 풍물소리의 흥겨운 장단에 내 어깨가 들썩이는 듯하다.

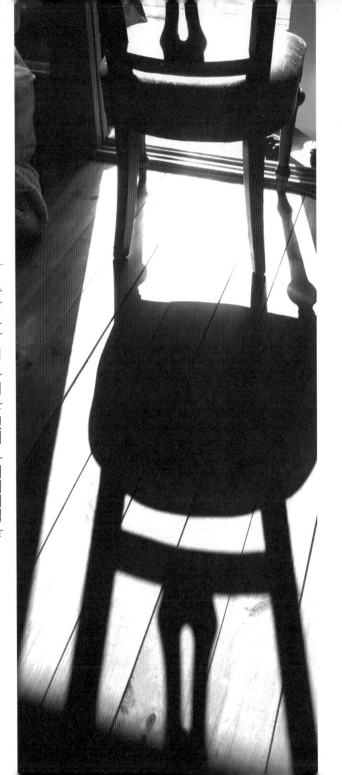

유언비어

총칼보다 더 무서운 것이 유어비어임을 실감하게 되었다.

오랜만에 아버지가 밤늦게 마실을 다녀오신 이튿날 아침 온 식구가 다 함께 아침식사를 마친 후, 아버지는 밥상 앞에서 심각한 표정으로 우리들에게 경고하셨다. "코쟁이가 던져주는 것은 뭐든지 주워 먹으면 즉사한단다. 죽지 않으려면 꼭 명심해라"하시면서 표정이 어느 때 보다 엄숙하셨다. 즉사한다는 아버지의 말씀에 나는 온 몸에 소름이 돋았다. 밥상 앞에 앉은 우리들 사이에 어두운 침묵이 흘렀다.

　초등학교 입학 전후의 우리 동네는 참으로 어수선했다. 낮이면 경찰들 혹은 군인들이 총을 들고 이 집 저 집을 뒤졌고, 밤이면 머리에 흰 수건을 동여맨 남자들이 죽창을 들고 동네 골목을 누비며, 때로 알 수 없는 노래를 불러댔다. 가끔 뒷산에서 함성이 들리기도 했다. 함성이 들린 다음 날은 어김없이 군인들의 총소리가 요란하게 들렸다. 밤에는 산 손님들로 동민들의 재산의 소유권이 묵살 당했다. 닭장에 있는 닭은 자기들 맘대로 잡아갔지만 누구도 항의할 수 없었다. 심지어 우리 집 병아리가 부화한지 얼마 되지 않았는데, 그들이 어미닭을 잡아 가버려서, 엄마는 안방에다 병아리를 들여놓고 노란 병아리를 안고 우시기도 했다. 주민들은 이 편도 저 편도 들수 없어 눈치만 보고 사는 형편인데 아버지의 말씀은 충격적이었다.

　보리의 파란색이 하루가 다르게 짙어가는 어느 날이었다. 형들을 따라 이웃집 형제 셋과 함께 여느 때처럼 우리 동네 앞을 지나가는 경부선 철로 가에서 놀았다. 우리는 찔레 넝쿨더미에서 연한 새 줄기를 찾아내어 껍질을 까서 먹기도 하고, 철길 둔덕에서 억새 종류의 풀씨인 삐삐를 뽑아 먹으며 놀고 있었다. 기차가 지나갈 때마다 사람이 보이면 우리들은 그들에게 손을 흔들어 주었다. 그러나 서양 사람이 지나가면 "양놈 코쟁이"라고 고함치며 모두 다 같이 그들을 향하여 손을 비비어 욕을 했다. 나는 그것이 무슨 뜻인지도 모르고 형들처럼 한 손을 반대 손목까지 비벼 올리며 욕을 해댔다. 그 당시는 노랑머리를 한 서양 사람은 좀처럼 보기 힘든 일이었다. 그리고 우리들에게 세상에서 가장 악한 무리가 그들이라고 교육되어 있었다. 그중에도 아버지의 즉사라는 말을 들은 후부터는 기름에 불을 붙이는 꼴이 되어 증오로 변했다.

　해가 서산에 걸리기 시작할 무렵이었다. 점심으로 먹었던 보리밥이 소화가 되었는지 삼베 반바지 사이로 붕붕 소리가 난다. 부산 쪽으로 가는 화물칸에 흰 윗도리를 입은 서양 사람이 보였다. 우리는 일제히 "코쟁이다" 하는 환호성과 함께 손을 처들고 교육받은 대로 손 비벼 욕을 해대기 시작했다. 그런데 그는 활짝 웃음을 띠고 손에 무엇을 들어 우리가 있는 쪽으로 던져 주었다. 우리가 서 있는 모래밭으로 묵직한 게 떨어졌다. 우리는 호기심에 우르르 몰려가 서로 주우려고 밀치고 야단이었다. 그동안 기차는 천천히 오르막 철길을 따라 산모퉁이로 사라져버리고 우리는 하나뿐인 던져진 물건을 중심으로 모였다. 처음 보는 국방색으로 된 통조림이었다. 먼저 주운 이웃집 형이 영어로 쓰여진 통조림을 이리저리 살피다가 겉으로 뾰족 나온 것을 발견하고 이빨로 물어뜯었다. 불그스름한 내용물이 보였다. 먹는 것이 귀한 때라 먼저 주운 형이 내용물 한 점을 입에 넣었다. 이때 함께한 둘째 형이 얼굴이 파랗게 질리며 고함질렀다. "너 그것 먹으면 즉사한 데이" 내용물을 입에 넣은 이웃 형은 먹은 것을 뱉아내더니 모래를 파고 묻어버렸다. 그 맛있는 것을 먹지 못해 못내 아쉬워하던 이웃 형은 개울물에 입을 씻고 난 후에야 안도의 숨을 쉬었다. 저녁에 우리를 기다리는 식사는 보리밥이 아니면 죽이었는데 통조림 안에 든 내용물은 모두가 군침이 도는 음식이었기에 원통한 마음을 누르며 무거운 다리를 끌고 어둠이 깔린 집으로 향했다. 새삼 "코쟁이 주는 것은 뭐든지 먹으면 즉사한다"고 하시던 아버지의 경고를 되씹어 보면서 뭔가 놓쳐 버린 것 같은 아쉬움에 입맛이 씁쓸했다.

　밤손님(밤에만 나타나는 산 손님)은 벌겋게 충혈된 눈으로 필요한 것이 있으면 민가에 들어와 곧 모두가 잘 사는 좋은 세상이 올테니 기다리라고 했고, 낮에는 경찰들이 밤손님의 토벌을 머지않아 끝낸다고 호언장담하며 그들을 도와주지 말라고 경고했다. 밤이 되면 밤손님은 갖은 유언비어로 동네 순진한 어른들을 끌고 산으로 갔고, 산으로 간 사람들은 어쩔 수 없어 끌려갔어도 밤손님에게 가담하게 되어 집에 돌아올 수 없게 되었다. 왜냐면 그들에게 단 한 번만 참가하는 조건으로 동네 어른들을 강제로 동원해 어떤 장소에 모아놓고 감언이설을 하고 헤어 졌기 때문이다. 그러나 끌려

간 사람들의 명단은 어떤 경로로든지 경찰에 넘겨지고 곧 경찰의 감시를 받게 되었다. 그 후 한 번이라도 끌려 간 사람들은 집으로 돌아올 수 없게 되었다. 곧 좋은 세상이 오고 지금 고생하지만 세상이 바뀌면 우리가 모두 지주가 되어 한세상 떵떵거리며 살 수 있다고 감언이설과 유언비어로 유혹했다. 그들은 이렇게 악랄한 방법으로 자기들의 동조 세력을 만들어 버렸다. 여기에서 이탈하여 경찰과 내통한 사람은 몇몇이나 무참히 살해당한다는 소문도 돌았다.

신변에 위험을 느낀 아버지는 중학교에 다니던 큰 형을 지서 가까이 있는 외갓집에 피신시켰다. 우리 동네에는 이런 방법으로 공산주의가 무엇인지 전혀 모르는 순진한 청년들이 근 수십 명이 산으로 끌려 가 그야 말로 불안한 생활을 하게 되었다. 때로 먼발치에서 만나면 수염이 덥수룩하고 초췌한 모습이었다. 낮과 밤이 바뀌어 가면서 세상이 덩달아 변하는 현상 속에서 어쩌면 유어비어는 매일같이 나돌았다. 라디오도 신문도 없는 우리 동네는 유언비어 수렁으로 빠져 들어가고 있었다. 총칼보다 더 무서운 것이 유어비어임을 실감하게 되었다. 이런 상황 속에서 평화롭던 꽃동네가 서로 경계하는 세상으로 변해 버렸다.

지금도 우리는 유언비어 속에 파묻혀 살고 있다. 더우기 전자매체를 통한 유언비어는 사실인지 알 수 조차 없다. 그때 내 아버지는 코쟁이 이야기가 조직적으로 꾸며진 유언비어란 사실을 알고 가셨을까? 아버지는 전쟁 중 하늘나라로 가셨다. 막내의 안정을 간절히 바라며 가셨으리라. 지금도 나는 국방색 캔을 보면 그때 생각이 난다. 언제 우리가 조직적인 유어비어가 없는 세상에 살수 있을까? 까마득하다.

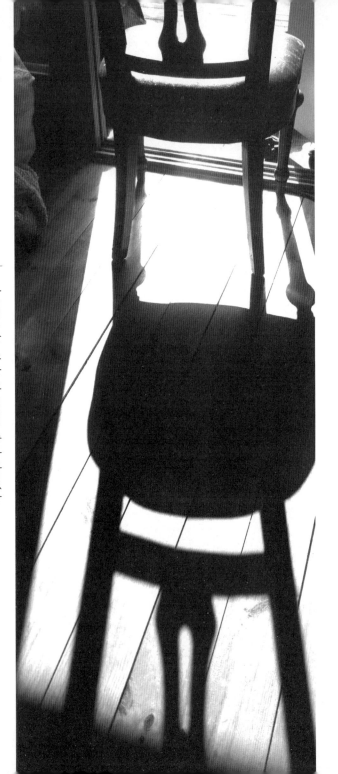

꼴망태

아버지는 소를 끔찍이 좋아하셨다. 우리 집의 가장 큰 일꾼이 바로 황소였기 때문이다.

간밤에 내린 비바람에 매화꽃들이 대부분 지고 말았다. 매화나무 아래는 하얀 눈꽃이 핀 듯하다. 두고두고 보고 싶은 마음 간절하지만 자연의 심술을 어찌하랴. 꽃이 떨어져야 열매가 맺는다고 했던가? 떨어진 꽃이파리 사이로 파랗게 쑥과 잡초들이 고개를 내밀고 있다. 아기들 머리카락 만큼처럼 자랐다. 풀들이 저 만큼 자라면, 내 키보다 더 커 보이는 꼴망태를 짊어지고 소꼴을 베러 다니던 기억이 새롭다. 형들은 아버지따라 들로 가면, 나는 언제나 소죽 담당이었다. 맛있는 소죽을 끓이기 위해서는 햇꼴을 많이 섞어야 하기에 꼴망태를 둘러메고 들로 산으로 헤매고 다녔다.

아버지는 소를 끔찍이 좋아하셨다. 우리 집의 가장 큰 일꾼이 바로 황소였기 때문이다. 입춘이 지나 우리 동네를 두르고 있는 산들이 연초록을 띠기 시작하면 얼었던 앞 내에 먼 산 눈 녹은 물이 졸졸 소리를 내고 흐르기 시작한다. 논두렁에 파릇파릇 풀들이 눈에 들어온다. 학교에서 도착하기가 무섭게 나는 짚으로 멍석처럼 엮어 만든 낡은 꼴망태를 짊어지고 들로 간다.

이른 초봄에 풀이 손에 잡히지 않을 정도로 작을 때는 양지 바른 둔덕에 새싹이 나오기 시작하는 쑥 뿌리를 호미로 캔다. 쑥은 땅위에 올라온 잎이 별로 보이지 않지만 뿌리는 땅속에서 덩어리를 이루어 엉켜 있다. 많은 양이 아니라도 어느 정도 망태에 차면 개울에 가서 찬물에다 통째로 집어넣고 씻어 담는다. 아직도 차가운 개울물에 쑥을 담그고 씻는 작은 손이 발갛게 얼어온다. 잽싸게 집으로 달려가서 쑥 뿌리를 작두로 듬성듬성 썰어서 소죽 끓이는 솥에다 짚과 섞어 맛있는 소죽을 끓인다. 이때부터 소는 죽을 먹는 속도가 빨라지고 죽 먹는 소리가 좀 더 요란해진다. 아는지 모르는지 그 큰 눈으로 소꼴 담당인 나를 힐끔 거리며 잘 먹어 치운다. 꼴망태의 위력이 뚜렷하다.

몇 주 동안 쑥 뿌리 캐기가 지나면 풀들이 내 손으로 벨 수 있을 정도로 자란다. 나는 낫을 들고 주로 논두렁을 다니며 풀을 베어 소죽에 넣어 주었고, 골짝에 버들강아지가 피기 시작하면 큰 자루를 들고 산골냇가에 땅버들강아지를 따온다. 이것 역시 소죽에 넣어 끓이면 소가 씩씩거리며 맛있게 먹는다. 이 모습을 보는 아버지는 늘 막내인 나를 칭찬하셨다. 가끔 꼴이 준비가 되지 않아 꼴망태가 비어 있으면, 아버지는 말없이 담뱃대를 무시고는 언짢은 표정을 지으셨다.

우리 집은 소가 즐거워야 즐겁고, 그렇지 않으면 분위기가 가라앉곤 했다. 이렇게 들에 꼴이 없는 겨울에는 콩과 콩깍지를 한 바가지씩 넣어 소죽을 끓여 주었다. 아버지는 짚으로 엮은 섬에다 된장을 담고 난 여분의 콩을, 사람이 먹기보다는 소여물에 넣어 소 먹이기를 좋아하셨다. 소죽을 끓이는 솥에는 볏짚 외에 다른 무언가가 들어가야 소가 좋아했고, 덩달아 아버지도 기뻐하셨다. 이런 아버지 탓에 우리 집은 온 식구가 모두 소 여물에 신경을 써야 했다. 소가 여물을 잘 먹어야 집안이 평안할 수 있었다. 소가 여물을 잘 먹느냐 아니냐는 나의 꼴망태에 달려 있었다. 그래서 나의 작은 꼴망태 담당 역할은 집안의 분위기 메이커였다.

농사철에 소는 새벽부터 아버지와 함께 들로 나가 일하는데 온종일 힘들게 일할 때는 더욱 잘 먹여야 했다. 산에 칡넝쿨이 길어지기 시작하면 칡넝쿨을 잘라 단으로 묶어 땀을 뻘뻘 흘리며 끌고 와서 여물에다 넣어 준다. 칡은 소가 가장 좋아하는 풀이다. 이를 먹기 시작하면 소의 털에 윤기가 오르기 시작한다. 힘든 농사 일을 할 준비가 되어 가는 것이다.

열심히 꼴망태를 메고 다니며 노력하고 있는데도 불구하고 농번기에 소가 너무 고단하면 죽을 먹지 않고 그 큰 눈에 눈물이 맺혀있는 것을 볼 수 있다. 이때 아버지는 신경이 매우 예민해 진다. 이런 때는 밥상을 받으시고도 소가 죽 먹는 것을 확인할 때까지 소 옆에 서서 상태를 지켜보시곤 했다. 소가 죽 먹는 속도가 느리거나 맛이 없어 보이면 부드러운 쌀겨를 소죽에 섞어 주시기도 하고 여러 가지로 노력하여 죽을 먹인 후에야 밥상에 드셨다.

모심기를 하기 전에 모심기 논을 만드는 일은 무논에서 일하기에 소와 사람이 가장 힘든 때다. 우리 마을은 두레로 모심기를 하였기에, 쉴 사이 없이 계속 심하게 일한 탓에 정작 우리 집 모심는 날에는 아버지도 소도 많이 지쳐있었다. 점심시간에 소죽을 주었는데 소가 냄새만 맡고 죽을 먹지 않기에 아버지께 말씀드렸다. 밥상을 받아 드신 아버지 놋그릇에 고봉으로 담은 밥을 들고 소죽통에 가서 그대로 부어 손으로 여물에 섞어 주었다.

이를 본 엄마는 핀잔을 하셨지만 아버지는 들은 척도 하지 않으셨다. 아버지의 정성에 소도 감복했는지 그 날 소는 죽을 거반 먹었고, 아버지는 소를 몰고 들로 가셨다. 엄마는 새 밥을 해 머리에 이고 들로 따라 가시던 모습이 눈에 선하다. 소꼴 담당인 나는 정성이 모자라 소가 먹지 않은 것 같아 속이 많이 상했다. 이후로 나는 꼴망태를 메고 더 열심히 산과 들로 다녀야 했다.

추운 겨울 아침 일찍 일어나 소죽을 끓이는 것은 쉽지 않았다. 아침에는 큰 솥에 가득히 소죽을 끓여 점심까지 주었다. 소죽을 끓이기 위하여 짚단을 작두에 스리는 과정부터 힘이 든다. 두 사람이 한 팀이 되어 한 사람은 작두에 짚단을 넣고 한 사람은 작두를 밟는데 호흡이 잘 맞아야 한다. 작두를 밟는 힘이 부족한 어린 나는 짚단을 들고 작두에 넣는 일을 하였는데 그때마다 짚단에 손가락이 들어 갈 것 같아 늘 무서워 식은땀이 났다. 엄마의 도움을 청하기도 하고 일하는 일꾼에게도 부탁하여 짚을 썰어 미리 확보해 두려고 노력했다. 어쨌든 나의 임무는 소가 여물을 잘 먹도록 하는 것이었고 이는 온 집안에 평안을 가져다 주었기 때문이다. 아침 일찍 소죽 솥에 장작불이 잘 붙어 순탄하게 죽을 쑬 때도 있었지만 바람이 빙빙 도는 날에는 장작불이 잘 붙지 않았다. 불길이 흩어질 때면 연기에 눈이 맵고 따가워 힘들 때도 많았다. 그럴 때면 꼴망태 짊어지고 들로 다니는 봄이 기다려졌다.

집에는 늘 닭을 한마당 기르고 있었고 오리도 몇 마리 함께 돌아다니고 있었다. 낮에 집에 있을 때는 꼬꼬댁 거리며 닭이 알을 낳은 신호를 하면 닭 둥지에서 알을 꺼내어 한 알 감추어 둔다. 소죽 끓일 때 소죽이 한 차례 끓으면 솥뚜껑을 열고, 기역자 형으로 굽은 나무 갈고리로 아래위를 잘 저어주어 골고루 익도록 해야 한다. 이때 숨겨 두었던 알을 꺼내어 소죽 사이에 묻어둔다. 몇 분 후 뜨거운 알을 꺼내어 핫바지춤에 적당히 숨겨 두었다가 집 뒤꼍에 숨어 아직도 따뜻한 알을 혼자 까먹는 맛은 지금 생각해도 일품이다.

아버지는 소는 반 살림이라고 하셨다. 어느 날 반 살림이라는 뜻이 무언지 아버지께 물었다. 아버지의 설명은 소가 농촌 재산의 반을 차지한다는 것이다. 가난한 집은 소가 마르고 크지 않아 값이 많이 나가지 않아서 재산이 반밖에 되지 않고, 부자는 소를 잘 먹여 크고 살이 많아 비싸기 때문에 역시 살림의 절반이 된다는 것이었다. 아버지는 소를 잘 먹이고 살찌워 부의 상징으로 삼으셨는지 모른다. 이 말을 듣고 나는 내 꼴망태 지기의 역할이 크게 느껴졌다.

이제 완연한 봄이고 봄이 가고 있다. 파릇하게 자라 가는 풀들을 보며 근 60년의 세월이 흘러버린 그 옛날 꼴망태 메고 꼴 베러 다니던 그 날이 새롭다. 버들강아지도 피었고 이제 쑥은 먹거리에 충분할 정도로 커가고 있다. 겨우내 콩을 먹고 쑥뿌리와 칡넝쿨 등 좋은 것을 먹고 털이 반지르르하게 살이 찐 우리 집 소등이 눈앞에 어른거린다. 아버지가 큰 마당비로 누운 그 녀석의 등을 쓸어 주면, 시원하여 지그시 눈을 감던 소의 모습이 그립다. 이때가 꼴망태의 제철이다.

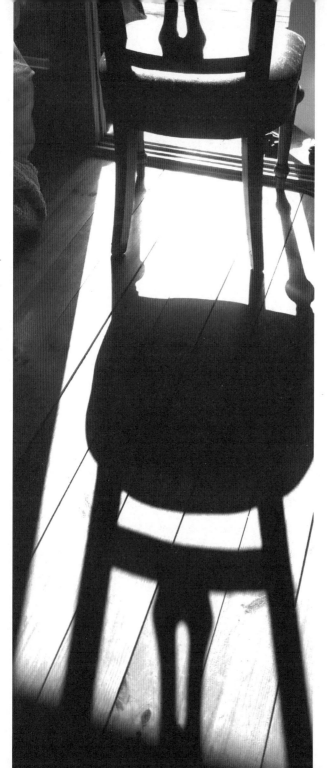

아버지의 눈물

아버지가 솥뚜껑처럼 큰 손등으로 눈두덩을 훔치는 모습을 난생 처음 보았다.

나는 해방 된 지 2년 후 단기 4280년(1947년)에 초등학교에 입학
했다. 그런데 4학년이 되던 해에 6.25사변이 터졌다. 북한군은 소련제 탱크
를 앞세워 파죽지세로 남쪽으로 밀고 내려와 낙동강을 사이에 두고 아군
과 치열한 공방을 벌이고 있었다. 당시 조병옥 내무장관은 저 유명한 '대구
사수론死守論'을 내세우며 끝까지 대구를 지키고 있었다. 대신에 대구로 피
난 온 이승만 대통령은 오래 머무르지도 못하고 시민들 몰래 부산으로 피
신을 가 버리고 말았다. 그 소식을 들은 우리 동네 사람들은 모두 불안에
휩싸였고, 윗녘에서 피난 온 사람들로 동네는 북새통을 이루었다. 학교는
미군병영으로 넘겨주고 우리들은 골짜기 바위나 개울가에서 수업을 받았
다. 전세가 호전된다는 소문은 전혀 없었다. 불안하게도 "뻥뻥"하고 들리
는 대포소리만 점점 가까이 들리고 있던 어느 날 밤이었다. 아버지는 늦은
저녁상을 물리시고, 어느 때보다 심각한 표정으로 우리들에게 "이제 우리
도 피난 갈 준비를 해야 겠다"고 말씀하셨다.

아버지는 방 윗목에 준비해 쌓아둔 쌀 포대 하나씩을 짊어져 보라고 한
다. 따로 쌓아둔 쌀가마니 두 개는 짚으로 된 큰 쌀가마니였고, 자루로 된
네 개는 크기가 모두 달랐다. 그 중에서 가장 작은 자루가 나의 몫이었다.
내 몫은 쌀이 두서너 대 남짓 들어 보이는데, 베개처럼 길게 생겼다. 엄마

는 내 헌옷 붉은 옷고름으로 자루의 멜빵을 만들어주었다. 아버지는 형들부터 순서대로 자기 포대를 짊어지고 마당을 한 바퀴 빙 돌아보라고 한다. 마지막 나의 순서가 되어 멜빵 속으로 팔을 벌려 집어넣고 보니, 가슴이 답답하고 둔하게 느껴진다. 아버지는 마루에 서서 우리들이 자루를 짊어지고 도는 모습을 보시고는 눈물을 닦으셨다. 아버지가 솥뚜껑처럼 큰 손등으로 눈두덩을 훔치는 모습을 난생 처음 보았다.

　방안에 형제들을 모아두고 아버지는 심각한 표정으로 말씀하셨다. 아직 어린 우리들의 눈동자는 호롱불에 깜빡거리고 있었다. "우리가 언제 피난을 떠나야 할 지는 아무도 모른다. 중요한 것은 엄마, 아버지 찾느라고 우왕좌왕하지 말고 맡은 짐을 지고 남쪽으로만 내려가거라. 엄마, 아버지 찾다가는 찾지도 못하고 죽을 수도 있다. 남쪽으로 계속가면 끝이 부산이니, 부산에서 살아남기만 하면 우리는 다시 만날 수 있다"고 하시면서 나 있는 쪽을 보시고는, 또 한 번 눈물을 손으로 훔치신다. 어린 여 동생 둘은 엄마와 아버지가 데리고 떠나실 모양이지만 열 살밖에 안 된 막내 아들인 나를 혼자 보내기는 영 불안하신 모양이다. 아버지는 또 말씀을 이으신다. "율아 너 본이 어딘지 아느냐?" 평소에도 자주 물어보셨지만 오늘은 갑자기 심각하게 물으시니 나는 좀 당황했다. "예. 저 밀양 손간데요." 하고 겨우 대답했다. 그리고는 혼자 고아가 되었을 때를 대비하여 아버지 성함과 고향 등 뿌리를 찾도록 여러 가지를 일깨워 주신다. 말씀하실 때마다 목이 메는 것 같다. 또 한 가지 당부는 피난 중에 절대로 홀로 떨어져 다니지 말고 여러 사람들과 같이 다녀야 한다고 일러주셨다.

아버지는 마구간에 쉬고 있던 황소를 몰아내어 길마를 채웠다. 아버지는 준비된 쌀 두 가마니를 양쪽에 걸쳐 싣고 밧줄로 단단히 묶었다. 그 위에 이불과 옷가지 보따리와 살림도구를 싣고 어두움이 깔린 골목으로 나가신다. 소머리 앞에서 바짝 고삐를 당겨 잡으시고 조심스럽게 골목을 나서시는 그 모습이 여덟 식구의 가장으로서 온 가족의 목숨을 걸머진 비장함이 엿보인다. 우리 형제들도 아버지 뒤에 따라 나섰다. 동네 가까운 골목길을 한 바퀴 돌아 큰아버지 집 앞을 지나면서 소를 세워 둔 채 큰 아버지와 진지한 말씀을 나누셨다. 우리 가족의 피난 예행 연습에 동네 사람들이 웃을 수도 있었겠지만, 아버지 표정이 너무 진지해서서 아무도 웃는 사람이 없었다. 우리는 모두 언제 떠나가야 할지 모르는 위기감에 짓눌려 있었다.

우리 동네 앞 작은 강변에는 수많은 피난민들이 모여 노숙으로 밤을 지내고, 날이 밝으면 천천히 부산 쪽으로 옮겨가고 있었다. 그 길이가 끝없이 길어지고 있었다. 나도 그 중에 한 사람이 될 수도 있다고 생각하니 잠시도 마음이 안정되지 않는다. 나의 피난 목적지는 부산이었다. 우리 고장 남쪽에 가로 놓인 산만 넘으면 곧 바로 부산인 줄 알고 나는 그 쪽을 자주 바라보았다. 산 위에는 뭉게구름이 말없이 넘고 있었다. 우리 집에서 부산까지는 200km 넘는 먼 길이라는 것은 성인이 된 후에야 알게 되었다.

피난 예행 연습이 끝난 후 아버지는 우리 형제 한 사람씩 껴안아 주셨다. 마지막 나의 차례에는 한참동안 놓지 않고 꼭 안아 주시며 "다른 녀석들은 다 자랐는데 너만은 혼자 보내기에는 너무 어리다"고 하셨다. 온몸을 아버지의 큰 가슴에 파묻은 나는 따뜻하고 포근한 기운을 느꼈다. 내 머리에 닿은 아버지의 가슴은 흐느끼는 듯 나는 약간의 진동을 감지했다. 엄마는 이 모습을 보지 않으려고 돌아 앉아 있었지만 나는 엄마 마음을 짐작하고도 남았다. 그 날 이후 우리는 방 윗목에 쌓아둔 피난 포대를 바라보면서 말할 수 없이 불안한 생활을 계속하였다.

동네 집집마다 해만 뜨면 피난민들이 깡통에 철사 손잡이를 달아 들고 먹거리를 얻으러 왔다. 또래 어린이들은 줄을 지어 간장, 된장 혹은 양식을 한줌이라도 얻어갔다. 얼마 전까지만 해도 피난 가는 일이 남의 일이라 생각하였는데 나도 얼마 후면 저렇게 될 수도 있다고 생각하니 그들이 예사로 보이지 않았다. 특히 엄마는 내 또래 어린이만 보면 측은해 하시며, 적은 밥이라도 꼭 먹여 보냈다. 끼니 때가 지나 골목에 나가보면 웅크리고 앉아 우는 소년들이 종종 눈에 띄었다. 어린 아이가 헤매다가 밥 얻어먹을 용기가 없어 울고 있는 것 같았다. 아버지는 그 중에서도 엄마 아버지를 잃어버렸다고 울먹이는 어린이는 나를 생각하신 탓인지 특별히 신경을 써 주셨다.

긴박한 시간 속에서도 세월은 흘러 여름이 지나고 좀 시원해지기 시작한 어느 날이었다. 구름이 낮게 낀 날, 우리 집에서 좀 떨어진 강변에 정찰기 한 대가 낮게 하늘을 날고 있었다. 그 비행기는 하늘이 까맣게 물들 정도의 삐라를 날려 보냈다. 방송도 하는 것 같은데 무슨 말인지 잘 들리지 않았다. 온 동네 사람들이 하던 일을 멈추고 삐라를 주우러 강변으로 달려갔다. 나도 떨어지는 삐라를 몇 장 주워 보았다. 모두 같은 내용으로 인천 상륙작전 성공을 알리는 내용이었다. 지금 내 기억으로 종이는 거친 갱지였고 잉크는 푸른색이었다. 한 면에는 우리나라 지도를 그리고 인천 쪽에 화살표를 크게 꽂힌 그림이었다. 다른 면에는 인민군들이 밥을 먹는 그림으로 밥그릇에 가위표가 크게 새겨져 있었다. 인천상륙작전 성공은 인민군의 보급이 끊겨 그들이 밥을 먹지 못하게 되었다는 내용인 것으로 기억된다. 피난민들과 주민들이 함께 우리 모두 누구의 지시도 없었는데 만세를 부르기 시작했다. 피난민 어른들은 엉엉 소리 내어 우는 사람들도 있었다. 전세는 이제 바로 승리하는 것 같은 분위기였다. 아버지는 저녁에 집으로 들어오시면서 큰 소리로 "아들아 인자 우리 피난 안 가도 된다"하시며 우리들을 껴안고, 이번에는 기쁨의 눈물을 흘리셨다.

우리 집에는 피난 보따리가 없어지고 평안을 유지하고 있었지만, 그 평안이 오래가지는 못했다. 인천상륙작전이 성공하고, 전세는 역전되어 날로 북진을 계속하였다. 그러나 통일을 눈앞에 두고 기뻐하던 그 순간, 아군과 유엔군이 압록강을 눈앞에 두고 있을 때 헤아릴 수도 없이 수많은 중공군이 개입하여 전세는 다시 역전되었다. 아버지는 국군의 후퇴가 시작된 즈음 어느 날 맹장염으로 응급 입원하셨다. 전상자들로 인하여 큰 병원에는 가시지도 못하고, 대구의 작은 병원에 입원하였다. 맹장염 수술이 당시 의술로는 어렵기도 했겠지만, 병이 너무 많이 악화되어 수술이 제대로 되지 못한 모양이다.

애석하게도 아버지는 더 이상 생명을 보장할 수 없게 되어, 마지막을 집에서 보내시려 차에 실려 집으로 오셨다. 입이 말라 말도 잘 하시지 못하면서 뼈만 남은 손으로 나의 손을 잡으셨다. 말라버린 눈가가 젖어었다. "형들 말 잘 듣고 공부 잘 해라." 모기만한 소리로 피맺힌 한마디를 남기고 엄마와 어린 6남매를 남기고 숨을 몰아시며 다시 못 올 길을 가셨다.

　아버지는 우리들에게 태산 같았다. 언제나 나를 보면 싱긋이 웃으시던 아버지다. 아무리 어려운 상황이라도 식구들을 굶기지 않으려고 정말 열심히 일하셨다. 늘 무덤덤하셨고 감정 표현을 잘하지 않았으니 눈물을 보이실 리도 없었다. 그러나 피난 계획을 하실 때에 나는 처음으로 아버지의 눈물을 보았다. 두 번째로 이 세상에서 몇 번 더 남지 않은 숨을 겨우 몰아쉬며 눈물마저 말라버린 아버지의 눈물을 나는 보았다. 지금도 내 눈에 생생하다. 막내로 태어나 한 번도 아버지의 눈물을 닦아드리지 못한 내가 아버지의 눈물이었다.

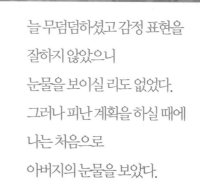

늘 무덤덤하셨고 감정 표현을

잘하지 않았으니

눈물을 보이실 리도 없었다.

그러나 피난 계획을 하실 때에

나는 처음으로

아버지의 눈물을 보았다.

물쌈

모를 심은 사람의 안타까운 마음은 말로
다 할 수 없다. 꼭 자식이 굶고 있는 모습을
보는 부모의 심정이다.

비가 오고 무더운 여름이 계속되더니 오늘은 날씨가 더없이 맑고 청량하다. 바람마저 서늘해진 것 같아 하루 만에 가을이 온 느낌이다. 올여름은 유난히 비도 많고 무더워 참으로 지루한 나날이었다. 지나치게 많은 비로 고생하는 여름을 보니, 비가 너무 오지 않고 가물어서 고생하며 농사하시던 부모님 생각이 난다. 내 고향은 높은 산들이 마을을 빙 둘러싸고 있는 전형적인 산촌이다. 그런데 수리시설이 잘 되어 있지 않았다. 그 때문에 우리 동네 대부분의 논밭은 하늘에서 비가 오지 않으면 모심기조차 어려운 이른바 천수답이 많았다. 벼가 물을 가장 많이 먹는 시기는 복더위 때다. 이 복더위 때가 되면 우리 동네는 군데군데 물싸움 소리가 들려왔다.

모를 심은 후 물기가 있을 때는 흙 자체가 검은 색이다. 제때에 논에 물을 공급하지 못하면 흙의 검은 색이 차차 누런색으로, 다시 백색으로 변하게 되면서 거북 등처럼 갈라지게 된다. 이때부터 벼가 물기의 발산을 막으려고 잎을 움츠리며 뒤틀리기 시작한다. 특히 뜨거운 낮 동안에 더 심하여 벼 잎사귀 끝에서부터 마르기 시작한다. 모를 심은 사람의 안타까운 마음은 말로 다 할 수 없다. 당해 보지 않은 사람은 그 심정을 헤아리기 힘들다. 꼭 자식이 굶고 있는 모습을 보는 부모의 심정이다.

가뭄이 심해지면 주위에 있는 크고 작은 못들이 바닥을 보이기 시작한다. 도랑에도 물이 마르면 사람들은 도랑 가운데 물길을 찾아 개울바닥을 파들어 가기 시작한다. 도랑물을 이용하여 농사를 짓는 사람들이 모여 회의를 하고 도랑을 파는 날짜를 결정한다. 그리고 나면 아침마다 도랑을 파러 나오라는 통지가 온다. 당시 마을 역사 동원을 알리는 통지는 제실 일을 보는 분이 맡았다. 그는 마을 앞동산 바위 위에 올라가 외친다. 그 분의 목소리가 하도 커서 멀리 인근 동네까지 다 들렸다. 종이 쪽지 하나 없이 "아… 동네 사람아 당신들 역사 나오이소, 수굼포(삽) 들고 나오이소." 두 세 번 연거푸 외친다. 조용한 우리 동네에 지금의 마이크보다 더 크고 청아한 소리가 산천을 울린다. 지금도 내 귀에 조용히 그의 목소리가 들리는 듯하다.

이런 외침이 계속되면 형들이 차례로 도랑파기에 동원되고 남은 건 나 하나 밖에 없는데도 계속 동원령을 내린다. 엄마는 하는 수 없이 나를 내보낸다. 어린 나는 내 키보다 더 큰 삽을 들고 현장에 도착하면 핀잔부터 날아온다. "어, 삽보다 더 작은 녀석이 무슨 일하겠나?"는 것이다. 그렇다고 해서 돌아갈 수도 없다. 역사에 참여하지 않으면 논 가진 작자로서 불이익이 있기 때문이다. 그냥 눈치 보면서 한나절 때워야 한다. 이런 지경까지 이르게 되면 개개인이 논 옆에다 웅덩이를 파고 물푸기 작전을 한다. 내가 살던 골짝으로 올라가면서 물이 나올 만한 지점에는 모두 웅덩이를 판다. 동네에 전기가 들어오기 훨씬 전이라 물 푸는 모터는 생각도 못하고 손으로 퍼 올리는 그 고생이 보통이 아니었다. 양동이의 중앙을 잘라서 양쪽에

끈을 묶어 둘이서 푸는 것부터 시작하여 여러 형태의 물 푸는 작전이 전개된다. 개울 바닥에 판 웅덩이기 때문에 높이 물을 퍼 올리는 데는 정말 힘이 많이 들었다. 논바닥이 하얀 상태인데도 물 들어가는 것이 너무 기뻐 고된 줄 모르고 밤새워 물을 퍼 올리곤 했다. 우리 집 논은 물길에서 상당히 먼 곳에 있어서 물길 중간에 물 도난을 막기 위해 물길을 지켜야했다. 이렇게 고생하며 물을 퍼 올리는 데도 중간에 살짝 자기 논으로 물길을 돌려놓는 경우도 있다. 이때는 인정사정없이 물싸움을 하기 마련이다. 그래도 웅덩이를 팔 수 있는 여건이 되는 논은 많지 않았고 웅덩이가 불가능한 논은 그저 바라만 보고 있을 수밖에 없었다.

초등학교에 들어가기 전 어느 날, 그 날도 햇빛이 쨍쨍하여 무척 더운 날이었다. 나는 엄마를 따라 우리 논에서 가장 가까운 철교 밑 개울가로 갔다. 논에서 가장 가깝지만 그래도 상당히 먼 거리다. 아버지는 가뭄으로 물이 마른 개울에다 조그마한 웅덩이를 파고 물이 가두어지기를 기다렸다. 물이 가두어지면 아버지는 똥 장군에 물을 가득 채워 지게에 지고 논으로 가셨다. 아버지가 논에 물을 붓고 오는 동안 엄마는 바가지로 또 다른 장군에 물채우기를 했다. 그 날 늦은 점심시간까지 계속되었다. 지나가던 동네 사람들이 "논바닥이 하얀 백토고, 벼는 벌써 붉게 시들었는데 그까짓 물을 길러 부어본들 무슨 소용이 있겠느냐"며 핀잔을 주었다. 특히 지나가시던 큰아버지는 쓸데없는 고생 그만하라고 야단을 치셨다. 그러나 아버지는 아무말 없이 그 일을 계속하며 "내가 할 수 있는 것은 해봐야 되지 않겠나?"

"죽어 가는 벼를 어떻게 가만히 보고만 있겠느냐?"하시면서 혼자서 중얼 거리셨다. 그 얼굴에는 어린 내가 보기에도 자연과 전쟁을 치르는 비장한 각오가 서려 있는 듯했다. 엄마도 그만하라고 성화를 하셨지만 아버지를 꺾으실 수는 없었다.

며칠이 지나 기다리던 비가 왔다. "야! 쌀밥 온다"고 하면서 물싸움 하던 이웃들이 언제 싸웠느냐는 듯 모두 서로 얼싸안고 기쁨의 춤을 추었다. 이 처럼 물싸움은 비만 오면 단번에 해소되는 싸움이었다. 가을이 되어 벼가 익어가기 시작했다. 그 해는 동네 전체가 평년작에 비해 70% 정도 밖에 곡 식을 거두지 못한 흉년이었다. 그러나 엄마 말씀에 의하면 논에서 벼를 베 어보니 아버지가 포기하지 않고 백토에 물을 져다 부운 벼 포기가 훨씬 더 벼 낟알이 충실했다고 하셨다. 이웃들의 포기 종용도 큰아버지의 만류도 뿌리치고 할 수 있는 한 최선을 다한 아버지의 땀은 결코 헛되지 않았던 것 이다.

이제 내 고향에 천수답은 없어졌다. 전답이 모두 수익이 높은 포도원으 로 바뀐지 옛날이다. 그러니 아우성치던 물싸움도 없어진지 오래다. 보릿 고개를 두고 헐떡이던 내 고향, 보역사 나오라고 외치던 동네 일을 보던 아 저씨의 청아한 목소리도, 물 한 방울로 멱살잡이하던 이웃도, 이젠 옛 이야 기가 되었다. 최악의 여건에서도 포기하지 않고 물을 져다 붓던 아버지의 모습은 평생 나를 지탱하는 힘이 되었다.

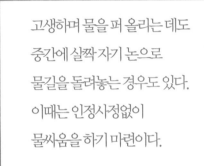

고생하며 물을 퍼 올리는 데도

중간에 살짝 자기 논으로

물길을 돌려놓는 경우도 있다.

이때는 인정사정없이

물싸움을 하기 마련이다.

메리의 등장

개이름이 월이에서 독구로 바뀌어진지
얼마지나지도 않은 그 무렵, 우리 귀에
전혀 생소한 이름 메리가 등장했다

수많은 희생자를 내고 지루하게 이어지던 동란이 마침내 휴전이 발효되었다. 태풍이 지난 후 파괴되었던 자연도 시간이 지나면서 나름의 질서를 잡아가듯, 사람들도 정신을 가다듬고 제자리를 찾아가고 있었다. 고향 산골마을에는 비로도 치마(벨벳 치마)와 양단 저고리가 등장하였다. 어른들의 비난에도 불구하고 수백 년 지켜오던 여인의 쪽머리 비녀가 사라지고, 소위 양머리라고 부르는 불쇠 젓가락으로 꼬불꼬불 구운 머리가 보이기 시작했다. 언제부터인지 알 수 없지만 아마도 수세기 동안 불리어지던 개 이름이 월이에서 독구로 바뀌어진지 얼마 지나지도 않은 그 무렵, 우리 귀에 전혀 생소한 이름 메리가 등장했다.

우리 시골 동네에는 기와집이 세 집 있었다. 두 집은 문중의 제실이었고 한 집는 개인 가정집이었다. 그 집은 아무나 출입할 수가 없었다. 바깥 마당을 거쳐 큰 대문을 지나 안 마당으로 들어가는 제대로 갖춘 전통 한옥이었다. 메리는 그 집에서 처음 등장하게 되었다. 메리는 누렁이로 귀가 쫑긋한 미남이었다. 새끼 때 온 것이 아니라 다 자란 성견이 되어 왔는데도 적응을 잘 하였다. 당시 우리 동네에는 끈으로 매달아 기르는 개는 없었다. 온 동네 개가 저희들끼리 서열을 정하여 한데 어우러져 자유스럽게 돌아다녔다.

메리가 등장하기 전만 해도 우리 집 검둥이 독구가 동네 개들의 우두머리였는데, 메리가 등장한 후부터 판도가 달라졌다. 메리는 덩치도 우리 독구보다 크고 영리하여 개 왕국을 통일하고 하루아침에 우두머리가 되었다. 메리 주인은 K형이었다. 주인이 심심하여 아무나 보고 "물어라 쉭"하면 으르렁거리며 달려드는 개였다. 나는 그 집 앞을 지날 때마다 오금이 저렸다. 시도 때도 없이 K가 나타나 "쉭" 해버리면 메리가 으르렁거리며 달려들었기 때문에 기겁을 하였다. 그 때문에 그 집 앞을 지날 때면 나는 살금살금 발소리를 죽이고 걸어야 했다. 몇 번 당하고 난 후, 가능하면 그 집 앞을 지나지 않고 먼 길을 돌아 다녔다.

여름 날, 동네 개구쟁이 친구들은 보리밥으로 점심을 먹고는 곧바로 동네에서 가까운 큰 못에 모였다. 까맣게 그을린 개구쟁이들이 개구리헤엄을 치며 신나게 놀고 있었다. 한참 재미있을 즈음에 K가 메리를 데리고 나타났다. 그는 자동차 스페어 캔 하나를 둘러메고 메리를 경호원 삼아 나타나서 우리들의 물놀이에 끼어들었다. 스페어 캔은 미군 지프차 뒤에 스페어 타이어와 함께 달고 다니던 휘발유 20리터 들이 쇠로 된 통이다. 통 자체가 진공 상태이기 때문에 물에 가라앉지 않았다. 나처럼 K형은 수영이 서툴기 때문에 보조 장비로 들고 오는 것이다.

K는 못물에다 먼저 스페어 캔을 텀벙 던져두고 수영을 시작한다. 이때부터 우리는 슬슬 물러날 준비를 한다. K는 자기보다 어린 아이들을 괴롭히는데 일가견이 있었다. 스페어 캔을 한 손으로 잡고 다른 손으로 가까이 있

는 어린 친구들을 끌고 물속으로 처박고 물을 먹였다. 그에게 잡히기만 하면 못물 몇 잔을 먹어야 했다. 못 둑에는 주인의 명령을 기다리는 듯 가죽끈으로 목줄을 한 메리가 자리를 지키고 있었다. 어떤 경우에도 주인이 "물어라 쉭"하면 물속에라도 뛰어들 기세였기에 우리들에게 메리는 공포의 대상이었다.

오래지 않아 우리 동네 개들이 유행을 따르는 주인의 기호에 의해 월이에서 독구로, 빠르게 다시 메리로 변해갔다. 독구는 집단명사로 고유명사가 될 수 없다는 것은 영어를 아는 사람이 많아지면서 사람들은 개 이름을 메리로 바꿔 부르게 되었던 것이다. 사람들의 개에 대한 인식도 차차 바꿔지게 되었다. 여름날 보신용으로만 기르던 개에 대한 생각이 개성시대로 가면서 애완용으로도 차차 발전하게 되었다. 동시에 풀어 두고 자연스럽게 돌아다니던 개들을 목줄로 묶어 기르게 되면서, 개들의 자유는 제한되었고 각자 주인의 감시 아래 매여 있게 되었다. 서양 문화와 함께 아주 짧은 기간에 독구 세대는 사라져가고 있었다.

나는 내 친구인 독구를 바로 다른 이름으로 불러줄 수 없었다. 처음으로 동네에 등장한 메리에게 몇 번 혼이 난 경험이 있는 나에게는 메리에 대한 이미지가 너무 나빠 메리란 이름조차 싫었다. 또 독구란 이름으로 자란 녀석에게 다른 이름으로 불러 주면 혼돈이 생기게 될 것 같기도 하여서였다. 월이와 독구까지는 마을 모든 개들의 통일된 이름이었지만, 메리가 등장한 이후부터는 개 이름도 개성화되고 다양해져서 여러 가지 이름으로 부르기 시작했던 것 같다. 대신 무리지어 들판을 누비던 그들의 자유도 없어졌다. 철없이 메리를 데리고 심술을 피우던 K형은 고향에 남아 지역 발전을 위해 열심히 일하고 있다.

수세기 동안 불리어지던 개 이름이
월이에서 독구로 바뀌어진지
얼마 지나지도 않은 그 무렵,
우리 귀에 전혀 생소한 이름 메리가
등장했다.

엄마와 호롱불

언제 또 석유 배급이 나올지도 모르기에,
철저히 통제하겠다는 엄마의 의지 탓인지,
마개를 막는 손에 힘이 더 들어간다

우리 집 앞에 키다리 한 녀석이 해 구멍이 막히기도 전에, 등에 불을 켜고 서 있다. 최소한 30분 정도는 더 있다 불을 켜도 될텐데 하는 아쉬움이 자주 든다. 새벽 일찍 신문을 가지러 동네로 내려가면 날이 훤히 밝았는데도 아직 불을 켜들고 바보스럽게 서 있다. 비단 나만의 생각이 아닐 것이다. 한 등이 아니라 수만 등이라면 전력 소모는 얼마나 될까? 괜한 계산을 해본다. 어릴 적 호롱불 밑에서 살아온 나 같은 이들에게는 전력이 아깝다는 생각이 더 한 것 같다.

아침 일찍 구장(이장) 집에서 외지름(석유) 배급을 받아 오라는 엄마 말씀과 함께 오래된 석유 병을 들고 구장 집으로 갔다. 온 동네 사람이 모두 와서 기름을 받고 있는 중이다. 한참을 기다렸다가 깔대기를 병 위에 꽂고 기름이 반 병도 채 안 되게 받아 온다. 기름 병을 받아든 엄마는 다시 한 번 한지로 마개를 꼭 막아 방구석에 매달아 놓는다. 언제 또 석유 배급이 나올지도 모르기에, 철저히 통제하겠다는 엄마의 의지 탓인지 마개를 막는 손에 힘이 더 들어간다.

바깥이 어두워져 사람 얼굴을 알아보지 못할 정도가 되면 우리 집 호롱 세 개에 불이 켜진다. 하얀 호롱 끝에 불은 반딧불처럼 가물거린다. 기름을 조금이라도 덜 소모하려고 심지를 아주 가늘게 한 탓이다. 엄마는 불 켜진 방은 쓸데없이 불을 켜두고 있지는 않은지 가끔 순찰하신다. 불이 필요 없는 데도 불을 켜두었다 싶으면 문을 열고 강제로 불을 꺼버린다. 밤 늦게까지 불을 켜둘 수도 없다. "할 일 없으면 일찍 자라"고 하신다.

여름은 그런대로 밤이 짧으니까 배급 기름으로 잘 버틴다. 문제는 긴긴 겨울밤이다. 특히 놀기 좋아하는 형들 방에는 자주 석유가 부족하였다. 형들 방에서 늦게까지 불을 켜둔 채 놀고 있는 소리가 나면 엄마의 성화가 시작된다. "너희들 기름 장사 할배(할아버지)가 있나? 기름 없다 불 꺼라." 엄마의 몇 번의 경고에도 불구하고 형들이 못들은 채 히히덕거리고 있으면, 방문을 왈칵 열고는 불을 꺼버리시며 "고마 일찍 자거래이, 기름 모지랜데이"하고 강제 소등 작전에 들어간다. 엄마는 경험에 의해 언제 기름이 떨어질지 잘 알고 계시기에 강제로 통제하려 했다.

아껴 써도 석유가 떨어지는 경우가 더러 있었다. 그럴 땐 석유 대용품으로 아주까리 기름을 사용하였다. 접시에 아주까리 기름을 붓고 한지나 솜을 적당히 길게 드리워 심지로 만들고 불을 붙이면 제법 밝게 쓸 수 있다. 그러나 아주까리 기름은 흔치 않아 자주 쓸 수 없었다. 아버지가 명절 때 큰 상어를 통째로 사오시면 엄마는 내장에 들어 있는 두 개의 기름덩어리를 이용하여 불을 밝히기도 했다. 다른 방법으로 소나무 속에 들어 있는 관솔을 이용하여 불을 밝히기도 했다. 관솔 불은 실외에는 그런대로 쓸 수 있었지만, 실내에는 화재 위험도 있고, 그으름이 많이 나와 사용하기 힘들었다.

우리 집에 석유가 완전히 동이 나면 엄마는 늦은 밤에도 나더러 빈 호롱을 들고 친척집으로 석유를 꾸어 오도록 시키셨다. 이때부터 다른 방에는 불이 아예 없고 엄마 방에만 불을 켠다. 이런 경우 나는 책보를 들고 살짝 엄마 방으로 이사한다. 낮에 놀러 다니느라 못한 숙제를 해야 하는 절박한 경우에는 엄마가 잠든 후에 호롱불을 켠다. 엄마가 주무시는 줄 알고 불을 켜도 대부분 들키게 마련이다. 엄마는 불 끄라 하신다. 내가 숙제를 해야 한다고 말하면 "숙제가 뭐야 암제나 하지"하신다. 그리고는 눈을 감아 주신다. 날치기로 숙제를 끝내고 이불 속으로 들어가면 엄마는 이불 끝자락을 당겨 내가 이불이 모자라지 않도록 하고 주무신다. 엄마는 주무시면서도 자식의 행동을 빠짐없이 감시하는 것 같다.

석유 배급이 늦어지면 상당히 오랜 기간을 식사시간 외에는 불을 켜지 못한다. 불이 없는 집안에는 모든 일이 빨리 진행된다. 어둡기 전에 식사는 물론이고, 잠자리에도 일찍 들어야 한다. 캄캄한 방에 누우면 낭만적인 때도 더러 있었지만, 형들에게 옛날이야기 듣는 일이 가장 재미있었다. "옛날에 영감과 할마이(할머니)가 오두막집에 살았는데" 로 시작되는 이야기는 나의 흥미를 끌기에 충분했다. 이야기 끝은 언제나 "그래서 그럭저럭 잘 살았단다"였다. 내용도 비슷비슷하지만 만화도 없고 TV나 라디오도 아무것도 없으니 이야기만이 유일한 흥밋거리였다. 어린 나에게 캄캄한 밤은 상상의 날개를 펼 수 있는 유일한 세계였다.

형들의 이야기를 자주 듣다 보면 중복되기도 하고 재미없을 때도 있었지만 그냥 참고 들었다. 이야기를 듣다가 내가 먼저 잠들 때도 있었지만 이야기 하던 형이 잠들면 내가 "그 다음은 어떻게 되었느냐?"고 형을 흔들어 깨우기도 했다. 형들은 가끔 아주 무서운 도깨비 이야기를 해주었다. 그리고는 캄캄한 방문을 손으로 드르럭 긁으며 효과 음향을 낼 때는 무서워 이불 밑으로 숨기도 했다. 이런 경우 내게 가장 큰 문제는 밤중에 화장실 가는 일이었다. 집 모퉁이를 돌아 뒷켠에 있는 화장실은 낮에도 혼자 가기가 쉽지 않은데, 무서운 도깨비 이야기를 듣고 가기는 아주 힘들었다. 아무리 참으려고 애를 써도, 참을 수 없을 때는 추운 겨울인데도 형들이 춥거나 말거나 방문을 열어 놓고 화장실로 갔다. 그럴 땐 뒷켠에서 도깨비가 확 튀어 나올 것 같았다. 형들이 열린 문으로 바람이 들어와 춥다며 문을 닫아 버리기라도 하면 기겁을 하고 고함지르며 떼를 썼다.

가끔 친구 부모님들이 집을 비우는 날은 집을 지켜준다는 핑계로 친구 집에 쪼무래기들이 다 모인다. 오랜만에 얻어진 자유를 만끽한다. 책 보따리를 들고 가지만 형식적이다. 온갖 장난을 치다가 날이 어두워지면 호롱불을 켜지만, 가끔 기름이 넉넉지 못한 때도 있다. 이런 때는 우리끼리 규칙을 정하여 화끈하게 논다. 먼저 호롱불을 끄고 방문을 잠그고 밖으로 나갈 수 없게 한다. 캄캄한 방안에서 주먹이 아닌 손바닥으로 서로 때리기를 하는데, 말은 못하게 하고 붙잡고 때리지는 못하게 한다. 몇 가지 규칙 속에서 거친 장난이 시작된다. 방에서 살금살금 움직이다가 누구든지 곁에 오는 기척이 있으면 손으로 먼저 때린다. 누가 때리는지도 모르고, 서로 때리는 소리가 여기저기서 철썩거린다. 한 30분 후에 다시 불을 켠다. 우리들은 맞아서 붉게 물든 얼굴들을 서로 쳐다보며 방이 떠나가도록 웃는다. 맞아도 때려도 아무 유감이 없다. 기름을 아끼기 위하여 만들어낸 격렬한 장난이다.

석유 한 방울 아끼려고 호롱불도 제대로 켜지 못하고 살았던 우리 세대들은 오늘도 석유 아끼려고 불 꺼진 방에서 옛날이야기 해주던 형들이 생각난다. 하지만 막내가 숙제하는 데는 눈 감아 주시던 엄마의 잔정이 아련하게 그립다. 집 앞에 서서 저녁 일찍부터 새벽 늦게까지 불을 켜고 있는, 키다리 외등을 보면 무언가 낭비하는 듯하여 마음이 무겁기만하다. 적절히 켜고, 끄는 시간을 정하기에 어려움이 있어 당국에서 시정하기가 어려운지 안타깝다.

보릿고개

따뜻한 봄날이 되면 동네 초가집 굴뚝에 연기가 나지 않는 집들이 늘어난다.

역사 이래로 우리 조상들 모두가 겪은 가장 넘기가 힘든 고개는 보릿고개였다고 한다면 과장일까? 국토 전체 면적의 65% 이상이 산지인 우리나라는 식량이 모자라는 운명을 타고난 듯하다. 연 중 강우량은 농사짓기에 턱없이 모자라는데 관개시설도 태부족이었다. 가을에 거둔 곡식이 이듬해 봄이 되면 다 없어지는 바람에, 보리가 익어 먹게 되기까지의 고개를 보릿고개라 한다. 보릿고개는 누구에게나 있었다. 배가 고파 주린 창자를 움켜쥐고 초근목피草根木皮를 찾아 산과 들로 헤맨 우리들의 조상들이었다. 그 날의 보릿고개를 보고 겪으며 산 사람으로 눈에 비친 우리들 부모형제들의 배고픈 설움을 뒤돌아보고 싶다.

다섯 살에 해방이란 기쁨을 아무것도 모르고 맞이하였다. 그 날 학교에서 돌아온 형들이 뭔가 불에 태우던 모습만 어렴풋이 기억에 남아 있다. 해방은 맞았지만 먹을 것이 없는 현실을 벗어날 수는 없었다. 우리 집 사립문 곁에 있는 퇴비 헛간 앞 기둥에 달려있는 개똥망태는 새벽을 기다렸다. 누구든지 먼저 일어난 사람이 둘러메고 길거리로 나가야 했다. 개똥망태는 짚으로 엮어 만든 간단한 망태지만 보릿고개를 좀 더 가볍게 넘길 수 있는 수단의 하나였다. 당시에는 동네 개들이 한 대 뭉쳐 떼를 지어 다니며 놀았다. 그래서 용변을 저들 맘대로 보고 다녔고 이를 주워 오기 위한 도구였다.

화학비료가 없는 시절이라 임자 없는 개똥을 먼저 주워 오는 사람이 농사를 잘 지어 수확을 조금이라도 더 올릴 수 있었기 때문이다. 개똥 한 망태를 밥 한 끼라고 말하곤 했다. 화학비료가 없는지라 이른 봄 논에 모를 심기 전에, 나무나 풀들의 새순을 낫으로 잘라 논바닥이 보이지 않도록 잘 깔고 그것이 썩어 그 힘으로 벼가 자랄 수 있도록 했다. 벼를 수확하고 나면 베어낸 벼 포기 사이에 봄부터 가을까지 준비한 썩은 퇴비를 뿌려 보리농사를 지었다. 퇴비는 보리농사의 가장 중요한 거름이었다.

퇴비를 퇴비가 되게 하는 촉매제는 인분과 개똥이었다. 정부에서도 퇴비 증산이란 표어를 내걸고 동네입구 시멘트 벽에는 커다랗게 '퇴비증산'이란 표어를 붙여 두었다. 그리고 집집마다 면 직원들이 퇴비를 많이 하도록 독려하고 점검하여 많이 잘한 집은 상을 주기도 했다. 그야말로 퇴비증산 총력전이었다. 인분을 식구 수에 따라 이미 그 양이 결정되어 있지만 개똥은 부지런하면 더 많이 모을 수 있었다. 어린이부터 어른까지 남의 집에 가서 소변을 보는 경우는 있지만, 대변은 이웃집에서 놀다가도 집으로 달려와 일을 보았다. 한 톨이라도 더 많은 수확을 거두어 보릿고개를 넘기고자 하는 고육지책이었다.

보릿고개를 넘을 준비는 봄부터 가을까지 엄마들의 손에 의해 준비하여야 했다. 봄에는 각종 나물을 캐고, 삶아 말려 준비한다. 당장 배고픔을 이겨내기 위하여 주로 들나물이 많이 이용되었고 겨울을 위하여 묵나물 준비도 함께하였다. 산나물이 한창 맛있을 때는 당장 먹거리로 하고, 나물이 좀 세어질 때 엄마는 산으로 가신다. 삼베 보자기에 밥 한 덩어리를 넣어 말아 허리춤에 질끈 묶고 아침 일찍 나선다. 해 그름에 마중오라는 말을 남기고 산으로 가신다. 학교 다녀온 후 해가 서산에 걸려 있는 시간이 되면 나는 골짝으로 올라간다. 이불 보자기에 나물을 가득 담아 이고 내려오는 엄마의 얼굴은 나물 보자기에 눌려 잘 보이지도 않는다. 엄마가 나를 알아보시고 "율아 이거 받아라"하시는 엄마의 음성이 피로에 지쳐있다.

나물 보따리를 받아 둔덕에 내리고는, 반을 나누어 다른 보자기에 담아 내 어깨에 올려 주는데 내 어깨가 휘청한다. 집에 와서 나물 보따리를 풀어 멍석에 펼쳐 놓으면 큰 멍석으로 하나 가득하다. 엄마는 잘 삶아 말려 차곡차곡 보관한다. 엄마는 산나물 채취를 몇 차례나 더 가신다. 묵나물로 만들어 춘궁기를 대비해야 되기 때문이다. 이외에도 무우와 배추 시래기를 여러 줄로 엮어 디딜방앗간 뒷결에 달아둔다. 이것이 다 보릿고개 준비다. 엄마의 보릿고개는 봄에만 준비하는 것이 아니고 기회있을 때마다 준비하였다.

가을걷이가 지나면 엄마 방 아랫목에는 큰 콩나물시루가 차지한다. 수시로 물을 주어 한 뼘이나 되도록 키운다. 엄마가 집을 비울 때 집에 있는 우리들이 콩나물시루에 물주는 시간을 어기면 야단맞는다. 시루 물주는 시간이 맞지 않으면 콩나물 발이 길어지기 때문이다. 콩나물은 겨우내 반찬으로 사용하지만 봄이 되면 콩나물죽을 끓인다. 아침점심은 밥이지만 저녁은 대부분 콩나물죽으로 때운다. 쌀은 조금 들어가고 콩나물은 한 바가지씩 넣어 끓인 콩나물죽은 구수하다. 그러나 형들 중에 죽 먹기를 아주 싫어하는 사람이 있었다. 그럴 때면 엄마는 호되게 꾸중 하셨다. "다른 집에는 이것도 먹지 못하는데 무슨 투정이냐"고 야단치셨다. 콩나물죽뿐이 아니고 시래기죽도 자주 먹었다. 양식이 없어 솥에 불을 때지 못하는 사람들이 이웃에 사는 상황에서 우리가 쌀독에 쌀이 있다고 마음대로 밥 먹는 것이 편치는 않았고 엄마도 그렇게 하시지 않았다.

따뜻한 봄날이 되면 동네 초가집 굴뚝에 연기가 나지 않는 집들이 늘어난다. 노력은 했지만 어쩔 수 없이 양식이 모자라는 집도 있었고 가장이 도박을 하거나 부실 가정 관리를 한 탓에 모자라는 집도 더러 있었다. 끼니를 못 잇는 집은 어린 아이들이 수난이었다. 골목에 나온 애들을 보면 멍하게 뚫린 눈망울에 배가 볼록하여 영양실조로 숨소리가 쌕쌕 거린다. 부지런하신 아버지와 엄마는 "있을 때 아껴야 한다"는 신조로 양식준비를 하셨기에, 남에게 조금이라도 베풀 수 있었고, 우리 6남매도 한 번의 어려움 없이 보릿고개를 잘 넘기었다.

50~60년대에는 어느 집이든지 자녀들을 5~6명씩 두었다. 정부에서 3·3·3이라는 표어를 극장에 내걸었다. "3살 터울로 3사람의 자녀를 30대까지만 낳자"라는 표어였던 것 같다. 그러나 그 효과가 단번에 나타나지는 않았다. 보릿고개가 되어 땟거리가 모자란 집에서는 묵나물밥을 먹기도 하고 쑥 같은 햇나물을 캐먹기도 했다. 때로는 산에 가서 소나무 속껍질을 벗겨 찧어서 양식 대용으로 사용하기도 했다. 밀가루 빻고 남는 밀기울을 쪄서 밀개떡이라 하면서 먹기도 하고 보리를 도정

할 때 발생하는 속껍질을 떡으로 쪄서 먹기도 했다. 그렇게 노력해도 역부족일 때는 최후 수단으로 식구 수를 줄이는 방법을 취한다.

딸이 여럿이 되면 그 중 딸 하나를 도시에 있는 친척 집이나 혹은 소개받아 다른 집에 보내어 먹고 살도록 한다. 데려간 집에서 잔심부름이나 애기를 돌봐 주기도 하면서 식구로 사는 것이다. 아무런 대가도 없이 그저 밥을 얻어먹는 것밖에 없었다. 아들이 많은 집은 아들을 남의 집에 머슴으로 보내야 했다. 얼마 안 되는 세경(가을에 벼로 받는 급여)을 받고 고된 일을 하는 머슴으로 보냈다. 한창 배워야 할 나이에 부모를 떠나 남의 집살이를 해야 하는 어린 심정이나, 보내는 부모 마음이 오죽하겠냐마는 배고픈 모습을 보고 기다릴 수만은 없었다.

이 중 많은 농민들이 봄에 우선 굶지 않으려고 부잣집에 벼를 꾸어간다. 이것을 장리라고 하는데, 봄에 곡식을 꾸어 가면 가을에 농사를 지어 같은 곡식으로 갚게 되는 것이다. 이때 이자가 50%나 된다. 그래서 한 번 이 장리 곡식을 먹게 되면 가난의 굴레에서 헤어날 수 없게 된다. 한 가마니 빌리고 가을에 한 가마니 반을 갚는 높은 이자를 주게 되면, 그 다음해에는 더 많은 곡식을 빌려 먹어야 하기 때문이다. 힘없는 정부가 곡식이 없어 빌려 주지 못하기 때문에 어쩔 수가 없었다. 요즈음 고리 대금 업자에게 높은 이자를 주고 돈을 빌려 쓰는 것과 마찬가지다. 한 번 장리를 빌려간 집은 이런 악순환을 면하기 어려워서 평생 궁색을 면할 길이 없었다. 이것이 가난이 대물림되는 당시의 일반적인 사회현상이었다. 그러다 보니 보릿고개는 점점 더 높아지게 되었다.

보릿고개는 듣기만 하여도 지긋지긋한 이야기다. 우리 조상들이 버티어 온 태산 같은 험한 고개다. 오죽하면 누구든지 만나면 인사가 "진지 드셨습니까?" 혹 친구끼리 만나면 "밥 먹었나?"였다. 만나는 사람에게 가장 궁금한 것이 굶지 않았느냐고 묻는 일이었다. 이제 좀 살게 되었다고 그때의 아픔을 잊지 말아야 할 것이다. 역사는 되풀이될 수도 있다. "있을 때 아껴야 한다"고 하셨던 엄마 말씀이 생각난다. 험한 보릿고개를 지혜롭게 넘었던 어제의 우리 부모들이 있기에 오늘 우리들이 있다.

역사 이래로 우리 조상들 모두가 겪은

가장 넘기가 힘든 고개는

보릿고개였다고 한다면 과장일까?

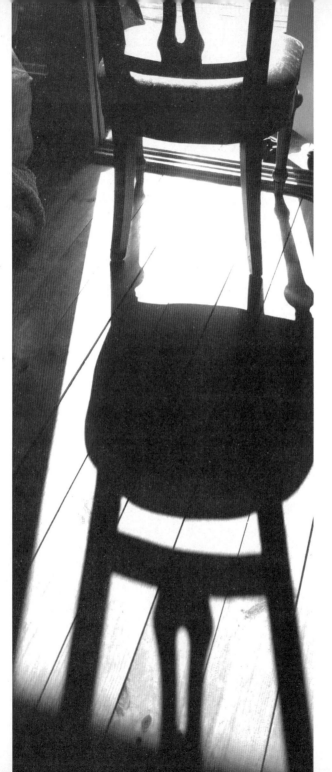

배움터를 들어서면서

여학생을 짝꿍으로 삼고 싶어 하던
우리들의 꿈은 그야말로 꿈으로 끝나고 말았다.

엄마가 곱게 다림질 해주신 그리 두텁지 않은 바지저고리를 입고, 오랜만에 아버지의 힘센 손을 잡고 첫 배움터인 학교로 향했다. 온화한 날씨에 나를 반기는 것은 학교 울타리에서 이제 막 피기 시작한 노오란 개나리꽃이었다. 처음으로 남천공립국민학교란 나무 간판이 붙어 있는 학교에 들어섰다. 교문에 들어서면서 아버지는 혼잣말처럼 "율아 니 공부 잘하면 대학까지 시켜줄게 공부 잘 해래이"하시며 막내인 내 손을 꼭 쥐어 주셨다. 막내 아들을 학교에 보내는 기쁨에 스스로 다짐하시는 것 같았다. 나는 무슨 말인지도 잘 모르고 그냥 고개만 끄덕였다.

부모의 손을 잡은 친구들이 많이 와 있었다. 종이 한 장을 받아들고 아버지가 시키시는 대로 큰 방으로 들어섰다. 책상 앞에 두 분 선생님이 앉아계셨다. 선생님 한 분이 내 이름을 물었다. 언제나 율이라고만 알고 있던 내 이름, 오늘은 아버지가 가르쳐 주신대로 "손 계율"이라고 대답했다. 이어 몇 군데를 거친 후 최종 합격이 되었다. 그 날 나의 담임선생님은 키가 자그마한 박 선생님이란 것만 기억된다. 우리 반 학생이 몇 명인지는 모르지만 연령층은 그야말로 다양했다.

반 친구들 중에는 만으로 6살도 못 되는 나 같은 어린애도 있고 열 살이 훨씬 넘은 핫바지를 차려입은 어른 같은 친구도 있었다. 선생님은 앞으로 나란히 하며 줄을 세웠는데, 나는 그 날부터 졸업 때까지 언제나 맨 앞에 서게 되었다. 일 학년 한 해에는 그냥 학교만 왔다갔다 했지, 아무것도 배운 기억이 없다. 다른 친구들은 국어책을 읽을 수 있었지만 나는 전혀 불가능했다.

2학년이 되는 첫날 교과서를 받아 들고 집으로 갔는데, 둘째 형이 자기 곁으로 오라고 부른다. 새로 받아온 국어 책을 펼쳐놓고 읽어 보란다. 한 자도 못 읽고 더듬거리는데, 형의 손이 나의 뒤통수를 가볍게 쥐어박는다. 2학년 국어 제1과 새 교실이란 제목의 글이었다. 내가 평생 잊을 수 없는 글이다. 형은 첫 글자부터 시작하여 글자의 구조를 하나하나 풀어 가르쳐 주었다. 어렵지 않았다. 비로소 한글이 과학적으로 만들어진 글이라는 것도 알았다. 형이 가르쳐준 대로 한 자 한 자 읽어가니 재미가 붙기 시작했다. 나도 먹통이 아니라 글을 읽을 줄 아는 학생이 되었다. 반에서도 글을 모르는 친구들이 상당수 있었지만 나는 형 덕분에 문맹에서 탈출하고 글을 아는 학생으로 바뀌었다. 글을 못 읽는 친구들은 가끔 남아 청소를 해야 하는데 나는 그러한 수모를 당하지 않아도 되었다. 그때 나는 국어책 맨 끝장에 붙어 있는 발행처 난에 군정청 문교부라고 쓰인 것을 보았다. 1945년 해방은 되었지만 미군 군정청에서 3년 동안 나라를 통치했다는 사실을 성인이 된 후에야 알게 되었다.

3학년이 되어 3개 반으로 나누어 수업했다. 1, 2반은 남학생 반이었고 3반은 여학생 반이었다. '남녀칠세부동석'이라 남녀 합반은 금물이었다. 여학생하고 짝꿍이 되고 싶은 꿈은 졸업 때까지 헛꿈으로 끝나고 말았다. 교실이 모자라 오전, 오후반으로 나누어 수업하게 되었다. 오전반일 때는 지각을 하기 쉬워 싫었고, 오후반은 집에 너무 늦게 오는 것이 싫었다. 자습 시간마다 교실 안쪽 벽에 붙어 있는 구구단표를 보고 모두 벽을 향하여 비스듬히 앉아 한목소리로 어깨를 양쪽으로 가볍게 흔들며 외우곤 했다. 이이는 사, 이삼 육……. 그때 외운 구구단, 내 생애에 그처럼 유용하게 써 먹은 기초학문도 없을 것이다. 수업 마지막 시간은 한 사람씩 나와서 구구단을 외워 보도록 했는데 큰 낭패 없이 통과하는 쾌거를 올렸다.

삼 학년 일 학기 초에는 담임하시던 김상화 선생님이 울릉도로 전근을 가셨다. 우리는 모두 모여 섭섭하게 선생님을 보내드리었다. 선생님은 가신 후 울릉도에서 편지를 보내주셨는데, 흑판에 붙어 두고 우리 모두 읽어 보고 기뻐했다. 난생 처음으로 읽어 보는 편지였다. 그 후에 그 선생님은 6학년 때 다시 우리 학교로 오셔서 나의 담임을 또 한 번 더 맡으셨다. 내 생애에 선생님의 사랑을 가장 깊게 받아서인지, 초등학교 선생님하면 가장 먼저 떠오른 선생님이 그 분이시다. 3학년 2학기부터 최종덕 선생님이 담임으로 오셨다. 이때 같이 부임한 선생님들이 최종덕, 옥경환, 서건준 선생님들이다.

4학년이 되었다. 이제부터는 학교에서 상급반이다. 4학년부터 도시락을 싸들고 다녀야 하는 번거로움이 있었다. 3학년 때 담임선생님이신 최종덕 선생님이 2년 거듭 담임을 맡아 주셨다. 최 선생님은 열심히 가르치셨고,

깔끔한 성격에 성질이 급한 편이었다. 1학기 중간 무렵에 6.25 사변이 터졌다. 무덥던 어느 날 교사 전체를 미군에게 양도하고 조좌골 개울가, 자갈밭에 앉아 수업을 했다. 어디든지 자리를 잡고 앉는 곳이 교실이었다. 3반 선생님인 배억만 선생님은 평소에 영어를 잘 하신다고 소문이 났는데 며칠 보이지 않더니, 철모에 중위 계급장을 달고 통역 장교가 되어 학교를 방문하셨다. 선생님이 처음으로 거수경례하는 모습을 보았다. 윤상효 선생님은 미군 통역으로 학교에 주둔한 미군부대에서 근무하고 있었다. 군인으로 징집되어간 5학년 천병준(?) 선생님이 전사통지서를 받고는 전교생 모두 울었다. 별로 배운 것도 없이 어수선한 가운데 4학년은 지나갔다.

어느덧 우리는 5학년이 되었다. 전쟁 통에 자퇴하는 친구들이 많이 생겨 5학년 전체 학생을 두 개 반으로 나누어 수업했다. 우리는 입학 후 처음으로 남녀 합반으로 공부하게 되었지만, 여학생 분단을 따로 만드는 바람에 여학생을 짝꿍으로 삼고 싶어 하던 우리들의 꿈은 그야말로 꿈으로 끝나고 말았다. 담임은 전 선생님이셨다. 우리는 그 선생님을 별명으로 정찰기라 불렀다. 정찰기 선생님은 목소리가 카랑카랑 하면서도 끝이 깨어지는 소리였다.

전 선생님의 교육방법은 특이했다. 공책도 연필도 전체가 똑 같은 상표로 구입하도록 했다. 반장이 돈을 거두어 공책도 연필도 다 같이 공동구입하여야 했다. 마을 별로 밤에는 학생들이 한 집에 모두 모여 공부하도록 지시했다. 모여서 사전처럼 두툼한 모범전과를 공책에 차례대로 적으라는 것이었다. 방바닥에 엎드려 또박또박 적는다는 것은 고역이었다. 우리 동네 모이는 집은 금성산 깊은 골짝 바로 아래 사는 정함포네 집이었다. 우리 동네에 사는 반 친구는 남학생이 4명이고 여학생이 3명인데 밤에 모여 공부하기란 힘든 일이었다. 더구나 그 옛날에 여학생이 밤에 남의 집에 가서 밤새워 공부한다는 것은 불가능한 일이었다. 그러나 그 선생님은 예외를 인정하지 않았다. 선생님은 각 마을 공부방으로부터 특이 사항이 있는지 아침마다 보고하도록 했다. 우리는 남학생만 보고하고, 올 수 없는 여학생들에 대해서는 보고하지 않았다. 어쩌다 들통이 나면 우리들은 사정없이 몽둥이질을 당했다. 나중에 안 일이지만, 우리들이 모이는 집인 정함포의 기분에 따라 신고가 들어갔던 모양이다.

선생님은 어린 학생들에게 새벽 닭이 울 때까지 공부하기를 독려했다. 가끔 닭이 울기까지 공부했다는 마을이 있기도 했지만 확인할 수는 없었다. 우리 동네가 단 한 번 닭 울기까지 공부한 적이 있었는데, 그 닭이 정확히 새벽이 되어 울었는지 아니면 시간을 잘못 알고 울었는지는 지금까지 아무도 모르는 일이다. 선생님이 너무나 채근을 하니 닭소리 듣고 잠든 일은 있었다. 모범전과를 통으로 쓰는 것은 공부가 아니고 지겨운 필사본 노동이었다. 선생님은 학교 가까이 사택에 사셨는데, 가끔 땔나무도 거두었고, 철따라 여러 가지 생산품을 가난한 농촌에서 거두어 들였다. 무엇이든지 물건을 들고 온 친구는 이름을 불러 칭찬했고 그렇지 못한 사람은 무안을 주었다. 감이 나는 철에는 땡감을 거두어 선생님 집 아랫목에다 항아리를 두고 삭혀 나누어 먹기도 했다. 매월 내는 월사금을 독촉하는 일도 선생님은 늘 학교 전체에서 일등이었다.

5학년 어느 추운 겨울 날 아버지는 맹장염으로 수술을 하셨지만 회복하시지 못하고 찬바람을 타고 하늘로 가셨다. "형 말 잘 들어라"는 유언을 남기고 가셨다. 5학년 한 해는 어린 나이였지만 내 삶이 참으로 버거운 한 해였던 것 같다.

힘든 5학년을 마치고 6학년이 되었다. 6학년 초에는 두 개 반으로 나누어 공부했는데 우리 반은 윤상효 선생님이 잠깐 맡으셨다. 2학기가 되기 전 모두 한 반으로 합쳤다. 담임선생님은 우리 모두가 좋아했던 김상화 선생님이셨다. 선생님은 때로 형님처럼, 때로 아버지처럼 사랑으로 우리들을 대하셨다. 선생님은 출석을 부르실 때도 성은 빼고 이름만 불러 아버지가 아들을 부르는 것처럼 친근감을 더하게 했다. 우리는 선생님의 별호를 막리지라고 불렀다. 역사 시간에 어느 친구가 막리지가 뭐냐고 물었을 때 선생님께서 "우리 반이 고구려라면 선생님이 막리지야, 내가 바로 이 교실 안 막리지여"라고 쉽게 설명하신 후부터 우리는 선생님을 막리지로 부르게 되었다. 선생님은 소풍날에는 이화자의 어머님 전상서를 구성지게 참 잘 부르셨고, 명국환의 귀국선도 멋지게 불러주셨다. 체육시간에는 학생들과 한 팀이 되어 Touch ball을 하면서 잘 어울려 주셨다.

개나리 꽃 필 때 입학했던 첫 배움터를 개나리 봉우리 맺는 어느 날 나는 교정을 나섰다. 만 여섯 살도 되지 않았던 어렸던 내가 한글을 배우고, 구구단을 외우게 되었고, 여학생과 짝꿍이 되어 보고 싶은 사춘기를 보낸 소년이 되었다. 교장 김호진 선생님, 교감 김기종 선생님, 교감 박순명 선생님, 교감 김정홍 선생님 등 훌륭한 선생님의 이름이 기억에 남아 있고, 그 중에서도 담임 김상화 선생님을 잊을 수 없다.

동창회

이 나이가 되도록 교가를 부를 수 있다는 것은 기억력이 좋은 탓도 있고, 그보다 고향에 대한 애정이 크다고 볼 수 있다.

야유회 겸하여 초등학교 동창회를 한다고 초청장이 왔다. 그동안 고향 가까이에서 만났지만 이번에는 서울 근교에서 만나니 꼭 참석해달라는 전화와 함께 편지가 왔다. 얼마만인가? 전화까지 받고 보니, 하루가 다르게 늙어가는 친구들의 모습이 더욱 보고 싶어진다. 바람결에 종종 소식은 듣고 있지만 가끔 부음이 올 때면 그때 그 시절이 더욱 그리워진다. 이제 모두 할매, 할배가 되어 있는 모습 그리며 열일 제쳐놓고 참석하기로 했다.

장소는 경기도 여주 신륵사이다. 오랜만에 만나 소주라도 한 잔해야 할 것 같아 대중교통을 이용하기로 한다. 용인터미널에서 이천을 거쳐 여주터미널에서 택시를 타고 약속한 신륵사로 갔다. 대형 버스가 주차된 식당에는 벌써 뚝배기 터지는 거친 사투리 억양으로 왁자지껄하다. 벌써 도착하여 식사중인 걸 보니 새벽에 출발한 모양이다. 모두 반가운 얼굴들, 얼마 되지도 않았는데 알아보기 힘들어진다. 시골서 온 사람 22명에다, 나를 포함한 서울 친구가 2명 모두 24명이다. 그 중에 남녀 비율 비등하다. 젊었을 때는 여자 친구들이 좀체 참가할 수 없었는데 이제 여자들이 더 자유스러워 보인다. 식사 후 소주잔이 돌아와 먹지도 못하는 술을 받아 마셨더니 얼굴이 빨갛게 타오르기 시작한다.

신륵사 경내는 봄나들이객들로 복잡하다. 몇 차례나 다녀본 나로서는 별 관심 없이 돌아보았다. 그래도 여러 봄꽃들이 만발하여 봄 향취를 한껏 느끼게 한다. 앞서 가면서 친구들을 뒤돌아보았다. 그야말로 노인들이다. 대부분 허리는 구부정하고 흰머리에 머리카락은 엉성하다. 모두 몰골이 쇠잔해 보인다. 나 자신도 별반 다름이 없으면서도 나는 아닌 척을 하고 있구나, 내심 생각해본다. 경내에 즐비한 비석들에 새겨진 글씨에 관심이 가서 훑어보지만 내용을 확실히 파악하기는 어렵다. 절 입구에 남한강을 굽어보고 있는 큰 바위 위에 앉아 강물을 내려다보았다. 수십 년 전 처음 이곳에 왔을 때와 똑같이 강물은 여유롭게 유유히 흐르고 있다. 저 강물이 흘러 두물머리에서 북한강과 서로 만나 한강으로 흘러가 서울 경기의 젖줄이 되는 고마운 강이다. 나는 바위에 다리를 펴고 앉아 강물을 바라보며 59년 전 우리가 처음 만났던 때를 기억해본다.

우리는 단기 4280년, 서기로 1947년 3월 초에 만났다. 왜정으로부터 해방된 지 1년 반도 채 못 된 그해에 우리들은 만났다. 120여 명이 같이 입학했던 것으로 기억된다. 같이 입학은 했지만 연령이 천차만별이었다. 해방 전 적령기에 입학 못한 친구들이 많았고, 해방 이후 일본에서 귀국이 늦어져 몇 년 늦게 들어온 친구도 있었다. 그런 친구들은 우리말도 어색했다. 그런 아이들은 아직 한국 이름이 익숙치 않아 일본 이름을 부르기도 했다. 어떤 친구는 남의 집에 머슴살이하다가 입학하여 나보다는 6~7살이나 많은 친구도 있었다. 4학년 때 사변이 날 때까지 남녀칠세부동석이라 하여 여학생은 따로 반을 운영했다.

복장은 남학생들은 한복 바지저고리에 옷고름을 매었고, 여학생은 모두 검정 치마 흰 저고리였다. 나는 나이가 제일 어렸다. 졸업할 때까지 늘 맨 앞줄에 앉았고, 운동장에서도 맨 앞에 서야 했다. 호적 나이로는 다섯 살도 되지 않은 나이였다. 나도 예외 없이 핫바지 저고리를 입었는데 옷고름을 등 뒤로 한 바퀴 돌려 매는, 고름이 긴 저고리였다. 휴지도 없어 소매로 콧 등을 문질러 왼쪽 소매 끝이 더 반질거렸다. 학교에서는 보건(체육) 시간 에도 옷 갈아입을 일 없이 모두 핫바지 저고리 차림으로 운동을 했다. 그런 데 핫바지 허리끈이 말썽이었다. 헝겊을 접어 만든 허리끈인데 어쩌다 허 리띠를 너무 꽁꽁 매어두면, 화장실에 가서 소변볼 때 풀기가 아주 어려웠 다. 더욱이 추운 겨울에 장갑도 없으니 언 손으로 매듭을 풀기란 여간 고 역이 아니었다. 나뿐 아니라 모두에게 공통된 고역이었으나 나이 어린 나 에게는 더욱 힘든 일이었다. 이런 저런 생각에 젖어 있는데, 절간의 누각을 차지한 동기들이 간담회를 하자고 부른다.

회장의 경과보고가 있었다. 80여 명이 졸업했으나 지금 연락되는 친구 는 반수가 좀 넘고 연락이 닿지 않은 동창은 대부분 먼 세상으로 간 것으로 간주했다. 그 외에 친구들은 사는 일이 버거워 참석치 못했단다. 이 나이가 되도록 사는데 허덕이고 있는 친구들을 생각하니 마음이 짠하다. 나는 며 칠 간 붓으로 쓴 글씨를 전했다. 수산복해壽山福海, 수명은 산처럼 길고 복은 바다처럼 깊고 넓게 살으라는 의미의 글이다. 10여 장 정성껏 써서 동창회 에 기여한 친구들의 이름을 기록하여 개개인에게 기념품으로 주었다. 모두 좋아하는 모습을 보니 써 온 보람을 느꼈다. 명부에 있는 동창들에게는 순차적으로 써서 우편으로 보내기로 약속했다.

마지막 순서로 내가 교가를 불렀다. 반세기가 훌쩍 넘어버린 모교의 교가를 아는 사람은 나 한 사람뿐이다. 그것도 3절까지 가사 하나 틀리지 않고 부르는 사람은 아무도 없다. 어떻게 보면 내가 남천 초등학교 교가 기능 보유자라고 할 수 있다. 나이든 사람은 잊어 버렸고, 젊은 사람은 관심이 없다. 젊었을 때는 모교에서 총동창회가 있을 때마다 단상에 올라가 자랑스럽게 독창을 불렀다. 나는 교가를 부를 때마다 커다란 자부심 느낀다. 이 나이 되도록 교가를 부를 수 있다는 것은 기억력이 좋은 탓도 있고, 그보다 고향에 대한 애정이 크다고 볼 수 있다.

다음 코스는 세종대왕릉이다. 능 입구에 전시된 대왕의 발명품은 언제 봐도 신비스럽다. 해시계, 물시계 등 교과서에서 보았던 발명품들이 잘 전시되어 있었다. 정교한 기술에 절로 머리가 숙여진다. 대왕을 존경하는 마음으로 산처럼 높이 쌓아놓은 능까지 올라가 고개 숙여 참배드렸다. 마지막 코스는 한강 여주 보 관람이다. 자주 신문지 상에 오르내리던 한강 물막이 현장이다. 거대한 시멘트 공사로 반대쪽 끝이 아득해 보인다. 그 많은 반대에도 불구하고 이루어 놓은 현장은 말 그대로 장엄하다. 어릴 적 책에서 본 수풍 댐 같이 크게 보인다. 우리나라 토목 기술은 세계적이라는 사실은 잘 알고 있었지만, 처음 본 물막이 공사야말로 커다란 토목공사의 한 축을 이루고 있는 듯하다.

전망대에 올라가 사방을 둘러보니 멀리 산들이 병풍처럼 둘러싸여 있다. 높고 아름다워 다리가 떨릴 지경이다. 건축물 앞에서 전체기념 사진 촬영을 했다. 59년 전 졸업사진에는 모두 코흘리개였는데 이제는 모두가 빨래판 같은 얼굴로 목소리만 살아 "김치"라고 크게 외쳐 본다. 내 보기엔 입은 '김치'라고 하지만 얼굴 표정은 '김치'가 아닌 것 같다. 여기서 우리는 일정을 모두 끝내고 서로 껴안으며 작별 인사를 아쉽게 나누고 헤어졌다. 모두들 버스에 태우고 나홀로 돌아서니 왠지 가슴이 뭉클하다. 또 몇 번이나 다시 만날 수 있을까? 그들도 같은 마음인지 멀리 보이지 않을 때까지 두 손을 흔든다.

바쁘다는 핑계로 자주 참석도 못한 동창회였지만 이번에 친구들의 모습을 보니 모두가 갈 날이 그리 멀지 않았음을 직감할 수 있었다. 입학 때 3학급 백 수십 명이 가난과 전쟁의 혼란으로 총 80여 명만 졸업했다. 그 중에서 고희를 넘기는 동안 한 50명 살아있고, 그 중 한 10여 명은 연락도 없다. 40명 정도는 연락이 되지만, 참석하는 이는 20여 명이다. 그 중에 내가 한 사람이라는 것에 자부심을 느낀다. 교가를 부를 수 있는 유일한 사람이어서 더욱 그렇다. 연락이 되는 모두에게 수산복해壽山福海를 써서 우편으로 보내야겠다. 그래서 복 받아 더 오래 살고 한사람이라도 더 많이 오래 만나고 싶다.

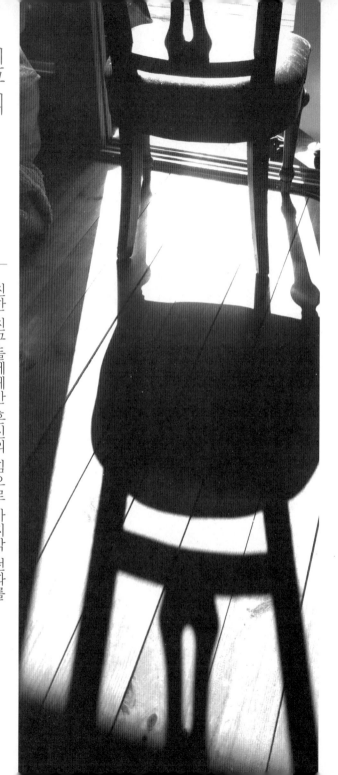

친구의 마지막 전화

친한 친구들에게만 혼신의 힘으로 마지막 전화를 한 모양이다. 친구의 영혼이 있어 마지막 작별인사라도 하고 싶었던 것이 아닐까?

"손 교수, 별일 없지?" 오랜만에 걸려온 친구 전화다. "갑자기 고 등학교 다닐 때 무전여행 갔던 생각이 나네" "그래 정 사장 나도 가끔 그 생각난다"하고 내가 말을 이었다. "정 사장 이제 우리 걸어서 가기는 힘들 겠지만 차 가지고 한 번 돌아보면 어때?" "난 말이야 그때 만났던 사람들 도 다 기억나거든"하는데 갑자기 전화가 중단되었다. 한참 후에야 "알았어 잘 있어"하고 전화를 끊어 버린다. 목소리에 너무 힘이 없다. 언제 가겠다 는 약속도 없이 전화를 끊어버리는 것이 못내 찜찜하다. 그러나 나는 혼자 서 계획을 해보았다. 한 일주일 특별 휴가를 내어 한 달간 다녔던 50여 년 전 그 길을 가보고 싶었다. 그때 한 달간의 여행 중 만났던 기억나는 이들 을 떠올리면서 어떻게 변했을까 상상해 보았다. 날짜 약속이라도 하고 싶 어 몇 번이나 전화를 돌렸으나 전화는 꺼져있고 통화가 되지 않았다. 친구 가 보고 싶다.

약 2개월 뒤 어느 날 새벽이었다. 여느 때처럼 개 세 마리와 함께 집을 나 섰다. 산속에 사는 나는 아침 일찍 동네로 내려가 신문을 가져오는 것이 일 과 중 첫 과제다. 그 날도 신문을 찾아들고 천천히 집으로 오던 중 걸으면 서 우연히 신문의 부음(별세자 명단) 난을 보고 깜짝 놀랐다. 부음 이름 중 두 번째 난에 내 눈이 정지 되었다. d사 정 사장 별세, 순간적으로 나는 털

썩 길바닥에 주저앉아 버렸다. 두 달 전 전화가 왔던 그 친구다. 유족 난에는 장남 서울 d 지원 판사, 사위 ○ 경찰서 팀장. 떨리는 손으로 전화번호를 찾아 전화를 걸었다. 착오이기를 간절히 바라며…. 며느리가 전화를 받았다. 나를 소개하고 부음 난에 이름이 올라있는 정 사장이 맞느냐고 물었다. 며느리는 그렇다고 하며 아버님 수첩에 선생님의 연락처가 있었노라 며 울먹인다. 대장암으로 몇 번 수술을 했으나 결국 돌아가시게 되었단다. 친구의 성격상 남에게 알리기를 싫어했기에 병중에는 아무도 알리지 못했다고 한다. 친한 친구들에게만 혼신의 힘으로 마지막 전화를 한 모양이다.

밥이 넘어 가지 않는다. 바로 세브란스 병원 장례식장 3호실로 달려갔다. 즐비하게 화환이 늘어서 있다. 자신의 꿈이 아들에게서 이루어 졌다고 기뻐하던 큰 아들 정 판사가 애통의 눈물을 흘린다. 딸이 더욱 심하게 통곡하여 눈뜨고 볼 수 없다. 내가 고등학교 때 코흘리개였던 두 여동생이 나를 알아보고는 나의 소매를 잡고 놓지 않는다. 몇 차례 수술 후 가망성이 없음을 눈치챈 본인이 수첩을 뒤지며 잊지 못할 사람들에게 혼신의 힘을 다하여 며느리의 보조를 받으며 마지막 전화를 했단다. 평소 깔끔한 성격의 친구는 병으로 추한 모습을 보이고 싶지 않아 아프다는 것을 숨긴채 마른 입술을 물수건으로 축이며 전화를 했다고 한다. 그 날 내게도 전화를 하였고 전화 중 대화가 중단되었던 이유를 이제사 알게 되었다. 입이 말랐던 것이다.

고등학교 1학년 겨울 방학 때 우리는 교복만 입은 채 당시 유행했던 무전여행을 떠났다. 대구를 출발하여 영천, 경주, 포항을 거쳐 동해안을 따라 올라가 삼척을 지나 도계 탄광촌 지역을 돌아 다시 영주, 안동, 예천을 거쳐 김천, 대구로 돌아오는 문자 그대로 무전여행이었다. 근 한 달 동안 보낸 긴 여행이었다. 주머니에 돈 한 푼 없이 교복 하나 걸치고 담임선생님의 학생임을 증명하는 확인서와 함께 도와주시면 고맙겠다는 추천서 하나를 가방에 넣고 떠났다. 당시 도처에 가짜 학생들이 많았기 때문이다.

걸어가다가 배고프면 아무 집에나 들어가 밥을 얻어먹으며 추운 겨울인데도 찬밥 한 덩어리를 얻어 나누어 먹기도 하였다. 잠자리가 없으면 불기가 하나도 없는 차가운 헛간 방에서 우리는 부둥켜안고 서로 체온을 주고받으며 잠을 청했다. 시골길에서는 이정표가 없어 헤매기도 한두 번이 아니었다. 농촌에서는 동네 이장 집을 찾아 잠자리를 얻었고, 도시에서는 빈대와 이가 득실거리는 무의탁자 합숙소란 곳에서 노숙자들과 같이 묵었다. 지도 하나 없이 걸어가다가 힘들면 버스 차장에게 통사정하여 얻어 타기도 하고, 마음씨 좋은 운전수 트럭에 짐짝처럼 실려 가기도 했다. 위급할 때는 담임 확인서와 추천서를 내밀어 도움을 요청했다. 그것을 본 이 들은 작은 도움이라도 줄려고 애썼다. 그 중 몇 사람은 잊을 수 없어 언젠가 다시 찾아뵙겠다고 속으로 다짐하기도 하였다.

삼척을 여행할 때다. 눈이 하얗게 덮인 삼척을 돌아보다가 삼척에서 가장 좋은 곳이 어딘지 물어 걸어서 눈을 헤치며 찾아간 곳이 죽서루였다. 관동 팔경의 하나로 삼척에서는 가장 훌륭한 장소였다. 눈 위에 우뚝 선 죽서루에는 찬바람이 세차게 몰아치고 있었다. 아무도 없는 그곳에 검은 교복에 흰 칼라를 깨끗하게 세운 여고생 두 사람이 눈에 띄었다. 우리는 예의를 차려 인사를 하고 우리의 신분을 밝히고 주소를 요청했다. 그들도 순순히 주소를 가르쳐주었다. 여행을 마친 후 몇 번의 편지가 오고 갔지만, 오래 가지 못하고 연락이 끊어지고 말았다. 지금쯤 그들도 할머니가 되어 있겠지.

심심할 때 우리는 서로 장래 포부도 밝혔다. 나는 시골 조그마한 초등학교 교장이 되고 싶다고 했는데, 친구는 고시를 해서 법관이 되고 싶다고 했다. 그 친구는 작은 체구에도 당차게 꿈을 이야기했다. 우리는 힘들어도 외롭지 않았다. 배가 고파도 괴롭지 않았다. 우리는 꿈이 있는 피 끓는 청년이었다. 우리는 단짝처럼 서로를 위해 주었다. 너무 많이 걸어 피곤하고 끝이 보이지 않을 때 나는 찬송가를 불렀다. 내가 가사를 아는 찬송가는 하나밖에 없었다. "멀리 멀리 갔더니 처량하고 곤하며 정처 없이 다니니"하고 부르면 그 친구도 교회에 나가지도 않으면서도 따라 부르다가 나중에는 둘이 합창을 했다. 우리는 찬송가로 마음의 위로를 받았다. 그 후 수십 년이 지난 어느 날 "야 손 교수 나도 장로 장립한다"하고 연락이 와서 한걸음에 달려가 축하해 주었다. 그때 같이 부른 찬송가를 하나님이 들으시고 기억해 주셨던 것일까?

50여 년이 넘은 옛 무전여행 하던 길을, 다시 가보지 못한 채 그는 돌아오지 못할 길로 가버렸다. 그는 그토록 꿈꾸던 법관은 못 됐지만 사업도 알차게 잘하였고, 자녀들을 훌륭하게 키워 큰 아들은 법관이 되었다. 나와 무전여행을 다니면서 찬송가를 같이 부르더니 결국 친구는 장로가 되었다. 기이한 것은 나는 지금까지 한 번도 신문의 부고란을 본 적이 없다. 더구나 죽은 자보다 산자들과 관계 맺는 것이 중요하다는 생각에 아침 일찍이 부고란은 보지 않는다. 그 날 그 시간 조간신문 부고란에 내 눈이 가장 먼저 머물렀다는 것이 신기하다. 친구의 영혼이 있어 마지막 작별인사라도 하고 싶었던 것이 아닐까? 나는 다시 한 번 그의 영정을 바라보았다. 꽃 속에서 날 보고 웃고 있었다. 천국이 좋은 모양이다. 잘 가라 친구야.

전원일기

우리가 바라는 꽃동네 새 동네도
자기하기 나름이다.

시골이 좋아 어느 날 무작정 서울에서 멀지 않은 용인으로 향했다. 일반적으로 땅을 먼저 보고 그 땅의 금액에 맞도록 돈을 조달하지만, 나는 조달할 수 있는 액수에 맞는 땅을 구입키로 했다. 땅 구입으로 인하여 가계에 부담을 주지 않기 위해서였다. 서울에서 한 시간 정도 달려 용인의 작은 동네에 들렀다. 수소문 끝에 이장里長을 찾았다. 이장에게 부탁해서 매물로 나온 땅, 그것도 내가 갖고 있는 금액에 맞는 땅을 몇 군데 살펴보았다. 마음에 꼭 들지는 않았지만 준비된 금액이 부족하지 않아 좋았다. 등기를 마치고 나니 그토록 갖고 싶었던 전원주택을 가진 것처럼 기뻤다. 그 후에도 사정 상 상당기간 방치할 수밖에 없었다. 언젠가는 이 땅에 산장 하나를 짓겠다는 꿈을 포기하지 않고 기다리던 중 3년 전 가을, 드디어 그 꿈이 이루어졌다.

먼저 땅이 위치한 동네에서 그리 멀지 않은 곳에 있는 아파트에 1년 정도 세를 얻어 혼자서 생활해 보기로 했다. 새벽마다 사는 집에서 1km 남짓한 거리를 걸어 밭에 다녔다. 운동도 할 겸 땅과 친해지고 싶었다. 아침 일찍 밭으로 가는 길에서 만나는 사람마다 먼저 인사를 했다. 처음에는 의아스럽게 쳐다보던 부락민들이 차차 나의 신분과 형편을 알게 되었다. 인사는 더욱 성실히 계속 진행되었다. 논, 밭에서 일하는 사람들에게도 빠짐없이 인사를 건넸다. 몇 달 후부터는 저쪽에서 먼저 인사를 걸어오게 되었다. 그 후부터 나는 자주 만나는 이들의 이름을 파악하려고 애를 썼다. 그냥 통상 인사보다는 이름을 부르는 것이 훨씬 더 친근감이 간다는 것을 알고 있었기 때문이다. 호칭은 어떻게 할까 생각하다가 무조건 사장으로 부르기로 했다.

신 사장, 장 사장, 오 사장, 김 사장, 이 사장 등 가장들에게는 사장으로 불렀다. 서 사장, 서 사장 외에는 어쩌면 그들 대부분이 호칭을 듣는 것은 처음인지도 모른다. 고령에 농사를 짓고 사는 순박한 이들, 자식들은 도시로 나가고 힘겹게 농사를 짓고 있는 분들이다. 생소한 호칭에 처음엔 어색해하던 그들도 점차 싫지 않은 분위기가 되었다. 작은 골짜기에 아침이 되면 "사장님"이라고 부르는 소리가 여느 도시 한복판처럼 들리게 되었다. "신 사장님 오늘 모심는 군요", "소 사장 오늘 일찍 나오셨네요", "장 사장 내일 우리 일 좀 해 주시지요" 등 골짜기의 분위기가 바뀌어갔다. 어느 날 좀 연세 지긋한 분이 "어찌 나같이 농사짓는 사람에게 사장이라고 불러 주십니까?"라고 좀 쑥스러운 듯 내게 물었다. 나름대로 나의 지론은 들려주었다. "서울 한복판에서 사장 소리 듣고 사는 사람들 중에는 남의 돈으로 빚더미에 앉아 자리만 사장인 사람도 많은데, 이 동네 사람들은 자기 땅에서 땀 흘려 농사짓고 열심히 사시니까 사장 소리 들어도 마땅하다"고 설명을 하니 좋아하며 기뻐했다.

사람들이 산책하러 올라가는 길가에 위치한 나의 땅은 동네 아낙들의 쉼터가 되기도 했다. 한가할 때는 이들과 따뜻한 차를 나누기도 했다. 내가 서툴게 텃밭을 가꾸는 동안 아침 산책을 나온 이들이 농사 훈수를 한마디씩 해주고 가셨다. 나는 시험 삼아 종묘상에서 파는 씨앗은 다 뿌려 보았다. 혼자 먹기에는 채소가 너무 많아 더러 나누어 주기도 했다. 풋고추를 한웅큼 따드리기도 하고, 가지 몇 개씩도 따드렸다. 호박과 호박잎은 노인네들이 특히 좋아하셨다. 별것 아니지만 동네에서 무언가 잘 나누어 주는 사람으로 소문이 났다.

모든 것이 열악한 골짝을 위하여 조금이라도 역할을 해야겠다고 궁리했다. 먼저 외진 곳이라 전화 회선이 배정되지 않아 일반 전화를 놓지 못한다고 한다. 전화뿐만 아니고 인터넷도 불가능하다는 이야기다. 통신공사에 민원을 제기했다. "명색이 수도권인데 전화마저 가설할 수 없다면 말이 되느냐"고 따졌다. 통신공사 접수자도 이해가 되는지 단시일 내에 마을에서 골짝까지 통신용 전봇대 여러 개를 설치해 가며 전화 회선을 충분히 쓰고 미래에도 쓸 수 있는 여유분까지 수백 회선을 확보할 수 있게 되었다.

골짝을 들어오는 길이 외길 농로뿐인데 그것도 꼬불꼬불 하여 사고 위험이 컸다. 경찰서에 찾아가 반사경이 필요한 곳을 지적하여 커다란 교통 반사경을 여러 개 설치했다. 이로 인하여 위험한 길에 조금은 안전하게 차량 운행을 할 수 있게 하였다. 겨울에 눈이 많이 올 때는 빙판길이 되어 위험하니 면사무소에 협조를 요청하여 충분한 모래주머니도 확보했다. 어둡던 골짝에 한전이 협조해주어 외등도 여러 개 설치하여 밤 보행에 지장이 없게 했다. 아직 불충분하지만 상당 부분 개선되어 살기에 크게 불편함은 면하게 되었다. 내가 이사 오기 전보다 개선되었다는 사실을 알게 된 주민들의 반응이 좋아지기 시작했다.

지역사회에도 참여키로 했다. 우선 농민원부에 등록을 하고 농협조합원으로 입회했다. 집에서 그리 멀지않은 단위 농협 내에 은행업무와 농협마트, 주민들을 위한 봉사센터가 개설되어 있다. 금전거래와 생필품 구매, 봉사센터에서 헬스클럽을 비롯하여 각종 운동과 교양프로그램을 즐길 수 있다. 나는 봉사센터를 최대한 많이 이용하고 있다. 또 봉사할 수 있는 것부터 자원봉사하기로 했다. 일주일이면 3회 이상 봉사센터에 들려 운동과 봉사 활동에 참여하고 있다. 만나는 친구들은 시골에서 적적하지 않느냐고 묻는다. 나는 농협이 있기에 적적하거나 심심할 시간이 없다. 작은 것이지만 봉사에는 보람을 느낀다. 주민들과 소중한 만남이 있어 귀하다. 텃밭에서 먹거리를 조달한다. 지역문협에 등록하여 참여하고 일주일 중 하루는 멀지 않은 곳에 훌륭한 선생님이 출장 지도하는 시·수필 문학 모임에도 출석한다.

가을을 지나 초겨울로 접어들면서 나는 집짓기 구상을 시작했다. 제일 먼저 해야 할 일은 토목 공사로 땅을 돋우는 복토 작업이었다. 원래 논이었던 관계로 땅이 길보다 낮았고 주변보다는 약 2m 정도 차이가 있었다. 집을 지으려면 이 차이를 줄이기 위한 엄청난 양의 흙이 필요했다. 전문가의 진단에 의하면 약 5,000톤 가량의 흙이 필요하다고 한다. 가까이 흙이 없어 멀리에서 운반해 와야 하는데, 이는 상당히 어려운 일이었다. 흙을 가져다주는 회사와 계약을 하고 날씨가 좀 쌀쌀해지는 날 흙을 받기로 했다. 흙받기에 적당한 날이 되어 15톤 트럭 7대가 동원되어 흙을 운반해주기로 했다. 그런데 문제는 트럭들이 좁은 동네길 주택가 한복판을 가로 질러야 하기 때문에 주민들의 민원이 제기될 수 있는 소지가 다분했다. 산자락에 위치한 내 밭까지 오는 데는 외길로 다른 차들의 양보가 없이는 도지히 불가능했다. 대형 덤프트럭이 지나가면 주택이 흔들릴 지경이다.

흙을 받는 첫날, 트럭이 몇 대 오간 후 승용차 두 대가 우리 공사 현장에 달려왔다. 내가 잠깐 자리를 비운 사이 화가 난 주민대표들이 들이 닥친 모양이다. 흥분한 주민대표들이 트럭 운전기사들과 실랑이를 벌이고 있었다. 그들이 나를 보고 놀라는 기색으로 "교수님이 공사하시는 줄 모르고 주민들이 항의가 있어 확인차 왔습니다"고 한다. "운전기사들에게 좀 천천히 달리라고 주의를 주십시오"하고는 다들 조용히 물러가 주었다. 내가 아는 이들 중에 시골에 집을 짓다가 주민들로부터 항의 민원이 들어와 집짓기를 중단한 사람도 더러 있다. 그 날 해질 무렵 동네 할머니들이 보온병에 커피를 끓여 들고 와서 추운 날씨에 수고한다고 운전기사들에게 서비스를 한다. 트럭기사들이 놀란다. 주민들로부터 항의 받는 일은 많지만 따뜻한 커피 대접받기는 처음이란다. 이후로도 집을 완성하기까지 주민들로부터 작고 큰 도움을 많이 받았다. 힘겹게 완성하고 집들이 하는 날은 이웃을 모두 불러 삼겹살 파티로 고마움을 표하기도 했다.

가을이 깊어가는 어느 날 서울에서 야간 수업을 하는 중 동네 할머니로부터 전화를 받았다. 일기예보에 오늘 밤에 된서리가 온다고 했다는 것이다. 추위에 얼어 버릴 수 있는데 고구마는 얼면 썩어서 못 먹는다고 하신다. 우리 집 고구마가 걱정되어 할머니들이 우리 고구마를 다 캐고는 얼지 않도록 우선 고구마 순으로 덮어 두었다고 하며 늦게 오더라도 안으로 들여놓으라고 당부한다. 산책오다 보니 우리 밭의 고구마가 걱정되어 노인들이 힘이 드는데도 자기들 일처럼 캐두었다니 가슴이 뭉클하다. 그 노인들은 자기 몸 가누기도 쉽지 않은 이들이다. 됫박으로 주고 말로 받는다고 했던가? 나는 가마니로 받고 있다.

가끔 해외여행 등으로 장기간 집을 비울 때도 있다. 그때마다 이웃들이 자기 집처럼 돌봐준다. 특히 개와 닭과 오리 등 가축들도 있기에 어려운 일이지만 우리 이웃은 전혀 걱정 없도록 돌보아주신다. 다른 이들은 전원생활을 하면서 가축을 기르면 여행을 포기해야 한다고 하지만, 우리는 일 년에 몇 번씩 집을 비워도 좋은 이웃이 있어 걱정하지 않아도 된다.

전원생활, 도시인이면 모두가 다 바라는 것 중의 하나라고 할 수 있다. 땅 사는 것부터 시작하여 해야 될 일이 만만치 않다. 특히 욕심으로 큰 땅을 사둔 이들은 실패할 수도 있다. 다만 전원생활의 목표를 세우고 그 방향으로 땅을 만들어 가야 한다. 우리가 바라는 꽃동네 새 동네도 자기하기 나름이다. 마음을 담은 인사 한 마디라도 동네 사람들과 정을 나누고, 그들의 배려로 복토 같은 어려운 일도 순조롭게 진행되었다. 투기 목적이 아니라

값이 오를 확률은 적지만 내 일생 충분히 사랑할 수 있는 산장을 짓고 산 지도 벌써 여러 해가 지났다. 도시는 30도를 웃돈다고 하고, 열대야로 밤잠을 설친다고 야단이지만, 우리는 밤에는 창문을 닫고 이불을 덮고 잔다. 오늘도 몇 분의 농사꾼 사장님들을 만나고, 산책 나온 할머니들과 덕담으로 하루를 시작한다. 정을 주고받는 미소 속에 나의 전원생활은 즐거움으로 채워진다.

지리산
둘레길에서

금성과 화성에서 따로 자라 지구에서
살고 있는 듯한 우리 부부. 서로 대화하는 중에
대부분의 의견이 접근점에 도달했다.

아침에 일어나 송흥록 악성樂聖 생가와 박초월 명창의 생가를 돌아보았다. 불모의 땅에서 한 분야를 개척하여 일구어낸 선각자들이다. 깨끗이 정돈된 초가집에서 그들의 정갈한 모습을 엿볼 수 있다. 자칫 묻혀버릴 뻔한 국악을 정리하여 후배들에게 남기고 가신지 오래되었지만 그 열정은 아직 살아 움직이는 듯하다. 7시 30분 경 민박집을 나섰다. 주인 아주머니는 떠나는 우리들에게 가는 길과 오늘밤 목적지에서 묵을 민박집을 소개해 주는 것을 잊지 않으셨다.

강둑을 지나 이정표가 시작되는 다리를 건너 자동차 길을 따라 한 30여 분을 걸었는데도 빨간 삼각형 안내표지가 나타나지 않는다. 집은 드문드문 있어도 사람이 통 보이지를 않으니 물어볼 데도 없다. 가도 가도 이정표는 나타나지 않고 햇살만 점점 더 따가워지는데 뒤따라오는 집사람도 좀 지친 표정이다. 할 수 없이 지난밤 묵었던 민박집 할머니에게 전화를 해보니 지나온 길을 다시 되돌아 가란다. 출발할 때 다리를 건너기 직전에 있는 이정표는 다리를 지나자마자 곧바로 다음 이정표가 보인다는데 우리는 그것을 지나쳐 1시간 이상 땡볕을 걸어온 셈이다.

한 시간 이상을 반대 방향으로 걸어온 집사람의 인상이 피곤하고 어두워 보인다. 이럴 때 하는 나의 방법이 있다. "여보 미안해" "내가 이정표를 잘

못 본 것 같네" 선수를 치니, 집사람 얼굴이 펴지면서, 걷기 위해 온 여행이 니 별 차이가 없지 않느냐고 나를 위로한다. 나의 선수가 먹혀 들어간 것이 다. 서로 원망하면 더 힘들어질 수 있는 상황에서 한마디 먼저 사과하는 것 이 얼마나 긴요한 응급처치 약인지를 확인한다. 뒤돌아 다리까지 와서 확 인해 보니 이정표가 난간에 가리어 잘 보이지 않게 서 있다. 집사람은 잘 보이지도 않는 표지판을 둘레길 홈페이지에다 신고하자고 말한다. 집에 돌 아가서 그러자고 약속하며 이정표를 따라 산길로 접어들었다.

몇 개의 산을 넘으니 드디어 마을이 나타난다. 민박집이 한동네를 이루고 있는 인월읍이다. 옛날 생각이 나서 시장에 들려 보았으나, 장날이 아니라 볼 거리가 별로 없다. 간식거리를 사들고 다시 걸었다. 산은 첩첩으로 에워싸여 있고 산길은 끝없이 이어진다. 다행이 군데군데 빨간 삼각형이정표가 뚜렷 하여 우리들의 발길을 재촉한다. 도중에 밥집은 아무 데도 보이지 않는다. 시 장하여 개울가에 가지고 온 간식을 펴놓고 먹었다. 산골에 흐르는 물을 손으 로 퍼마시며 우리가 원시생활로 돌아가는 것 같은 기분을 맛본다.

등산길 같은 가파른 산길을 걷기 시작했다. 한 시간 남짓 걸었을 때 이정 표에 백연사라는 절간이 멀지 않은 곳에 위치한다고 적혀 있었다. 잠깐 쉬 어 가기로 하고 절간에 들렀다. 울창한 숲으로 둘러싸인 꽤 큰 절간인데 아 무도 없이 조용하다. 긴 통나무 파이프를 통하여 내려오는 물줄기가 적막 을 깨뜨리고 있다. 절은 고찰이 아니고 신식 기와집으로 되어 있다. 아무도 보이지 않고 새소리마저 숨죽인 듯하다. 물 한 바가지씩을 마시며 목을 축이고 있는데, 절복을 입은 아주머니 한 분이 산 뽕잎을 큰 자루에 넘치도록 담은 푸대를 짊어지고 나타났다. 움찔 놀란 우리를 보고 안면에 훤한 미소를 띠우며, 마치 오래 전부터 잘 아는 사람처럼 우리를 반갑게 맞아 준다. 우리를 주방 쪽으로 안내하고 그 분이 만든 특별하고도 아주 시원한 차 한 잔씩을 정성스럽게 준다. 그 맛이 처음 먹어보는 일품이다. 차를 마시는 동안 그 분은 절간에 대해 간단한 설명을 해주었다. 우리와 더 많은 이야기 나누고 싶어하는 듯 보였다. 우리는 갈 길이 바빠 일어서자 냉장고에 보관된 큰 페트병 하나 가득 담긴 이름 모를 차를 나의 배낭에 꽂아주며 아쉬운 인사를 건네었다. 또 언젠가 한 번 놀러 오라고. 절간을 떠나는 우리들도 잠깐이었지만, 그 따뜻한 마음에 겨워 떠나기가 아쉽다. 언젠가 한 번 더 와서 Temple Stay라도 했으면 하는 생각이 든다. 금방 숲에 가리어 보이지는 않았지만 다시 오라고 당부한 그 분이 멀리까지 서서 배웅하고 있는 것 같다.

　우리는 아무도 없는 산길을 둘이서 걸으며, 결혼 43년을 맞은 우리들의 과거를 지나 현재와 미래에 관한 대화를 주고받았다. 금성과 화성에서 따로 자라 지구에서 살고 있는 듯한 우리 부부, 서로 대화하는 중에 대부분의 의견이 접근 점에 도달했다. 앞으로 남은 삶에 있어서도 지금처럼 서로의 사생활은 존중하기로 하고 행복권도 서로 세워 나아가기로 한다. 나이 많아 병들면 최선을 다해 간호에 힘쓰지만 불치의 병으로 판정되면 요양원에 입원시키기로 한다. 또 중병으로 각종 주사 바늘을 꽂아 의미없는 생명을 유지시키는 일은 서로를 위해 하지 않는 걸로 했다. 이를 위해 기회 있는 대로 공중을 해두기로 약속했다. 여기까지 이야기가 도달하고 나니 뭔가 숙연해 진다. 누구도 피할 수 없는 마지막 향연, 이 향연은 초침 소리와 함께 우리에게 점점 가까워 오고 있다는 사실이 실감된다. 유산은 우리가 궁색하지 않게 쓰고 남으면 뜻있는 일에 어느 정도 헌납하고, 3남매 형편에 따라 분할하기로 했다. 한 가지 이견異見은 음택 문제다. 나는 내 고향 선산에 묻히고 싶은데 집사람은 그곳이 자기 고향이 아니고 서울 사는 아이들이 찾아오기도 힘들다며 서울 근교 공원묘지를 주장한다. 죽은 후까지도 자식 생각하는 모성애가 묻어나 보인다. 이는 다음에 아이들과 더 깊은 상담을 한 후에 결정키로 했다. 43년 전 그때처럼 집사람의 손을 꼭 쥐어 보았다. 이제 긴 세월 속에서 까칠해졌지만 온기는 남아 따뜻하다.

이야기가 진지해지고 길어지면서 큰 힘 드는 줄도 모르고, 꼬불꼬불 험한 산길을 지나 비교적 평탄한 배네미재를 넘어서니 앞이 탁 트인다. 이곳이 장항마을이란다. 아침 떠날 때 목표했던 매동마을이 지도상 그리 멀지 않다. 남은 체력을 다하여 열심히 걸었지만 좀체 마을이 눈에 들어오지 않는다. 어제 민박집에서 갖고 온 매동 민박집 번호로 연락하여 마지막 힘을 다해 찾아 갔다. 매동 마을은 지리산 주봉 자락 아래 위치한 둘레길의 요충지로 마을 전체가 민박을 해서 먹고 살아가는 동네이다. 한 50여 호 가구가 산자락에 둥그렇게 자리잡고 있는데, 대나무 숲이 간간히 주위를 둘러싸고 있어서 보기에도 운치가 있다. 이곳은 그 유명한 지리산 뱀사골 들어가는 길목이다.

집사람과 여러 시간 삶에 대한 속내를 나눌 수 있었던 의미있는 걷기를 한 하루였다. 때로 집착과 탐욕으로 한치 앞을 보지 못한 채 휩쓸려 살아온 우리, 한걸음 멈추어 돌아보고 언젠가는 다시 돌아오지 못할 먼 길 떠나야 할 일까지 생각해 볼 수 있는 참 좋은 기회였다. 그 날이 와도 태연하게 맞을 수 있기를 다짐해 본다. 언젠가 그 날 헤어져야 할 집사람이 내 옆에서 편안하고 깊게 잠자고 있음에 감사하며 잠을 청한다. 낮에 만났던 백영사 그 분이 눈에 아물거린다. 오늘 32,192보 걸었다.

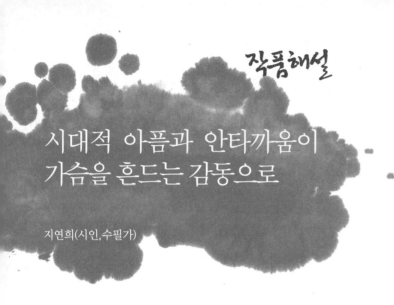

작품해설

시대적 아픔과 안타까움이
가슴을 흔드는 감동으로

지연희(시인, 수필가)

수필은 '우주를 관조해서 나와 우주 사이에 숙명적으로 매어져 있는 오묘한 유대를 발견하고 해명해야 하는 것이다'라고 소설가 박종화朴鍾和 선생님은 피력하고, 시인 김광섭金珖燮 선생님은 '수필은 달관과 통찰과 깊은 이해가 인격화된 평정한 심경이 무심히 생활 주변에 혹은 회고와 추억에 부딪쳐 스스로 붓을 잡음에서 제작되어지는 형식이다'라고 했다. 물론 한국수필문학이 문학 장르로 정립되며(1971년 한국수필가협회 창립) 수필 문학 장르 확립을 위한 소설가와 시인의 시선으로 피력하신 말씀들이 싶다. '여기의 문학' '잡문' 등으로 문학지의 후미에 천덕꾸러기처럼 발표되어지던 시절을 지나온 '수필 문학' 장르에 보내는 깊은 통찰이다.

오늘의 수필 문학은 형식변화와 의식意識 변화를 꿈꾸고 있는 많은 수필가들에 의해 다소의 수정이 요구되어진 건 사실이다. '붓 가는대로 쓰는 글' '형식 없이 쓰는 글'이라는 고정 관념에서 수정되어야 한다는 문제이다. 산문적 언어를 사용할 수밖에 없는 '수필'이 '글의 형식'을 무시하고 쓸 수 있는 것이 아니며 어떤 문학작품이든 '무형식'의 글이 있을 수 없다는 견해이다. 한 편의 글을 읽으면 그 글이 안고 있는 주제의식이 있고 주제를 아우르는 다양한 소재들이 글의 목적을 반영하게 된다. 주제가 있는 글은 설계가 필요한 것이며 설계란 집을 짓는 도면과 같아서 훌륭한 글을 쓰기 위한 일은 훌륭한 집을 짓는 일과 다르지 않다는 것이다.

오늘 첫 수필집을 상재하는 손거울님의 수필집 「울 엄마 치마끈」은 글의 형식에 기대어 문장의 유연한 흐름 속 자유로운 기억과 상상의 크기로 40편의 수필을 완성하여 단단한 구조를 이루고 견고한 집 한 채를 세웠다. 더구나 초등학교 시절의 어린 '나'에 초점을 맞추어 이야기를 전개하고 있는 이 한 권의 수필집은 시대적 역사성과 한 가정의 가족사를 긴장의 시선으로 들여다 볼 수 있어 깊은 감동을 전하고 있다. 현재 작가의 나이는 71세이다. 대학 강단에서 후학들을 가르치고 정년이 되어 글쓰기를 시작하여 한국문인협회 수필분과에 적을 두고 있는 수필가이다.

워낭 소리에 귀를 기울이며 신작로에서부터 우리는 읍내로 향하여 길을 걷는다. 차가 좀처럼 지나가지 않은 휑한 도로, 모두 귀를 쫑긋하게 세우고 우리 소의 워낭 소리가 들릴 때까지 걷는다. 우리 소의 워낭 소리는 특별했다. 작은 원기둥처럼 생긴 황금색 황소 워낭으로 밤에는 멀리까지 들렸다. 떵그렁 떵그렁 하는 소리가 좀 투박하면서도 정감이 가는 완숙한 남성의 매력을 물씬 풍기는 저음을 냈다. 아버지는 한 번도 암소를 기르지 않으셨다. 일이 많아 암소는 힘이 부쳤기 때문이겠지만.

한편으로는 그 워낭 소리를 워낙 좋아 하셨고 그 워낭은 암소에게는 어울리지 않았기 때문이 아니었을까하는 생각도 든다.

멀리서 워낭 소리가 들리면 우리는 모두 환호성을 올렸다. 어쩌다 아버지가 좀 늦게 오시는 날은 우리들은 동네에서 한 오 리 정도 떨어진 길가에 멈추어 서서 기다리곤 했다. 어두운 겨울에는 서로 꼭 껴안고 체온을 유지하며 워낭 소리를 기다렸다. 그러다가 막내인 내가 깜박 잠이 들면 큰 형이 나를 업고 기다렸다. 아버지가 오시는 것은 확실하기 때문에 뒤돌아 가는 일은 한 번도 없었다.

– 수필 「워낭 소리」 중에서

오늘은 아들 중 막내인 나의 고무신을 사주기로 한 날이다. 몇 차례 약속을 미루었던 터라, 이제 더 이상 거절할 수 없는 모양이다. 치맛자락을 잡고 따라나서는 나를 귀찮지만 데리고 가 주신다.

이고 간 곡식을 현금으로 바꾼 후 씨앗 가게, 양잿물 가게, 채소 가게, 양말가게 등 골목 장 몇 군데를 들리신다. 가는 곳마다 좀 더 싸게 사시려고 같은 물건 가게를 몇 번씩 들려 가격을 물어 보신다. 가장 싼 가게에 가서 한 푼이라도 더 깎으려고 가게 주인과 실랑이를 벌이느라 시간이 많이 걸린다. 장바구니는 차곡차곡 채워진다. 점심 때가 지났는지 시장기가 돈다. 엄마는 허수룩한 단골 우동 집에 들러 우동을 한 그릇만 시킨다. 왜 한 그릇만 시키느냐고 물으니 엄마는 아침밥을 많이 드셨기에 괜찮다고 하신다. 그래도 우동집 주인은 젓가락을 두 개 가져다준다. 엄마는 젓가락으로 우동을 저어 주시고는 단 몇 젓가락 맛만 보시고 내 쪽으로 그릇을 밀며 "배고프지 많이 먹어라" 하신다. 나는 참으로 엄마는 배가 고프지 않은 줄 알고 입술로 후루룩 후루룩 소리를 내며 잘도 먹었다. 입가에 잔잔한 미소를 머금고 게걸스럽게 먹는 막내를 신기한 눈으로 들여다 보신다. 마지막 남은 국수 몇 가락과 국물이 남았는데 엄마는 음식은 버리면 안 된다고 하며 말끔히 드신다. 그리고 물이 따뜻해서 좋다고 하시며 몇 잔을 연거푸 드신다. 손가락을 구부려 가며 주머니의 돈을 세어 보시고, 장 볼 물건을 몇 번이나 확인하신다.

– 수필 「울 엄마 치마끈」 중에서

산골 마을에 설부터 시작된 정월 대보름 축제는 농악 소리가 잦아지면서 그 막을 내린다. 오랜만에 찾아온 햇살로 따뜻하게 데워진 골목에는 겨우내 방 아랫목에 갇혀 지내던 개구쟁이들이 모여들어 와글거리기 시작한다. 먼 산에 남아 버티던 흰 눈은 시야에서 점차 사라져가고 있다. 길섶에 잔설도 언제인지 모르는 사이 자취를 감추고 녹색으로 바뀌기시작한 보리밭 사이로 동네에서 읍내로 향하는 소 구루마(우차) 길이 트이게 된다. 이 길따라 맨 먼저 우리들이 반기는 손님이 가위 소리를 요란하게 내며 찾아온다. 엿장수 아저씨다.

가끔 찾아오는 엿장수 아저씨는 작은 손수레를 끌고 오는 이도 있었고, 바지게에 엿 반티(상자)를 지고 오는 아저씨도 있었다. 때로는 엿 상자를 멜빵을 하여 지고 오는 아저씨도 있었다. 이들이 동네 입구에 도착하면 모두 하나 같이 목소리가 컸고 커다란 가위 소리에 온 동네가 진동하는 듯했다. "수저 몽디 부러진 것, 댓곱빼리 뿌러진 것 고무신 떨어진 것, 냄비 구멍 난 것, 솥전 떨어진 것, 병 깨어진 것, 몽땅 가지고 오이소 엿을 왕창 드립니다." 찰가장 찰가장 가위 소리에 장단 맞추어 멋지게 외친다. 골목마다 모여 놀던 우리들은 우르르 엿장수 외치는 곳으로 모인다.

– 수필 「엿장수 아저씨」 중에서

　　수필 「워낭 소리」를 감상하면 곁에 두고 기르는 황소를 수족처럼 지극히 아끼는 아버지와 4형제가 나누는 혈육애의 깊이를 느낄 수 있다. 밤늦도록 워낭 소리 앞세워 장터에서 돌아오시는 아버지를 신작로 길에 나와 기다리는 형제의 모습이 정겹다. 어린 형제들 간의 다감한 관계가 거미줄처럼 끈끈하여 부러움의 동기가 된다. 겨울 밤 추위가 몰려오는 날은 귀가 길의 아버지를 기다리다 어린 막내를 등에 업어 추위를 감싸는 큰 형의 배려가 아름다운 정서로 남는다. 귀가 길의 아버지는 얼마나 가슴 훈훈하실까 그 심저를 잴 수 있을 것 같다. 바라만 보아도 든든하셨을 것이다. '멀리서 워낭 소리가 들리면 우리는 모두 환호성을 올렸다. 어쩌다 아버지가 좀 늦게 오시는 날은 우리들은 동네에서 한 오 리 정도 떨어진 길가에 멈추어 서서 기다리곤 했다. 어두운 겨울에는 서로 꼭 껴안고 체온을 유지하며 워낭 소리를 기다렸다. 그러다가 막내인 내가 깜박 잠이 들면 큰 형이 나를 업고 기다렸다. 아버지가 오시는 것은 확실하기 때문에 뒤돌아 가는 일은 한 번도 없었다.' 형제 간의 정이 깊고 돈독하여 귀감이 되고 있다. 각박한 현대사회가 안고 있는 핵가족 제도 안의 가정에서는 맛볼 수 없는 혈육의 정이다.

　　수필 「울 엄마 치마끈」은 5일장 날 막내 아들의 고무신을 사주기 위해 아들의 손을 잡고 장터에 간 어머니의 순도 높은 자식 사랑이 묻어난다. 허기진 자식의 주린 배를 채워주기 위해 우동 한 그릇을 시키고 당신은 배가 불러 안 먹어도 된다는 가난한 시절의 참어머니 모습이 감동적으로 묘사되었다. 당신의 주린 배는 허리의 치마끈으로 동여매며 허기를 참는 거룩한 어머니 像이다. 철없는 아들이 남긴 몇 가락의 국수와 국물을 버리면 안 된다고 말끔히 그릇을 비우시던 어머니의 모습은 가슴 뭉클하게 한다. '시장 골목을 돌아 강둑으로 나오니, 제법 찬 공기가 횡하니 몰아친다. 엄마는 짐을 내려놓고 치마끈을 다 풀더니 다시 힘을 주어 동여매어 추스르신다. 큰 사탕 하나를 내게 물려주시고 엄마도 하나 입에 넣으시는 것을 보았다. 강을 건너고 들판을 지나고 까맣게 이어진 철길을 따라 집으로 오는 길은 멀기도 하다. 한 시간 넘게 걸었다. 우리 동네 뒷산이 멀리 보이고 그 꼭대기에 해가 걸려 있다. 짐이 무거워 집으로 돌아오는 길이 더 멀게만 느껴진다. 길 옆 마을에는 벌써 저녁연기가 피어오르고 있다. 엄마는 철로 옆에 보따리를 내려놓고 큰 숨을 길게 내쉬며 또 한 번 치마끈을 졸라매신다. 이번에 매듭이 더 길어 보인다.' 어머니의 치마끈은 주린 배의 허기를 묶는 끈이었다. 당신의 허기는 가족의 안위를 위한 사랑이며 인내였던 것이다.

　수필 「엿장수 아저씨」는 군것질이 귀하던 시절 유일하게 동네에 찾아와 엿을 팔던 아저씨의 주저리 주저리 언성을 높여 소리치던 호객행위를 기억하게 한다. 커다란 가위질 소리와 함께 온 동네 아이들을 불러 모으던 아저씨의 목소리는 온 동네에 퍼져나갔다. 구멍 난 고무신은 물론이고 구멍 난 양은 냄비도 엿을 바꾸기는 수월했던 물건들이다. 작고 얇은 쇠붙이를 엿에 대고 가위의 등으로 톡톡 두드리면 고무신 값의 엿이 바꾸어지던 시절이다. 그때 아이들의 그 달콤한 엿은 세상에 없는 군것질이었다. 손거울 수필가가 어린 시절의 시선으로 비추어낸 '엿장수 아저씨'는 대한민국 50~60년대의 사회적 풍경이며 정겨운 삶의 일면이었다. '가끔 찾아오는 엿장수 아저씨는 작은 손수레를 끌고 오는 이도 있었고, 바지게에 엿 반 티(상자)를 지고 오는 아저씨도 있었다. 때로는 엿 상자를 멜빵을 하여 지고 오는 아저씨도 있었다. 이들이 동네 입구에 도착하면 모두 하나 같이 목소리가 컸고 커다란 가위 소리에 온 동네가 진동하는 듯했다. "수저 몽디 부러진 것, 댓곱빠리 뿌러진 것 고무신 떨어진 것, 냄비 구멍 난 것, 솥전 떨어진 것, 병 깨어진 것, 몽땅 가지고 오이소 엿을 왕창 드립니다." 찰가장 찰가장 가위 소리에 장단 맞추어 멋지게 외친다. 골목마다 모여 놀던 우리들은 우르르 엿장수 외치는 곳으로 모인다.' 집 안 구석에 있는 무엇이든 다 엿으로 바꿀 수 있을 것 같던 엿장수 아저씨의 호객은 동네아이들을 들뜨게 했던 추억 속 그림이다.

아버지가 아침에 자고 일어나서 제일 먼저 하시는 일이 담뱃대에 불붙이는 일이었다. 부싯돌에다 부쇠를 부딪치는 소리가 요란하였다. 찰깍찰깍 수십 번 부딪쳐야 겨우 불꽃이 튕긴다. 불꽃이 솜에 올라붙으면 담뱃대에 불을 붙일 수 있었다. 때로 불이 잘 붙지 않으면 아버지는 오랫동안 찰깍거리셨다. 담뱃불 붙이기가 그리 어려운데도 담배는 끊지 않으시고 늘 즐기셨다. 가끔 이불 속에서 찰깍거리는 부싯돌 소리에 잠을 깰 때면, 나는 아버지가 왜 그렇게 열심히 담배를 피우시는지 이해하기 어려웠다.

아버지는 어딜 가시던지 담배쌈지는 꼭 지니고 다니셨지만 가끔은 잊고 일보러 가실 때도 있었다. 한 번은 소 구루마를 몰고 시장으로 가신 후, 아마 신작로까지는 가셨으리라 여길 즈음에 도로 집으로 오셨다. 우리들은 깜짝 놀라 사고가 난 줄 알고 물었으나, 아버지는 말없이 사랑방으로 들어가시더니 담배쌈지를 꺼내 들고 나오셨다. 신작로에서 담배 생각이 나서 길가에 소 구루마를 세워두고 다시 오셨나 보다. 담배쌈지를 들고 나가시면서 힐끗 우리들을 돌아보고 겸연쩍게 웃으셨다. "그깟 담배 하나 못 끊어 저렇게 고생을 해." 엄마의 궁시렁거리는 소리를 못들은 채 하시며, 아버지는 힘찬 발걸음으로 담배 연기와 함께 신작로 쪽으로 사라지셨다.

– 수필 「아버지 담뱃대」 중에서

포장을 친 가설극장에는 발전기 모터 소리가 요란하다. 전기가 들어오지 않은 까닭이다. 주로 흰 천으로 경계를 두른 임시 극장은 힘센 덩치 큰 친구들이 완장을 두르고 순찰을 하며 한몫 번다. 약삭빠른 녀석들이 용케도 포장을 뚫고 공짜 구경을 하기 때문에 이들을 막아주는 대신에 아마 공짜 표를 얻는 모양이다. 영화가 시작될 즈음이면 시장바닥처럼 요란하던 주위가 조용해진다. 그런대로 장내가 정리되고 필름이 돌아가면, 고장 난 라디오 잡음소리처럼 찌찌거리며 장내에 시끄러운 소리가 퍼진다. 스크린에는 얼마나 많이 사용한 필름인지 창문에 빗방울 뿌리듯 줄이 쭉쭉 그어진 영화가 상영된다. 한참 돌아가다 보면 필름이 뚝 끊어지고, 필름을 이어 붙이는지 한참 쉰 후에 계속 되곤 했다. 그렇게 하고도 영화를 끝까지 다 볼 수 있는 날은 드물었다. 몇 차례 끊어지고 잇고를 되풀이 하다가 끝내는 "죄송합니다. 몇 차례 최선의 노력을 해보았으나 도저히 상영할 수 없어 이만 중단 하겠습니다." 이러한 멘트와 함께 잔뜩 기대했던 영화는 줄거리도 모른 채 돌아서야했다. 아마도 사고는 필름이나 영사기에 있었고, 발전기 고장도 있었던 모양이다. 아무도 따지는 사람도 묻는 사람도 없었다. 고장 난 자체를 믿고 돌아서야 했다. 활동사진이 가끔 활동 못하는 사진이 되기도 한 것이다.

– 수필 「활동사진」 중에서

엄마는 이른 봄 목화씨를 심는다. 문익점 선생이 중국에서 가져왔다는 목화씨는 생김새부터 좀 특이하다. 콩보다는 좀 더 크고 타원형에다 씨껍질에 솜털이 달려있다. 이것은 심는 방법도 특이하다. 심기 전에 먼저 소변에 담가 소독을 한 후, 고운 나뭇재에 굴려가며 고물을 묻히고 나서 우리는 정성스럽게 밭에다 심었다. 잘 자란 목화는 초여름에 무궁화 꽃처럼 예쁜 꽃을 피우고, 꽃이 지면 다래가 달린다. 가을 바람이 불면 점차 붉은 빛을 띠우며 익어간다. 그러면 우리는 익은 목화를 꺾어 양지바른 곳에 줄지어 말린다. 쌀쌀한 바람 탓에 건조해진 껍질을 터뜨리며 하얀 목화송이는 마치 흰 구름이라도 피어나듯 산비탈을 하얗게 물들인다.

엄마는 광주리를 머리에 이고 목화를 따러 자주 뒷산에 가셨다. 흰 수건을 눌러 쓰시고 혼자 외롭게 목화를 따시는 모습이 학교 갔다 돌아오는 내 눈에는 먼 데서도 잘 보였다. 나는 큰 소리로 "엄마"하고 부르면 벌떡 일어나서서 손을 흔들며 "어서 집에 가서 밥 묵으래이. 배고프겠다"하시고는 다시 목화를 따신다. 막내 아들 격

정만 하시고 목화를 따시는 엄마를 보면 내 마음이 편치 않았다. 엄마는 가끔씩 광주리에 수북이 흰 목화를 따 담아오시곤 했다. 목화 따는 작업은 며칠마다 한 번씩 수차례 이루어진다.

– 수필 「엄마의 길쌈」 중에서

수필 「아버지 담뱃대」를 짚어보면 특별한 취미 없이 일에만 열중이신 아버지의 담배사랑이 이야기의 중심이다. 어디를 가시든지 담배쌈지를 챙기는 아버지의 집념이 집안의 가장인 아버지의 위엄과 자존심만큼 존재하고 있다. 아버지는 한시도 담배쌈지를 몸에서 떼어내지 못하였는데 마치 동반자이거나 친한 친구로 생각하실 정도였다. 누렇게 말린 엽연초에 불을 붙이실 때면 부싯돌에 부쇠를 부딪쳐 불을 일으키곤 하셨는데 그 소리가 요란스러웠다고 한다. 어린 소년과 아버지가 사시던 시대적 배경이 면밀히 드러나는 이 수필은 오늘 날 현대문질문명의 변화가 얼마나한 발전을 이룩하였는지를 극명하게 보여준다. 담뱃대에 엽연초를 넣어 피우는 사람이나 부싯돌을 사용하여 담뱃불을 붙이는 사람은 현재 대한민국 어떤 오지에서도 만나기 어려운 현실이다.

수필은 필자가 세워 놓은 시간과 공간의 배경에서 벗어날 수 없다. 정치 문화 사회 등 역사의 흐름을 반영하게 되어 과거와 현재를 잇는 징검다리가 된다. '일을 운명삼아 별 다른 취미가 없으셨던 아버지는 담배를 즐기셨다. 어디를 가셔도 담배쌈지는 챙기셨다. 아버지 담배쌈지에는 누렇게 말린 엽연초와 불그스름한 색을

267

띈 부싯돌과 쇠로된 부시 쇠 그리고 쑥을 말려 부드럽게 손으로 비벼 만든 부시 솜 등이 복잡하게 들어있었다. 멀리 가시다가도 혹 담배쌈지를 잊어버리셨으면 다시 돌아와 반드시 가지고 가셨다. 쌈지는 아버지의 동반자였고 담배는 아버지의 가장 친한 친구였다.' 그 시절의 실생활 속으로 가 닿을 수 있는 세부적 사실을 담고 전하는 일이 수필문학의 역할이기도하다.

60여 년 전 초등학교 어린 아이의 시선으로 풀어낸 이 수필집의 많은 이야기는 마치 전설 속의 비화처럼 낮은 목소리로 당시의 정서를 담아 서술되고 있다. 주로 가족을 중심으로 아버지와 어머니 형제들과 체험한 이야기 속에서 숨을 쉬지만, 수필 「활동사진」은 동네 가운데 포장을 친 가설극장이야기이다. 영화가 시작되면서 시장바닥처럼 소란스럽던 가설극장은 조용해지지만 발전기 소리가 요란하다. 전기가 들어오지 않아서다. 흰 천으로 경계를 두른 임시극장은 포장을 뚫고 공짜 구경을 하기 위해 숨죽이며 찾아드는 녀석들이 있었다. 그들을 순찰하던 힘센 사람들이 완장을 두르고 순찰을 했다는 이야기와 몇 번씩 필름이 끊어져 결국 영화를 보지 못했다는 이야기를 감상하면 오늘날의 정서로는 용납되어지지 않는 사건이라는 사실을 이해하게 된다.

돈을 내고도 돈의 가치만큼 혜택을 받지 못한 사람들이 오히려 이해하고 수용하는 관용을 보여준다는 것은 가난했지만 순수하고 아름다운 영혼의 사람들이 살았던 시대상을 밝혀내고 있다. '스크린에는 얼마나 많이 사용한 필름인지 창문에 빗방울 뿌리듯 줄이 쭉쭉 그어진 영화가 상영된다. 한참 돌아가다 보면 필름이 뚝 끊어지고, 필름을 이어 붙이는지 한참 쉰 후에 계속 되곤 했다. 그렇게 하고도 영화를 끝까지 다 볼 수 있는 날은 드물었다. 몇 차례 끊어지고 잇고를 되풀이 하다가 끝내는 "죄송합니다. 몇 차례 최선의 노력을 해보았으나 도저히 상영할 수 없어 이만 중단 하겠습니다." 이러한 멘트와 함께 잔뜩 기대했던 영화는 줄거리도 모른 채 돌아서야했다. 아마도 사고는 필름이나 영사기에 있었고, 발전기 고장도 있었던 모양이다. 아무도 따지는 사람도 묻는 사람도 없었다. 고장 난 자체를 믿고 돌아서야 했다.'는 것이다.

수필「엄마의 길쌈」은 이른 봄이면 목화씨를 심고 잘 익은 목화를 따 길쌈을 하시던 어머니의 고단한 일상을 그래내고 있다. 앞서의 수필 '올 엄마 치마끈'에서 표출된 화자의 어머니상을 이미 파악한 바 있듯이 자식을 위해서, 가족을 위하여 당신을 온몸으로 희생하던 어머니는 이 수필에서도 예외는 아니다. 목화씨를 심고, 하루 종일 목화를 따고 길쌈을 하는데 여염이 없다. '엄마는 광주리를 머리에 이고 목화를 따러 자주 뒷산에 가셨다. 흰 수건을 눌러 쓰시고 혼자 외롭게 목화를 따시는 모습이 학교 갔다 돌아오는 내 눈에는 먼 데서도 잘 보였다. 나는 큰 소리로 "엄마"하고 부르면 벌떡 일어나셔서 손을 흔들며 "어서 집에 가서 밥 묵으래이. 배고프겠다"하시고는 다시 목화를 따신다. 막내 아들 걱정만 하시고 목화를 따시는 엄마를 보면 내 마음이 편치 않았다. 엄마는 가끔씩 광주리에 수북이 흰 목화를 따 담아오시곤 했다. 목화 따는 작업은 며칠마다 한 번씩 수차례 이루어진다.' 전형적인 대한민국 우리의 어머니모습이다. 묵묵하게 혹은 억척스럽게 가족을 위하여 헌신하신 어머니 상을 이 수필은 극명하게 보여준다.

간밤에 내린 비바람에 매화꽃들이 대부분 지고 말았다. 매화나무 아래는 하얀 눈꽃이 핀 듯하다. 두고두고 보고 싶은 마음 간절하지만 자연의 심술을 어찌하랴. 꽃이 떨어져야 열매가 맺는다고 했던가? 떨어진 꽃 이파리 사이로 파랗게 쑥과 잡초들이 고개를 내밀고 있다. 아기들 머리카락 만큼처럼 자랐다. 풀들이 저 만큼 자라면, 내 키보다 더 커 보이는 꼴망태를 짊어지고 소꼴을 베러 다니던 기억이 새롭다. 형들은 아버지따라 들로 가면, 나는 언제나 소죽 담당이었다. 맛있는 소죽을 끓이기 위해서는 햇꼴을 많이 섞어야 하기에 꼴망태를 둘러메고 들로 산으로 헤매고 다녔다.

아버지는 소를 끔찍이 좋아하셨다. 우리 집의 가장 큰 일꾼이 바로 황소였기 때문이다. 입춘이 지나 우리 동네를 두르고 있는 산들이 연초록을 띠기 시작하면 얼었던 앞 내에 먼 산 눈 녹은 물이 졸졸 소리를 내고 흐르기 시작한다. 논두렁에 파릇파릇 풀들이 눈에 들어온다. 학교에서 도착하기가 무섭게 나는 짚으로 멍석처럼 엮어 만든 낡은 꼴망태를 짊어지고 들로 간다.

― 수필 「꼴망태」 중에서

아버지는 방 윗목에 준비해 쌓아둔 쌀 포대 하나씩을 짊어져 보라고 한다. 따로 쌓아둔 쌀가마니 두 개는 짚으로 된 큰 쌀가마니였고, 자루로 된 네 개는 크기가 모두 달랐다. 그 중에서 가장 작은 자루가 나의 몫이었다. 내 몫은 쌀이 두서너 대 남짓 들어 보이는데, 베개처럼 길게 생겼다. 엄마는 내 헌옷 붉은 옷고름으로 자루의 멜빵을 만들어주었다. 아버지는 형들부터 순서대로 자기 포대를 짊어지고 마당을 한 바퀴 빙 돌아보라고 한다. 마지막 나의 순서가 되어 멜빵 속으로 팔을 벌려 집어 넣고 보니, 가슴이 답답하고 둔하게 느껴진다. 아버지는 마루에 서서 우리들이 자루를 짊어지고 도는 모습을 보시고는 눈물을 닦으셨다. 아버지가 솥뚜껑처럼 큰 손등으로 눈두덩을 훔치는 모습을 난생 처음 보았다.

　방안에 형제들을 모아두고 아버지는 심각한 표정으로 말씀하셨다. 아직 어린 우리들의 눈동자는 호롱불에 깜빡거리고 있었다. "우리가 언제 피난을 떠나야 할 지는 아무도 모른다. 중요한 것은 엄마, 아버지 찾느라고 우왕좌왕하지 말고 맡은 짐을 지고 남쪽으로만 내려가거라. 엄마, 아버지 찾다가는 찾지도 못하고 죽을 수도 있다. 남쪽으로 계속가면 끝이 부산이니, 부산에서 살아남기만 하면 우리는 다시 만날 수 있다"고 하시면서 나 있는 쪽을 보시고는, 또 한 번 눈물을 손으로 훔치신다. 어린 여동생 둘은 엄마와 아버지가 데리고 떠나실 모양이지만 열 살밖에 안 된 막내 아들인 나를 혼자 보내기는 영 불안하신 모양이다. 아버지는 또 말씀을 이으신다. "율아 너 본이 어딘지 아느냐?" 평소에도 자주 물어보셨지만 오늘은 갑자기 심각하게 물으시니 나는 좀 당황했다. "예. 저 밀양 손 간데요." 하고 겨우 대답했다. 그리고는 혼자 고아가 되었을 때를 대비하여 아버지 성함과 고향 등뿌리를 찾도록 여러 가지를 일깨워 주신다. 말씀하실 때마다 목이 메는 것 같다. 또 한 가지 당부는 피난 중에 절대로 홀로 떨어져 다니지 말고 여러 사람들과 같이 다녀야 한다고 일러주셨다.

– 수필 「아버지의 눈물」 중에서

바깥이 어두워져 사람 얼굴을 알아보지 못할 정도가 되면 우리 집 호롱 세 개에 불이 켜진다. 하얀 호롱 끝에 불은 반딧불처럼 가물거린다. 기름을 조금이라도 덜 소모하려고 심지를 아주 가늘게 한 탓이다. 엄마는 불 켜진 방은 쓸데없이 불을 켜 두고 있지는 않은지 가끔 순찰하신다. 불이 필요 없는 데도 불을 켜두었다 싶으면 문을 열고 강제로 불을 꺼버린다. 밤 늦게까지 불을 켜둘 수도 없다. "할 일 없으면 일찍 자라"고 하신다.

여름은 그런대로 밤이 짧으니까 배급 기름으로 잘 버틴다. 문제는 긴긴 겨울밤 이다. 특히 놀기 좋아하는 형들 방에는 자주 석유가 부족하였다. 형들 방에서 늦게 까지 불을 켜둔 채 놀고 있는 소리가 나면 엄마의 성화가 시작된다. "너희들 기름 장사 할배(할아버지)가 있나? 기름 없다 불 꺼라." 엄마의 몇 번의 경고에도 불구하 고 형들이 못들은 채 히히덕거리고 있으면, 방문을 왈칵 열고는 불을 꺼버리시며 "고마 일찍 자거래이, 기름 모지랜데이"하고 강제 소등 작전에 들어간다. 엄마는 경험에 의해 언제 기름이 떨어질지 잘 알고 계시기에 강제로 통제하려 했다.

아껴 써도 석유가 떨어지는 경우가 더러 있었다. 그럴 땐 석유 대용품으로 아주 까리 기름을 사용하였다. 접시에 아주까리 기름을 붓고 한지나 솜을 적당히 길게 드리워 심지로 만들고 불을 붙이면 제법 밝게 쓸 수 있다. 그러나 아주까리 기름은 흔치 않아 자주 쓸 수 없었다. 아버지가 명절 때 큰 상어를 통째로 사오시면 엄마는 내장에 들어 있는 두 개의 기름덩어리를 이용하여 불을 밝히기도 했다. 다른 방법 으로 소나무 속에 들어 있는 관솔을 이용하여 불을 밝히기도 했다. 관솔 불은 실외 에는 그런대로 쓸 수 있었지만, 실내에는 화재 위험도 있고, 그으름이 많이 나와 사용하기 힘들었다.

– 수필 「엄마와 호롱불」 중에서

　수필 「꼴망태」는 집안의 유일한 일꾼인 황소에게 먹이기 위하여 소꼴을 베어 꼴망태에 담아오던 이야기이다. 시골집 농가의 막내아들인 화자의 집안일 돕는 솜씨가 상당한 수준인 듯하다. 학교에서 돌아오기 무섭게 꼴망태를 등에 메고 들로 산으로 나가 꼴을 캐는 일이 매우 자연스럽다. 누가 시키거나 강요하지 않아도 보여주는 행동이다. 이른 봄 풀이 손에 잡히지 않을 때면 새싹이 나오기 시작하는 쑥 뿌리를 호미로 캐기도 하지만 버들강아지를 따다가 소죽에 넣어 끓이면 소가 씩씩거리며 맛있게 먹었다고 한다. 자연의 싱그러움이 살아있는 배경 속에서 초등학생 어린 아이의 손끝 움직임이 한 폭의 그림으로 선명하다. 특별히 시키지 않아도 제 할 일 찾아 번거로운 농촌의 일손을 돕는 기특함이 어깨에 멘 꼴망태와 함께 엿보인다. '이른 초봄에 풀이 손에 잡히지 않을 정도로 작을 때는 양지 바른 둔덕에 새싹이 나오기 시작하는 쑥 뿌리를 호미로 캔다. 쑥은 땅위에 올라온 잎이 별로 보이지 않지만 뿌리는 땅속에서 덩어리를 이루어 엉켜 있다. 많은 양이 아니라도 어느 정도 망태에 차면 개울에 가서 찬물에다 통째로 집어넣고 씻어 담는다. 아직도 차가운 개울물에 쑥을 담그고 씻는 작은 손이 발갛게 얼어온다. 잽싸게 집으로 달려가서 쑥 뿌리를 작두로 듬성듬성 썰어서 소죽 끓이는 솥에다 짚과 섞어 맛있는 소죽을 끓인다. 이때부터 소는 죽을 먹는 속도가 빨라지고 죽 먹는 소리가 좀 더 요란해진다. 아는지 모르는지 그 큰 눈으로 소꼴 담당인 나를 힐끔 거리며 잘 먹어 치운다. 꼴망태의 위력이 뚜렷하다.'

1945년은 일제의 압제에서 벗어나 해방의 기쁨을 누리던 해였다. 그러나 남과 북의 이념의 갈등은 극도의 혼란기를 초래하고 이윽고 그 몇 년 후 북으로부터의 침략은 6.25사변이라는 불행한 역사의 회오리바람에 휩싸이게 된다. 수필 「아버지의 눈물」은 사변을 맞아 피난을 떠나야 한다 생각했던 아버지가 가족을 모아놓고 자식들에게 피난준비를 시키는 과정에서 일어난 아픈 심경의 그림자이다. 방안에 형제들을 모아놓은 아버지는 언제 피난을 떠나야 할지는 아무도 모른다고 이르며 피난 중 엄마, 아버지 찾느라고 우왕좌왕하지 말고, 각기 맡은 짐을 지고 남쪽으로만 내려가라고 당부하신다. 엄마, 아버지 찾다가는 찾지도 못하고 죽을 수도 있으니까 남쪽으로 계속가면 끝이 부산이며, 부산에서 살아남기만 하면 다시 만날 수 있다는 말씀이었다. 아들 4형제에 맡는 짐을 맡겨주고 피난준비를 철저히 하셨던 아버지의 눈에서는 눈물이 흐르고 막내아들은 아버지의 눈물을 처음 보게 된다.

'아버지는 방 윗목에 준비해 쌓아둔 쌀 포대 하나씩을 짊어져 보라고 한다. 따로 쌓아둔 쌀가마니 두 개는 짚으로 된 큰 쌀가마니였고, 자루로 된 네 개는 크기가 모두 달랐다. 그 중에서 가장 작은 자루가 나의 몫이었다. 내 몫은 쌀이 두서너 대 남짓 들어 보이는데, 베개처럼 길게 생겼다. 엄마는 내 헌옷 붉은 옷고름으로 자루의 멜빵을 만들어주었다. 아버지는 형들부터 순서대로 자기 포대를 짊어지고 마당을 한 바퀴 빙 돌아보라고 한다. 마지막 나의 순서가 되어 멜빵 속으로 팔을 벌려 집어넣고 보니, 가슴이 답답하고 둔하게 느껴진다. 아버지는 마루에 서서 우리들이 자루를 짊어지고 도는 모습을 보시고는 눈물을 닦으셨다. 아버지가 솥뚜껑처럼 큰 손등으로 눈두덩을 훔치는 모습을 난생 처음 보았다.' 어린 자식들과의 생사가 불분명한 피난길의 불행을 예감한 아버지의 애끓는 마음이 가슴깊이 스며드는 감동적인 수필이다.

수필 「엄마와 호롱불」은 알뜰한 살림을 살아내는 어머니의 살림살이가 손끝에 묻어난다. 가난이 보편적인 사람들의 시대적 흐름이었던 5~60년대의 어머니들에게 절약은 미덕이기보다 살아내기 위한 방편이었다. 무엇보다 석유 생산국이 아니었던 대한민국 건국초기의 석유사용은 살을 말리는 인내에 비유해도 과언이 아니지 싶다. 구장집에서 석유배급을 받아다 불을 밝히고 있던 시절이라 어머니의 석유절약 의지는 굳건한 것이었다. 밤이 되면 쓸데없이 호롱불을 밝히고 있는 게 아닌가 불 끄라는 어머니의 성화는 수그러들지 않는다. 오래된 석유병을 들고 엄마의 심부름으로 구장집에 도착한 막내아들은 석유를 받고 있는 온 동네사람들 틈에서 한참을 기다렸다 깔대기를 병 위에 꽂고 받아온 기름이 반병도 채 되지 않는다는 것을 확인하고 있다.

기름병을 받아든 엄마는 한지로 마개를 꼭 막아 방구석에 매달아 놓는다. 누구도 함부로 할 수없는 영역처럼 단호한 어머니의 의지가 보인다. '바깥이 어두워져 사람 얼굴을 알아보지 못할 정도가 되면 우리 집 호롱 세 개에 불이 켜진다. 하얀 호롱 끝에 불은 반딧불처럼 가물거린다. 기름을 조금이라도 덜 소모하려고 심지를 아주 가늘게 한 탓이다. 엄마는 불 켜진 방은 쓸데없이 불을 켜두고 있지는 않은지 가끔 순찰하신다. 불이 필요 없는 데도 불을 켜두었다 싶으면 문을 열고 강제로 불을 꺼버린다. 밤 늦게까지 불을 켜둘 수도 없다. "할 일 없으면 일찍 자라"고 하신 다.' 석유가 얼마나 귀한 물품인지를 깨우치게 한다. 어머니의 단호한 절약정신의 의지로 오늘의 대한민국은 경제의 여유를 누릴 수 있는 것이 아니었겠는가 돌아보게 한다.

　손거울 수필가의 수필집에 수록된 모든 수필은 하나같이 '아 그건 그랬지, 그때는 정말 그런 시절이었지'라고 긍정하여 고개 끄떡이게 하는 이야기의 집합이다. 어떤 작품은 그대로 핑그르르 눈물 글썽이게 하는 시대적 아픔과 안타까움이 가슴을 흔드는 감동을 전달하고 있다. 반세기가 넘는 시간을 뛰어넘어 역사의 뒤안길에 숨 쉬고 있는 내 어머니, 내 아버지의 숨소리가 가파르게 번지는 수필이다. 필경은 손거울 수필가의 개인사적인 가족사의 내밀한 이야기이면서도 사실은 대한민국 국가적 혼돈기의 역사를 배경으로 하고 있어 단순하지 않은 깊이를 읽게 하는 수필집이다. 한시도 담배쌈지를 곁에서 떼어놓지 못하시던 아버지, 허기진 배를 치마끈으로 조이시던 어머니가 지금은 이미 작고하고 세상에 계시지 않는 허망함 속에서 이 수필집은 세상 속에 생명의 맥박을 울리기 시작했다. 60년 전 초등학교 어린 아이의 시선으로 바라본 세상들이 2012년 가을, 시간의 벽을 뛰어넘어 감미롭게 숨쉬기 시작했다. 고희의 나이를 안게 된 그 초등학생의 손끝으로-.